Das Mondgeheimnis
(Liebesdrama)

Stefan M. Fischer

Das Mondgeheimnis

(Liebesdrama)

Stefan M. Fischer

Das Mondgeheimnis
Stefan M. Fischer

www.autor-stefan-fischer.de

© Copyright 2014
Staubkorn-Verlag, 90478 Nürnberg
Covergestaltung: Nina Braun,
www.graficolonia.com
© adrenalinapura - Fotolia.com
Korrektorat: Susanne Strecker
www.schreibstilratgeber.com

Das Werk einschließlich seiner Teile ist urheberrechtlich geschützt. Jede Verwertung ist ohne Zustimmung des Verlages und des Autors unzulässig. Dies gilt insbesondere für die elektronische oder sonstige Vervielfältigung, Übersetzung, Verbreitung und öffentliche Zugänglichmachung.

Ich widme den Roman meiner verstorbenen Mutter.

Mama, danke für alles!

PROLOG

Über ihrem Bett hing ein Kruzifix. Die Farbe unter Jesus' Knien war abgeblättert, so oft hatte Alena es in den Händen gehalten und ihre Stirn im Gebet an diesen Beinen wund gerieben.

Sie zog die Decke bis zum Kinn und starrte in das Mondlichtdunkel. Ihre Hände zitterten, noch immer wirkte der Albtraum nach. Papa saß auf der Bettkante, der Tür zugewandt. Hoffentlich noch die ganze Nacht, dachte sie. Den Kopf hatte er auf die Hände gestützt. War er eingeschlafen?

Sie sah zu dem eingerahmten Foto auf dem Nachttisch. Er war darauf zu sehen, auf einer Wiese, vor zwölf Jahren, mit ihr als Baby auf dem Arm.

Vergeblich tastete sie nach dem Stoffmond, ihrem Tröster, und erspähte seine Umrisse unendlich weit entfernt auf dem Stuhl neben der Kommode.

Sie befühlte mit der Zunge die Kruste an der Unterlippe und widerstand dem Drang, sie aufzubeißen. Mit dem Deckenzipfel wischte sich Alena den Schweiß von der Stirn, dann stieg sie auf der anderen Seite aus dem Bett, so geräuschlos wie möglich und schlich am Fenster vorbei. Sie warf einen Blick auf die Tanne im Garten. Der Schnee glitzerte auf dem Wipfel.

Drei Schritte später klemmte sich Alena den Stoffmond unter den Arm. Sie schlich zurück, auf dem Dielenboden fiel ihr ein dunkler Fleck auf. Alena beugte sich vor und erkannte einen eingetrockneten Blutstropfen. Das musste vor wenigen Tagen passiert sein. Sie hatte unter dem Fenstersims gekauert, die Rippen des Heizkörpers im Rücken, den Tröster im Schoß, und sich die Lippe blutig gebissen.

Alena legte den Stoffmond neben das Kopfkissen. Noch

einmal schlich sie durch das Zimmer zur Kommode und durchsuchte die Schubladen. Sie fand eine offene Packung Tempos neben einem gläsernen Reh und dem Foto vom Strandurlaub. Ihr älterer Bruder Milan war darauf zu sehen, und ihre Mutter. Er hatte seine Beine eingegraben, seine grüne Badehose lugte unter dem Sand hervor. Ihre Mutter saß im Bikini auf einem Badetuch, die Haut noch ohne Brandnarben.

Alena wollte das Foto zerknüllen, es in kleine Stücke reißen, zog die Hand aber wieder zurück. Sie sah über die Schulter zu Papa, drehte das Bild um und stellte das gläserne Reh darauf.

Dann rubbelte sie mit dem Taschentuch und ein bisschen Spucke die Stelle vor dem Fenster sauber und warf das schmutzige Tempo in den Papierkorb. Vor dem Bett blieb sie stehen und griff sich den Stoffmond. Sie streichelte über den gelben Plüsch und ertastete die ausgefranste Stelle am Rand. Flaum schimmerte hindurch. Alena hatte Angst, dass ihn die nächste Wäsche zerfleddern könnte. Ihre Mutter zu bitten, die Wunde des Trösters zu nähen – das wagte sie nicht.

Sie schlüpfte unter die Decke, leise, nicht, dass Papa wach wurde, und hielt den Stoffmond gegen den Bauch gedrückt.

»Mama!« Die Stimme kam aus dem Flur, Milans Stimme. Er klang erschrocken.

Alena krallte die Finger in den Tröster. Bestimmt hatte ihr Bruder wieder einmal an der Tür gelauscht und war von der Mutter ertappt worden.

»Milan!«, hörte sie Mutter in der Schärfe sagen, die Alena so fürchtete. »Was machst du da?«

»Ich ... ich wollte nur ins Bad und ... und da hab ich sie gehört! Papa und ...«

Alena kauerte sich zusammen und presste den

Stoffmond zwischen die zitternden Knie. Sie stellte sich die beiden vor: Neben der Kommode mit dem Telefon zog Milan den Kopf ein, den Blick auf den eisernen Zeitungsständer am Boden fixiert, während Mutter die welligen Narben am Hals rieb und auf Antwort wartete.

Papa stand auf, die Matratze gab nach. Er streckte sich und gähnte. Bleib da, wollte Alena rufen. *Bleib da!*

Die Tür ging auf und eine Gestalt erschien im Türrahmen, ihre Mutter. Alena zerbiss die Kruste an der Unterlippe. Papa blieb neben dem Bett stehen, vom Flurlicht eingefangen und nestelte an seinem Hosenbund. Sein Hemd war zerknittert. Alena schlüpfte aus dem Bett und versteckte sich darunter.

»Was machst du hier?«, hörte sie die Mutter.

»Hedvika, ich ...«

»Dieses Schwein!«, schnaufte Milan mit erstickter Stimme.

Auf Papas Pantolette schimmerte ein Fettfleck. Alena rutschte weiter nach vorn und hielt sich am Bettpfosten fest, während sie dem Geschehen zusah.

»Wie konntest du nur?«, wisperte Mutter. Ihre zitternde Hand hielt den Türgriff umkrallt. Sie hatte sich den blauen Morgenmantel nur umgelegt. Die Ärmel wippten. Vornübergebeugt stand sie da und blickte auf den Läufer vor Alenas Bett, mit der anderen Hand fingerte sie an ihrem Nachthemd. Papa ging auf sie zu und nahm ihre Hand von der Klinke. »Aber Hedvika, was hab ich ...?«

»Geh weg von mir!« Sie riss sich los, wich zurück und sah ihn an wie einen Fremden. »Bleib mir bloß vom Leib!« Sie rieb ihren Hals und kratzte mit den Fingernägeln weiße Striemen auf das Narbengewebe.

»Hör auf damit! Du kratzt dich noch blutig.«

»Alles deine Schuld!« Sie drehte sich um und stürzte aus dem Zimmer. Der Morgenmantel rutschte ihr von den

Schultern und blieb auf dem Gang liegen, während sie um die Ecke verschwand. Eine Tür knallte ins Schloss, ein Schlüssel wurde umgedreht, Alena hörte Mutter schluchzen. Papa ging ihr nach, und als er aus Alenas Blickfeld verschwunden war, sah sie Milan mit zornesrotem Gesicht vor der Kommode stehen. Sein Lieblings-T-Shirt, das schwarz-gelbe, hatte er verkehrt herum angezogen.

»Hedvika, mach auf. Bitte!« Papas Stimme. Ein Türklopfen.

»Hau ab! Ich will dich nicht mehr sehen«, schrie Mutter mit tränenerstickter Stimme.

»Hedvika …«

»Arschloch«, zischte Milan.

»Jetzt reicht's aber!«

Alena sah ihren Papa auf Milan zustampfen, sah, wie er ihn an den Oberarmen packte. Sie rutschte unter dem Bett hervor zur Wand und blinzelte hinter dem Türrahmen in den Flur. Wie könnte sie die beiden trennen?

»Bürschchen …«

»Lass mich los!« Milan wand sich.

Papa rüttelte ihn. »Was fällt dir ein? Bist du verrückt geworden?«

»Lass Milan in Frieden!« Eine Tür wurde zugestoßen.

Alena duckte sich, als sie Mutter mit den verheulten Augen sah. Die Kratzspuren an ihrem Hals waren gerötet. Drei Schritte, dann verfing sich ihr Fuß im Morgenmantel und sie fiel auf die Knie.

Papa stieß einen spitzen Schrei aus. Milan hatte gegen sein Schienbein getreten und sich losgerissen. Papa boxte ihn gegen die Brust. Milan kippte hintenüber und ruderte mit den Armen. Er fasste nach der Kommodenkante und zog eine Zeitschrift mit hinunter, während sich der braune Läufer vor seinen Füßen wellte. Ein lautes Knacken brach durch das Geräusch der zu Boden flatternden Zeitschrift.

Alena sah den eisernen Zeitungsständer neben Milans Kopf. Der Bruder röchelte. Zwei Atemzüge, drei, dann erschlaffte Milan. Die Augen hatte er weit aufgerissen, der Blick war leer.

»Um Gottes willen!«, rief ihre Mutter, mühte sich auf die Beine und kniete vor Milan nieder. »Karel! Was hast du getan?« Sie bettete Milans Kopf in ihren Schoß und strich ihm die Haare aus der Stirn. Die Röte wich mehr und mehr aus seinen Wangen.

Papa trat einen Schritt zurück, stieß gegen die Kommode und seine Finger tasteten fahrig umher.

»Wach auf«, flüsterte Mutter. »Wach auf«, flehte sie. Ihre Finger krampften sich in Milans Arme. »Wach auf, wach auf, wach auf!« Sie schaute auf. »Ruf einen Krankenwagen! Schnell!«

Papa fasste nach dem Hörer. Der rutschte von der Gabel und knallte auf den Boden.

Mutters Nachthemd färbte sich rot. Langsam hob sie die Hand und schrie, während Blut von ihren zitternden Fingern tropfte. Alena klammerte sich am Türrahmen fest, als Papa die Eingangstür aufriss. Er warf sie hinter sich ins Schloss. Alena wollte ihm nach, wollte nicht allein gelassen werden, mit ihrer Mutter und Milan. Sie hörte Papas Schritte im Treppenhaus, und eine Träne löste sich aus ihrem Augenwinkel.

»Karel! Komm zurück!«, rief Mutter hinterher.

Alena raffte sich auf, lief zum Fenster und spähte nach ihm.

Laternen beleuchteten die schneebedeckte Straße, über die sich eine Traktorspur zog. Das Mondlicht umriss die Häuser.

Der Schneemann im Garten hatte die Karottennase verloren. Davor lagen verschneit der Schlitten von Milan und ein roter Handschuh.

»Du sollst zurückkommen«, wimmerte Mutter, »zurückkommen … bitte …«

Alena sah ihren Papa und legte eine Hand auf die Scheibe. Sie fühlte die eisige Kälte, die ihm zu schaffen machen musste. »Komm zurück«, murmelte sie, und ihre Worte beschlugen das Glas. Er stolperte durch das Weiß, fiel auf die Knie, stemmte sich wieder hoch. Er schüttelte Schnee von den Händen, dann lief er in der Traktorspur, vorbei an den Nachbarhäusern. Er verließ die Straße und hastete einen Hügel hinauf, Alena konnte ihn bald nicht mehr sehen.

»Hallo? Pejsarova hier. Bitte! Kommen Sie schnell. Mein Sohn! Er blutet stark. Und verständigen Sie die Polizei.«

Als Alena hörte, wie der Hörer aufgelegt wurde, schlüpfte sie schnell unter das Bett. Die Mutter betrat das Zimmer und knipste das Licht an.

»Wo bist du?«, schrie sie. »Du Hure! Ich bring dich um!«

Alena kniff die Augen zusammen und versuchte fieberhaft, an das Märchen von der Sonnenprinzessin zu denken. Das tat sie immer, wenn die Angst unerträglich wurde. Sie presste die Hände auf die Ohren, während sie lautlose Worte murmelte.

KAPITEL 1

Zehn Jahre später ...

Alena saß vor einer leeren Teetasse am Küchentisch und blätterte in einer Zeitschrift. Sie sah zur Wanduhr mit dem Kartoffelgesicht auf. Es war später Nachmittag, und ihre Mitbewohnerin Magdalena war noch immer nicht da.

Hoffentlich war ihr nichts zugestoßen.

Alena überflog einige Buchrezensionen, horchte dann auf die obere Wohnung. Würde doch nur der Musikstudent mit dem Spiel beginnen, sein Instrument für sie zum Singen bringen. Irgendetwas Melancholisches. Sie stellte sich vor, er säße auf einem schlichten Stuhl, sein Cello zwischen den Knien, den Blick zum Fenster gewandt. Und wie er den Bogen nahm, über die vier Saiten strich, und mit der Musik von einem ängstlichen Mädchen erzählte, das sich aus dem eigenen Leben ausgeschlossen hatte.

Stille. Und Alenas Gedanken schweiften.

Magdalena kam mit dem Fahrrad ins Schlenkern, stürzte von der Bordsteinkante und einem Lastwagen vor die Motorhaube. Bremsen kreischten. Blut floss über den Asphalt.

Alena schüttelte sich das Bild aus den Gedanken.

Mach dich nicht verrückt! Ihr – ist – nichts – passiert!

Sie blätterte weiter in der Zeitschrift und blieb bei einem Bericht hängen. Es ging um einen Vater, dessen Kinder entführt worden waren. Monatelang keine Spur.

»... er stellte das eingerahmte Bild der Kinder zurück auf die Kommode, kramte eine Pistole aus der Schublade und steckte sich den Lauf in den Mund ... Tage nach der Beerdigung fand man die Kinder ... lebend!«, las Alena, und die Seite, die sie zum Umschlagen bereithielt, zitterte.

Sie schob die Zeitschrift von sich.

Familientragödie! Nach dem tödlichen Sturz seines Sohnes flüchtete Karel P. aus dem Haus. Eine Fahndung wurde eingeleitet. Die Spur führte zum Fluss. Alles deutet darauf hin, dass Karel P. in die Apolena eingebrochen und ertrunken ist.

Papa ist nicht tot, nicht in meinem Herzen. Alena stand auf und fächerte sich Luft zu, bis die Erinnerungen an die Schlagzeilen verblassten. Ihre Großmutter und Magdalena waren die einzigen Menschen, denen Alena vertraute.

Sie nahm den Strauß Rosen vom Sims, öffnete das Fenster und hielt Ausschau nach der Freundin. In den gekippten Fenstern der umliegenden Häuser spiegelte sich die Aprilsonne, vom nahen Spielplatz war Kindergeschrei zu hören. Der Hausmeister kniete vor dem Treppenaufgang zum Studentenwohnheim und kehrte mit einem Handbesen ein Häufchen Splitt auf die Kehrschaufel.

Da endlich bog Magdalena mit dem Fahrrad um die Ecke. Alena schloss für einen Moment die Augen und atmete auf. Magdalena sah aus, als würde sie den ersten regenfreien Tag seit einer Woche genießen. Die blonden Haare reichten bis zum Gepäckträger, auf den eine Tasche geklemmt war. Sie stellte das Fahrrad ab, begrüßte den Hausmeister und hob einen imaginären Hut.

Alena schloss das Fenster und stellte die Vase mit den Rosen zurück auf das Sims. Sie nahm die Zeitschrift vom Küchentisch und setzte sich.

Das Wohnungsschloss klackerte, dann raschelte im Flur eine Plastiktüte und ein Schlüsselbund klimperte.

»Wollten wir nicht in die Stadt?«, rief Alena ein wenig gereizt. »Oder hast du dir allein Schuhe gekauft?«

Einige Momente war nichts zu hören, und sie wusste, dass Magdalena den Mund zu einer Schnute zog. Das tat sie gern, wenn ihr etwas peinlich war oder Alena mit ihr schimpfen wollte, weil sie das Geschirr nicht gespült hatte oder im Flur ihre Sachen herumlagen.

Die Tür ging auf, und Magdalena stand im Rahmen, in der Hand eine Plastiktüte. Die Ecke eines Hardcoverbuches lugte durch eine aufgerissene Stelle. Magdalena zog die an der Stirn liegende Locke bis zur Nase. »Ähm, bin ich zu spät?«

»Ach, woher! Wenn wir uns beeilen, haben wir ganze drei Minuten, bevor sie zumachen.«

Magdalena sah zu der Wanduhr. »Kartoffelcharlie geht falsch.«

»Komm schon, ich hab mir Sorgen gemacht.«

»Tut mir leid, ich bin irgendwie in der Buchhandlung hängen geblieben.«

Sie blickte gespielt betreten zu Boden, und als Alena sah, wie Magdalena mit der Schuhspitze scharrte, waren Ärger und Sorge verflogen und sie musste lächeln.

»Was hast du dir Schönes gekauft?«

»Jakob Arjouni. ›Kismet‹.«

»Warte mal, hier steht was darüber.« Alena blätterte in der Zeitschrift, auf der Suche nach der Rezension.

»Ich mach uns derweil einen Tee.« Während Magdalena die Tüte ablegte und Wasser aufsetzte, wollte sie wissen, wo Alena die Nacht verbracht hatte. »Oder darf ich mir keine Sorgen machen?«

»Ich war bei Vlado.«

»Vlado?«

»Dem Kickboxer.«

»Ach, Mister Ich-finde-mich-Unwiderstehlich. Du hast aber nicht mit ihm rumgemacht?«

Alena sah über den Rand der Zeitschrift zu der Freundin. »Natürlich nicht. Ich hab ihn aufs Sofa verbannt.«

Magdalena nickte zu dem Strauß Rosen auf dem Fenstersims. »Und die sind auch von ihm?«

»Du kannst sie haben.« Alena strich die Seite mit dem

Literaturteil glatt.

»Hey, steht da nicht zufällig drin, dass ein Märchenprinz unbedingt eine Magdalena kennenlernen möchte, die zweiundzwanzig ist, Lehramt studiert und einen vier Zentimeter breiten Mund hat?«

»Dein Mund ist vier Zentimeter breit?«

»Hab ich heute gemessen.«

»Warum gibst du nicht mal eine Anzeige auf? Wäre das keine Idee?« Lächelnd fügte Alena an: »Überschrift: Wer will junge Frau vorm Hungertod bewahren?«

»Was soll ich machen?«, murrte Magdalena und rieb sich über den flachen Bauch. »Ich esse und esse und werde nicht dicker.«

Sie bereitete Tee zu, stellte eine Keks-Waffel-Mischung auf den Tisch und setzte sich. »Bahnt sich zwischen dir und diesem Vlado etwas an?«

»Hier steht's: Arjouni ist eine spannende Detektivgeschichte gelungen. Sein Stil ist packend, ›Kismet‹ hat das Zeug zum Bestseller.«

»Und Vlado?«, hakte Magdalena nach. »Hat er das Zeug, dein Herz zu erobern?«

Alena knusperte an einem Schokoröllchen. »Ich denke nicht.«

»Dich lässt er also kalt.«

»Vielleicht, weil er nur so ein Püppchen in mir sieht.«

»Deine Sorgen hätte ich gern«, murmelte Magdalena und wackelte mit der Tasse. »Sogar in dem Hagebuttentee ist mehr Bewegung als in meinem Leben.«

Sie verloren sich eine Weile in Gedanken, dann trank Alena den Tee aus und stand auf. »Komm! Gehen wir ein bisschen im Park spazieren.«

»Alena, ich bin gerade ziemlich lange geradelt. Mindestens acht Minuten. Strapaziöse, marathonmäßige acht Minuten. Ein Spaziergang würde mich jetzt definitiv überfordern.«

»Du faules Ding! Und dann beschwerst du dich, dass es deinem Leben an Bewegung fehlt.« Alena musste lachen, als Magdalena ihre Schnute zog.

Alena spazierte an dem See entlang, der in Smutkov neu angelegt worden war. Das wertete den Park auf. Einige Enten durchpflügten die Wellen, die der Frühlingswind in das Wasser kämmte. Sie kramte in der Hosentasche nach dem Brot, das in Alufolie gewickelt war, und bemerkte auf der gegenüberliegenden Uferseite jemanden mit einer Kapuze. Er ließ einen Stein übers Wasser springen, wobei die Enten quakend auseinanderstoben. Alena sah sich um. Jungs jagten Tauben hinterher, dahinter jäteten Männer in grüner Arbeitskleidung das Unkraut in den Blumenbeeten. Wie gern hätte sie dieses Stück Natur für sich allein. In wenigen Metern Entfernung warf eine Erle ihren Schatten auf eine Bank. Der ideale Platz zum Tagtraumversinken.

Sie wickelte das Brot aus der Alufolie und setzte sich. Bald gurrten Tauben vor ihren Füßen und pickten Brotstückchen aus dem Gras. Sie sah nicht auf, als sich jemand neben sie setzte.

»Ich hoffe, ich störe nicht«, murmelte er, doch Alena reagierte nicht. Sie zupfte weiter Brotstücke und hoffte, dass er sie in Ruhe lassen würde.

»Iva?«, fragte er. »Iva Kubelková? Sind Sie das?«

Sie musste lächeln. Dass sie diesem schwarzhaarigen Model ähnlich sah, hatte man ihr schon mehrmals gesagt. »Nein, tut mir leid. Ich bin nur Alena.«

»Oh.«

Sie sah aus den Augenwinkeln, dass er etwas mit den Händen umklammert hielt. An seiner Hose klebten

Harzflecken, an dem ausgeleierten Hemd fehlte ein Knopf. Er roch nach Tannennadeln, und Alena fühlte sich an den Waldspaziergang mit Vlado erinnert.

»Ich bin Martin«, flüsterte er, als wäre es ihm peinlich. Er warf den Tauben Haselnüsse vor die Schnäbel und rieb die Finger aneinander. An der Haut hatten die Haselnüsse einen weißen Abdruck hinterlassen. Der ist ja nervös, dachte sie und sah zu ihm auf. Ein Mann, stämmig wie ein knorriger Baum. Ungefähr ihr Alter. Dunkelblonde Locken. Gesunde Gesichtsfarbe. Nur kurz hatten sie Blickkontakt, er wich ihr aus.

»Von dieser Iva habe ich sämtliche Zeitungsartikel und Berichte. Bin ein richtiger Fan.«

»Ah ja?«

Von dem Brot war nur mehr ein winziges Stück übrig. Sie überlegte, ob sie aufstehen und ihn sitzen lassen sollte.

»Du bist Studentin, stimmt's?«

Sie nickte.

»Ich arbeite als Förstergehilfe.« Er kratzte an einem Harzfleck.

»Das ... habe ich mir fast gedacht.«

Sie zerrieb das letzte Stück Krume zwischen den Fingern und warf es in den Taubenpulk. Die Alufolie drückte sie zu einer Kugel zusammen, dann schaute sie auf. Die Sonne versteckte sich hinter Wolkenfetzen, die von gleißendem, orangefarbenem Licht umrandet waren.

»Du redest nicht sehr viel«, stellte Martin fest. Sie musste lächeln, weil er ganz anders war, nicht so forsch, offensiv. Das gefiel ihr. Er erzählte von der Arbeit im Wald, von Falken und von Kranichen. Sie hakte nach, interessierte sich für seine Welt und erfuhr, dass er nach einem Streit mit den Eltern bei seiner Tante eingezogen war und dass er an den Wochenenden bei einem Winzer arbeitete, der ihn das Keltern lehrte.

»Später reift der Traubensaft in Kwewri aus. Weißt du, was Kwewri sind?«

»Ich habe keine Ahnung.«

»Tongefäße, die man im Boden vergräbt. Nur der Hals ragt aus der Erde. Er wird mit einem Stein versiegelt und mit Ton und Holzasche abgedichtet, damit kein Schimmelpilz eindringt. Viele Winzer verfolgen einen alten Brauch. Sobald ein Junge aus dem Bekanntenkreis geboren wird, füllen sie einen Kwewri mit dem gegärten Saft, und wenn der Junge später heiratet, wird der Wein kerenzt.«

»Kerenzt?«, fragte sie. »Du meinst sicher kredenzt.«

»Ja, genau.« Er ballte kurz die Hand.

Ich werde niemals heiraten. Familie ausgeschlossen.

Sie wollte die Alufolienkugel einstecken.

»Gib her. Das werfe ich für dich weg.«

»Das nächste Mal würde ich es mit altem Brot versuchen. Tauben mögen keine Haselnüsse.« Sie stand auf und wischte die Brotkrümel von der Hose.

»Gehst du schon?«

Sie lächelte. »Machs gut.«

Auf dem Weg nach Hause war sie froh, dass jemand sie abgelenkt hatte. Wahrscheinlich hätten ihr ohnehin nur wieder die Geister der Vergangenheit zu schaffen gemacht. Was hatte sie in diesem Leben überhaupt zu suchen? Sie nahm sich vor, den restlichen Abend für die Uni zu büffeln. Das Leben sah mit einem erfolgreichen Abschluss anders aus, perspektivenreicher.

Manchmal konnte Alena hören, wie im Dom die Glocken zu Mitternacht schlugen. Sie horchte einige Momente. Nichts. Der Tischlampenschein wärmte ihre Hände, zwischen denen sie ein Fachbuch liegen hatte. Alena klappte es zu, knipste das Licht aus und tastete sich im Dunkeln zum Bett. Sie war so müde, dass ihr die Augen schmerzten. Trotzdem starrte sie eine Weile ins Schwarz.

Familientragödie! Nach dem tödlichen Sturz seines Sohnes flüchtete …

Ach verdammt! Alena gab sich eine Ohrfeige und versuchte, an etwas anderes zu denken. In Gedanken ging sie zurück zum See, zu diesem Förstergehilfen, lauschte noch einmal in seine Geschichte und schlief ein.

Sie sah Papa auf dem verschneiten Hügel. Er stand mit dem Rücken zu ihr, hatte die Arme um den Kopf geschlungen, und das Mondlicht war wie ein Suchscheinwerfer auf ihn gerichtet.

»Papa«, rief sie und mühte sich den Hang hinauf. »Bleib stehen!«

Bevor sie ihn erreicht hatte, lief er los, ohne sich nach ihr umzudrehen. Schneeflockengestöber nahm ihr die Sicht. Sie folgte ihm, Eiskristalle glitzerten an den Wangen, dann sah sie ihn am Ende des Feldes. An dem Rest eines Drahtzauns riss sein Hemdärmel. Er stolperte über einen Felsenbuckel und hastete in einen Wald.

Alena erreichte ihn. Er betrachtete seine Hände, dann die nacht-geschwärzten Bäume mit den blattlosen Kronen.

In der Ferne prangte der Mond.

»Bitte! Hör mich an«, flehte sie und wollte ihn rütteln, auf sich aufmerksam machen, aber ihre Hände gehorchten nicht. Er nahm sie nicht wahr, sah sich um, hektisch, als fühlte er sich verfolgt. Oben, unten, zur Seite, hinter sich, überall blickte er hin – und erstarrte. Die Augen hatte er weit aufgerissen. Eine Träne gefror auf seiner Wange, während er fiebrig das Vaterunser betete.

Alena blickte sich um. Die Bäume mit den blattlosen Kronen hatten sich in rußgeschwärzte Pfähle verwandelt. An deren Spitzen knarrten die Skelette aufgespießter

Sünder.

Sie sah Papa hinterher. Er rannte dem Mond entgegen, einem scheinbaren Ausweg aus dieser vereisten Hölle. Sie folgte ihm, rief seinen Namen. Äste peitschten auf ihn ein. Er sah sich um, sah sie nicht, auch nicht die Wurzel, die aus dem Weiß ragte und in der sich sein Fuß verhakte.

Er fiel aus Alenas Blickfeld.

Sie erreichte die Stelle, an der sie ihn aus den Augen verloren hatte. Eine Böschung, darunter ein zugefrorener Fluss. Papa war meterweit vom Ufer entfernt mit dem Rücken auf der knarrenden Eisdecke zum Liegen gekommen. Er wälzte sich auf den Bauch und legte mit keuchendem Atem eine kleine Stelle der feinen Schneeschicht frei.

Alena wollte ihm helfen, doch sie fühlte sich wie angewurzelt. Sie versuchte, ihm zuzurufen, brachte aber kein Wort über die Lippen, als wäre ihr Mund versiegelt.

Er kämpfte sich auf die Knie, dem Vollmond streckte er eine Hand entgegen.

Plötzlich – ein Knacken! Feine Risse schlängelten unter ihm durch das ächzende Eis davon. Er sah auf, mit Panik in den Augen, und setzte zum Sprung an. Eisschollen stießen wie Zähne empor, das Flusswasser schluckte ihn. Noch einmal kämpfte er sich aus dem nassen Maul und schnappte nach Luft.

»Hilfe«, gurgelte er und ruderte mit den Armen. »Hilfe!«

Immer langsamer wurden seine Bewegungen, immer heiserer seine Rufe, bis er schließlich unterging. Alena sah durch die Eisdecke seine Umrisse. Der Fluss schleifte ihn fort. Jetzt erst konnte sie den Mund bewegen, konnte sich rühren. Sie schrie nach ihm, immer wieder, und stürzte die Böschung hinunter.

Jemand rüttelte sie. »Wach auf!«

Alena nahm verzerrt Magdalena wahr. Sie trug ein Nachthemd mit Tweety-Aufdruck und beugte sich über sie.

»Du hast schlecht geträumt … hast im Schlaf nach deinem Papa gerufen.«

Alena presste die Augen zusammen, konnte aber nicht verhindern, dass Tränen unter den Lidern hervorschlüpften. »Er fehlt mir so.«

Magdalena wischte ihr über die Wangen. »Rutsch mal ein Stück.«

Sie legten sich in dem schmalen Bett so gut es ging bequem hin, und bald schlief Magdalena tief und fest. Alena blieb noch lange wach. Sie wollte schlafen, sich zum Schlafen zwingen, schließlich musste sie für die Vorlesung ausgeruht sein. Doch die Angst hielt sie wach, die Angst vor einem neuen Traum.

Der Hörsaal war gut gefüllt. Alena saß in einer der hinteren Reihen und kämpfte mit der schwindenden Konzentration. Die Tafel war mit einer Vielzahl an Formeln beschrieben. Der Professor legte die Kreide beiseite und setzte sich auf das Pult. Er ließ seine Beine schwingen, knapp über dem Holzboden, und betrachtete die Menge. Es war angenehm still, und Alena fragte sich, ob es an seiner Aura lag. Sie beobachtete ihre Sitznachbarn. Allesamt waren sie entschlossen, ihr Medizinstudium erfolgreich abzuschließen, das war den Gesichtern abzulesen. Sie würden nach Prag gehen, Ostrau, vielleicht ins Ausland. Alena fragte sich, wohin ihr Weg führte. War Ärztin das, was sie wirklich werden wollte? Warum gerade jetzt diese Zweifel? Es gab doch sonst keinen Ausweg aus diesem Leben.

Du wirst einmal eine großartige Ärztin sein und den Menschen helfen, stärkte sie sich mit innerer Stimme.

»Ich danke für Ihre Aufmerksamkeit!« Die Stimme des Professors war ohne Gefühl. Sicher hatte er kein Verständnis für Schwäche. Alena wusste nicht, ob sie seine Disziplin bewundern oder fürchten sollte.

Der Geräuschpegel stieg rasch. Die Studenten packten ihre Sachen zusammen. Schuhe quietschten auf dem Linoleum, während die Leute dem Ausgang zuströmten. Die Zwischenrufe und Gesprächsfetzen vermischten sich zu einem unverständlichen Stimmengewirr.

Alena blieb sitzen, öffnete die Knöpfe ihrer Strickjacke und tippte mit dem Fuß gegen das Stuhlbein, während sie das Blatt Papier vor sich betrachtete, das nur mit wenigen chemischen Formeln beschrieben war. Die Wörter und Symbole verschwammen vor ihren Augen.

Konzentrier dich! Sie versuchte, sich an die unterschiedlichen Krankheitsbilder und deren biochemische Erkennung zu erinnern. Sie rieb sich die Augen und ließ den Blick durch den Saal schweifen. Die Ränge hatten sich geleert und die letzten Studenten verschwanden durch den Ausgang, während der Professor die Folie vom Projektor nahm.

Als Alena sich noch einmal den Formeln zuwandte, war die Schrift wieder deutlich zu entziffern. Einzig die Logik der Notizen erschloss sich ihr nicht, egal wie angestrengt Alena sie betrachtete. Es schien, als fehlte es den Zahlen und Buchstaben an Bedeutung.

Wie meinem Leben, dachte sie und schweifte wieder ab. Symbol für Symbol reihte sich anscheinend sinnlos aneinander wie die Tage in ihrem Dasein. Sie fühlte sich wie eine schön geschriebene Worthülse in einer belanglosen Geschichte. Mit dem Kugelschreiber tippte sie auf den leeren Teil des Blattes, als sendete sie um Hilfe

bittende Morsezeichen.
Jetzt reiß dich endlich zusammen. Das hier ist wichtig.
Dennoch schienen die Buchstaben immer wieder ihre Konturen zu verlieren und ineinanderzufließen. Sie legte den Kugelschreiber ab und stützte die Ellenbogen auf.
Am liebsten würde ich mir die Gedanken aus dem Schädel quetschen, dachte sie, während ihre Handballen die Schläfen massierten.

»Kann ich Ihnen helfen?« Der Professor stand vor dem Pult, auf dem seine Unterlagen wild verstreut lagen. Mit der Folie in der Hand und fragendem Blick sah er zu ihr hinauf. Sollte sie ihn um Hilfe bitten?

»Ja, das wäre sehr nett von Ihnen.«

Als sie neben dem Prof stehen blieb, griff er seitlich an ihr vorbei, um einen Stapel Bücher gerade zu rücken. Dabei streifte er ihre Schulter. Sie wich unangenehm berührt einen Schritt zur Seite.

»Nun, erzählen Sie.« Sein Atem stank, als hätte er eine tote Maus verschluckt. »Was kann ich für Sie tun?«

Sie legte das Blatt auf das Pult und tippte auf eine Formel. »Warum reagiert Wasser in diesem Fall bei der Oxidation auf eine solche Weise? Und warum verläuft die Reduktion anders als sonst?«

Obwohl er wortreich antwortete, nahm sie keine Notiz davon. Sie schaute auf das Papier und glaubte, seinen Blick auf der Brust zu spüren. Sie zog die Strickjacke fester um ihren Körper und wandte sich ihm mit verschränkten Armen zu. »Ich begreife es einfach nicht.«

»Hören Sie«, sagte er schließlich und sah ihr in die Augen, mit einem Blick, der ihr nicht geheuer war. »Ich habe noch zu tun. Sie können mich gern zu Hause besuchen. Meine Frau kocht fabelhaften Tee. Und dann erkläre ich Ihnen ausführlich den Stoff.«

Sie erinnerte sich an ein Gerücht, das vor einiger Zeit

durch die Uni gegeistert war: Ein Professor lädt Studentinnen zu sich in die Wohnung ein und geht ihnen bei passender Gelegenheit an die Wäsche. Bei so mancher Verzweifelten hatte er angeblich Erfolg gehabt.

Du elendes, altes Schwein! Sie ahnte, welch widerliche Gedanken sich hinter seinen harmlos klingenden Worten verbargen. Ihre Miene, die sich angewidert verziehen wollte, kaschierte sie mit einem gezwungenen Lächeln.

»Das ist sehr nett von Ihnen, aber ich will Ihnen und Ihrer Frau keine Umstände bereiten.« Sie unterdrückte das Verlangen, ihm ins Gesicht zu spucken und verließ den Vorlesungssaal.

KAPITEL 2

Das ist nicht mein Tag, dachte Magdalena und bückte sich nach dem Schlüsselbund, der ihr von der Kommode gefallen war.

Von der unbeschwerten Laune frühmorgens war nichts übrig geblieben. In der Mensa war sie mit einem Professor zusammengestoßen, als er sich am Kaffeeautomaten eine Tasse Tee geholt hatte. Zu dem heißen Inhalt, der sich über ihre Hose verteilte, handelte sie sich ein paar böse Blicke ein.

»Pass doch auf«, herrschte er sie an. Später bedrängte sie ein Student, der unbedingt Alenas Nummer herausbekommen wollte, aber zu feige war, sie persönlich zu fragen. Er war aber nicht zu feige, Magdalena blöd anzuschnauzen, weil sie die Nummer nicht verriet. Und vorhin musste sie sich von Lausbuben beleidigen lassen. Nachdem sie die Jungs darum gebeten hatte, mit ihren Fahrrädern nicht den Treppenaufgang zu verstellen, steckten sie ihre Köpfe zusammen und brachen in lautes Gelächter aus. Die Bemerkung »Hässliche Bohnenstange!« hatte sie deutlich gehört.

Der Wandspiegel widersprach dem nicht. Ein lebendiger Knochenhaufen, mit bieder zusammengebundenen, blonden Haaren und aschfahlem Gesicht. »... der durchs Leben stolpert«, fügte sie resigniert an.

Sie angelte eine Telefonnummer aus der Hosentasche und nahm den Hörer von der Gabel. Sollte sie es riskieren? Am Marktplatz war eine Litfaßsäule aufgestellt, die rege genutzt wurde, Kontakte zu knüpfen. Die Nummer hier hatte unter einem berührenden Gedicht gestanden. Otokar hieß der Verfasser der Zeilen, sofern sich keiner einen blöden Scherz erlaubt hatte. Sie hörte sekundenlang dem Wählton zu, ohne zu tippen, dann legte sie auf und warf die Nummer zu den Küchenabfällen.

Das Telefon läutete, Vlado war am anderen Ende, er wollte Alena sprechen.

»Sie ist noch nicht da.« *Warum ruft für mich nie jemand an*, dachte Magdalena.

»Kannst du ihr etwas ausrichten?«

»Ich bin aber gleich weg.«

»Du kannst ihr ja einen Zettel hinterlassen«, sagte dieser Vlado etwas spitz.

»Meinetwegen.«

»Sie soll mich zurückrufen.«

Magdalena legte auf und war genervt, dass sie auch noch den Boten spielen durfte. Sie brauchte unbedingt ein Erfolgserlebnis. Also ging sie in die Küche, holte die Nummer aus dem Abfall und wählte. Der Tag konnte nur besser werden. Sie hoffte auf ein Freizeichen.

»Kein Anschluss unter dieser Nummer«, sagte eine automatische Stimme.

Nach der Sache mit dem Professor wollte Alena für heute nichts mehr von der Uni wissen. Es war angenehm warm und so entschloss sie sich, mit Magdalena im Park zu relaxen und ein paar Steine in den See zu werfen. Alena trat in die Wohnung.

»Magda?« Keine Reaktion. Sie nahm die Tasche von der Schulter und lehnte sie gegen die Kommode. Neben dem Telefon lag ein Zettel mit einer Nachricht.

Ich geh in die Stadt, kleiner Einkaufsbummel. Nachher gönne ich mir Kino. Ich hoffe, dass es dir wieder besser geht. Mein Tag war miserabel, daher muss ich hier raus. Übrigens hat dieser Vlado angerufen. Du sollst dich melden, sobald du zu Hause bist. Hab dich lieb, du Tomate!

Magda

»Ich hab den Zettel nicht gesehen, also konnte ich nicht zurückrufen«, schrieb Alena darunter und malte ein lachendes Gesicht dazu.

Dann muss ich mich eben allein vergnügen, dachte sie und machte sich mit einer Wolldecke auf zum Park.

Sie breitete die Decke auf dem Rasen aus, unweit der Bank, auf der sie tags zuvor verweilt hatte, und setzte sich. Sie befühlte den Stoff der Decke, als plötzlich die Sonne verschwand und ein Schatten auf sie fiel. Martin stand vor ihr, mit neuer Hose und gebügeltem Hemd.

»Hallo«, murmelte er.

»Wie geht's dir?«, fragte sie und schaute zu einem Mädchen, das einen blauen Plastikball immer wieder in die Luft warf.

Er stand wie angewurzelt vor ihr und starrte auf den Deckenrand.

»So wortkarg hab ich dich aber nicht in Erinnerung.«

»Ähm … Darf ich mich dazusetzen?«

»Meinetwegen.« Sie rückte ein Stück und betrachtete den See, die Arme um die angewinkelten Beine geschlungen. Er setzte sich.

Plötzlich fühlte sie seine Hand in ihren Haaren. »Hey! Was soll das?«

»Du hast da was«, flüsterte er und sie ließ ihn gewähren.

Sie betrachteten das Kleeblatt, das sich in ihren Haaren verfangen hatte.

»Schade, dass es kein Vierblättriges ist«, sagte sie. »Von dem Glück könnte ich jede Menge gebrauchen.«

Jemand weinte und sie sahen sich um. Das Mädchen stand heulend vor einer Esche, in deren Geäst sich der Plastikball verfangen hatte.

»Hallo du«, rief Martin. »Ich hole ihn dir herunter.«

Alena sah, wie er lockerleicht den Baum bestieg. Sicher

wollte er sie beeindrucken. Er stieß den Ball aus den Ästen, und das Mädchen fing ihn freudig auf. Da rutschte er mit dem Schuh ab, versuchte vergeblich, einen Ast zu greifen und stürzte von der Esche.

Alena eilte hinzu und half ihm auf die Beine. »Lass mal sehen.«

Er hatte sich am Unterarm eine hässliche Wunde gerissen. Mit grimmiger Miene sah er dem Mädchen hinterher.

»Hm«, meinte Alena. »Das müsste genäht werden.«

Er zog seinen Arm zurück. »Das kann ich mir nicht leisten.«

Sie überlegte eine Weile. »Dann komm mit. Ich verbinde es dir.«

Alena kramte den Erste-Hilfe-Kasten unter ihrem Bett hervor.

Martin stand vor dem Wandregal. »Du ordnest deine Bücher nach Verlag und nach dem Alphabet?«

»Ja.« Sie platzierte das Verbandszeug auf dem Schreibtisch, er setzte sich auf den Stuhl und blickte sich interessiert um. Alena ignorierte seine Neugierde und konzentrierte sich auf das Verarzten der Wunde.

Es dämmerte bereits, als sie mit einem Pflaster den Verband fixierte.

»Fertig.« Sie gab ihm einen Klaps auf den Oberschenkel. »So ein Medizinstudium hat schon was für sich.« Sie packte die Schere zurück.

»Danke. Wie ich sehe, bist du gut im Flicken.« Er lachte und nickte zum Stoffmond.

Sie hielt in der Bewegung inne. *So eine blöde Bemerkung!* Ihren Tröster durfte niemand beleidigen. Langsam ordnete sie das übrige Verbandstuch in den Erste-Hilfe-Kasten und sagte mit entschlossener Stimme: »Es ist besser, wenn du jetzt gehst.«

»Ich ... ähm ... hab ›Flicken‹ gesagt.«

»Geh jetzt. Ich muss noch was für die Uni tun.«

»Ähm ... ja. Dann hoffe ich ... also vielleicht sehen wir uns ja mal wieder.«

Sie hörte, wie die Wohnungstür ins Schloss klackte, dann ging sie zum Fenster. Vielleicht hatte sie ein bisschen überreagiert.

Als er am Treppenaufgang zu sehen war, flatterte eine Amsel vom Geländer. Er rieb über den Verband und sah zu ihr hoch. Sie wich einen Schritt zurück. Das Telefon läutete.

»Endlich erreiche ich dich.«

»Vlado? Was gibt's?«

»Ich wollte dich ins Kino einladen oder hast du Lust auf ein Essen, vielleicht gemütlich bei Kerzenschein?«

»Heute nicht mehr.«

»Nein?«

»Mir ist nicht gut.«

»Hm. Und wie sieht es mit morgen aus?«

»Ich melde mich, wenn ich Zeit habe, ja?« Alena hatte den Zettel von Magdalena vor sich liegen. Als sie Vlado seufzen hörte, strich sie das lachende Gesicht durch und malte ein schielendes darunter.

Sie räumte das Verbandszeug zurück, borgte sich »Kismet« aus, den Roman von Jakob Arjouni, und machte es sich auf ihrem Bett gemütlich. Alena las, bis sie die Wohnungstür hörte.

»Magda?« Es blieb still. Für einen Moment dachte sie, es wäre Martin.

Schritte waren zu hören, jemand näherte sich ihrem Zimmer. Alena klappte das Buch zu und hielt den Atem an. Die Tür ging auf, und Magdalena stand im Rahmen, lächelnd. »Ich hab's getan«, sagte sie nur.

»Ja, mich erschreckt. Blöde Kuh«, murrte Alena und atmete einmal kräftig durch. Magdalena stellte sich in den Raum und imitierte eine Bauchtänzerin.

»Ich hab es getan, Baby, jaha«, sang sie.

»Was? Was hast du getan?«

»Ich hab es getan, Baby, jaha!«

»Was?«

»Morgen zeig ich es dir.«

Alena schleuderte ein Kissen nach ihr. »Du bist ekelhaft, wenn du gute Laune hast.«

Magdalena nickte zu »Kismet«. »Und du bist ein Dieb. Hast mir wieder einen Roman geklaut.«

»Naja«, warf Alena ein. »Bis du damit anfängst, zählt er als Klassiker.«

»Hey!« Magdalena schnappte sich das Kissen, das unter dem Schreibtisch gelandet war, und stürzte sich auf Alena.

Wie immer um acht Uhr bimmelte der Milchmann am Studentenheim vorbei. Magdalena kippte das Fenster, woraufhin frische Morgenluft in die Küche flutete. Der Kaffeeautomat schnaufte den letzten Rest Wasser in die Kanne. Es ist angerichtet, dachte sie und betrachtete den Küchentisch. Zwei Gedecke, Erdbeermarmelade, ein Korb mit frischen Brötchen, und auf dem Stuhl lag der Stadtanzeiger.

»Alena! Schlafmütze! Aufstehen!«

Magdalena horchte. Kaum dass sie es erwarten konnte, Alena von ihrer Aktion zu erzählen. *Das war vielleicht ein verschlafenes Ding.*

Sie drückte sich vom Fenstersims ab, hüpfte in den Gang und klopfte gegen Alenas Zimmertür.

»Hallo! Aufstehen!« Sie drückte das Ohr gegen die Tür.

Ein Grummeln war zu hören und Bettdeckenrascheln.

»Aufstehen!« Wieder klopfte sie an.

»Lass mich in Ruhe.« Alena klang, als wäre sie erst vor einer Stunde eingeschlafen.

»Aufstehen!«

»Es ist noch spät in der Nacht!«

»Aufstehen!«

»Ja doch. Ich komm ja schon, du Nervensäge.«

Magdalena goss Tee ein, da schlurfte Alena in die Küche, mit einer Faust das rechte Auge reibend.

»Da bin ich ja mal gespannt, was du Supertolles getan hast.« Sie setzte sich und nippte an dem Tee. Magdalena zog den Stuhl hervor, auf dem der Stadtanzeiger lag. »Voilà!«

»Du hast eine Anzeige geschaltet?«

Magdalena grinste mit ihrem vier Zentimeter breiten Mund.

»Lass mal sehen.« Alena schnappte sich die Zeitung, wurde schnell fündig und las vor: »Ich bin so dünn, dass ich mich hinter dem Zaunpfahl verstecken könnte, mit dem ich nach dir winke. Momentan bin ich Studentin und Single. Hoffentlich ändert sich beides in Bälde. Chiffre: 745923«

Alena faltete das Heft zusammen und rieb sich über die gerunzelte Stirn. »... in Bälde«, wiederholte sie. »Ja ... doch ... das hat was ... ziemlich ... knackig das Ganze ...« Sie räusperte sich.

Magdalena sah sie an und zog ihr Lächeln zu einer Schnute. »Hm. Hab verstanden«, grummelte sie und warf den Stadtanzeiger zum Altpapier unter der Spüle. »Hm.«

Sie frühstückten eine Weile, ohne etwas zu sagen. Sie tranken den Tee aus, sahen sich an, dann brach Magdalena das Schweigen: »War das wirklich so blöd?«

»Naja«, erwiderte Alena und drehte den Verschluss auf

die Marmelade. »Nach dem ersten Satz könnte man denken, es handelt sich um die Anzeige einer Slipeinlage.«

»Ha, ha!«

»Tut mir leid, das war gemein. Ich würde es dir so sehr gönnen, dass sich der Richtige meldet.«

Sie packten die Taschen und gingen zur Uni.

Viel bekam Magdalena von den Vorlesungen nicht mit. Zu sehr war sie in Gedanken versunken und hoffte, dass sich vielleicht jener Mann melden würde, mit dem sie ihr Leben verbringen wollte.

Alena schwänzte die letzte Vorlesung, um dem Professor aus dem Weg zu gehen, der sie zu sich nach Hause eingeladen hatte. Sie schlenderte am Gehweg entlang und zählte vier parkende Autos bis zum Wohnheim. Eine Siamkatze spielte mit einer leeren Zigarettenpackung. »Mieze!«, rief Alena und ging in die Hocke.

Die Katze sah auf, während sie mit der Pfote weiter die Zigarettenpackung rückte.

»Komm doch her, ich tu dir nichts.«

Ein Gebimmel. »Achtung!«

Alena sprang auf und musste einem Mountainbikefahrer ausweichen. Die Tasche rutschte ihr von der Schulter. »Pass doch auf!«, rief sie dem Blondschopf nach, doch der winkte ab und jagte weiter auf dem Gehweg dahin. Die Katze flüchtete vor dem Radfahrer hinter die parkenden Autos. Alena sah einen Mazda aus der Gegenrichtung kommen. Sie hörte ein Hupen, blockierende Reifen, dann einen dumpfen Schlag.

Der Mazda hielt nicht an. Alena ahnte, dass es die Katze erwischt hatte und eilte zu der Stelle, an der die Zigarettenpackung lag. Da lag sie auf der Straße, die Katze, halb tot. Die Gedärme quollen aus dem Bauch, die Pfoten zuckten. Glasige Augen.

Dem Leiden des Tieres musste ein Ende gesetzt werden! Alena presste die Tasche gegen ihre Seite und ging zögerlichen Schrittes bis zur Bordsteinkante, wandte sich dann aber ab. Dazu war sie nicht in der Lage. Sie rannte die Treppe hinauf und hätte am liebsten losgeheult. Weil sie zu schwach war, hatte die Katze daran zu leiden. Ein schlaksiger Student kam ihr entgegen. Er schob seine Brille die Nase hoch und warf Alena durch die dicken Gläser bewundernde Blicke zu. »Hallo, schöne Frau!«

»Kannst du mir helfen? Bitte!«

»Aber gern doch, schöne Frau.«

Alena deutete auf die Straße.

»Die Katze dort?«, fragte er.

»Du musst sie töten. Bitte!«

»Da hole ich mir nur eine Krankheit.«

»Bitte, mach schnell!«

»Hm, aber nur, wenn du mit mir ausgehst, so als kleines Dankeschön.«

Ja, und dann die Beine breitmachen, dachte Alena und drehte ihm den Rücken zu. *Ihr Scheißkerle widert mich so dermaßen an!*

Sie warf die Haustür hinter sich ins Schloss.

In ihrem Postfach steckte zwischen zwei Werbeprospekten ein leicht zerknitterter Brief. Er war nicht frankiert, also persönlich abgeliefert. Sie bekam häufig Liebesbriefe, die sie nur überflog und dann in den Papierkorb warf. Die Typen wollten sie fürs Bett, meistens noch mehr: eine Beziehung. Dafür fehlte ihr jegliches Interesse.

Der Brief stammte von Martin. Vielleicht bedankte er sich für das Verarzten. Oder er entschuldigte sich. Aber wofür eigentlich? Er konnte nichts dafür, dass sie so empfindlich war, wenn es um ihren Stoffmond ging. Sie vermutete keinen Liebesbrief, dafür war Martin zu schüchtern. Oder vielleicht doch? Er hatte etwas an sich, das Alena nachdenklich stimmte, und das sie nicht greifen konnte. Sie gab dem Brief eine Chance und steckte ihn in die Tasche. Die Werbeprospekte warf sie in ein fremdes Postfach.

Alena sah zum Fenster hinaus in die Nacht. Laternen leuchteten die Straße aus und sie konnte einen dunklen Fleck ausmachen, dort, wo nachmittags die sterbende Katze gelegen hatte. Sie kurbelte den Rollladen herunter. Der Brief lag neben dem Stoffmond auf dem Bett. Noch hatte sie ihn nicht geöffnet, weil sie erst von den Gefühlen Abstand gewinnen wollte, die durch die überfahrene Katze ausgelöst worden waren. Sie setzte sich aufs Bett und drehte den Brief im Licht der Nachttischlampe hin und her. Auf der Rückseite war ein Kleeblatt befestigt. Sie kratzte es an, während sie Martin vor sich sah, wie er vom Keltern erzählte, den Blickkontakt scheute und den Tauben Haselnüsse vor die Schnäbel warf.

Langsam bekam sie eine Ahnung, was ihn von anderen Männern unterschied: Bei ihm fühlte sie sich nicht wie ein Püppchen oder ein Stück Fleisch. Vielleicht würde er den Menschen in ihr erkennen, der sie war.

Alena angelte eine Schere aus der Schublade und öffnete den Brief.

»... ich habe mir viele Gedanken gemacht, über dich und so ...«, las sie und stockte, weil sie die fahrige Schrift kaum entziffern konnte. »... und du hast bestimmt bemerkt, dass ich schüchtern bin. Und an dem Abend, wo du mich verbunden hast, da habe ich *Flicken* gesagt, nicht dass du da was falsch verstanden hast. Wäre schade, weil ich dich …« Sie kniff die Augen zusammen und hielt den Brief näher, er roch eigenartig süßlich. »… unbedingt kennenlernen möchte und du für mich das schönste Wesen bist, das ich je gesehen habe und ich immerzu an dich denken muss …«, fuhr sie fort und überflog den nahezu unleserlichen Rest. Sie ließ die Hände sinken, der Brief glitt ihr aus den Fingern. Irgendetwas stimmte nicht. Das Papier war mit einem Parfüm eingestäubt, dem Parfüm, das ihre Mutter immer benutzt hatte.

Magensäfte stießen Alena sauer auf, als Gedankenfetzen sie an jene schreckliche Nacht erinnerten: Mutter hatte sich hingekniet, die Hände waren blutverschmiert gewesen. Sie zerrte Alena unter dem Bett hervor.

»Hure!«, schrie sie und trat ihr in den Bauch und auf den Kopf. Polizisten zogen Mutter weg, die wild um sich schlagend immer wieder »Hure« geschrien hatte.

Alena rieb sich vergeblich mit dem Unterarm den Geruch von der Nase. Sie sprang auf, lief ins Bad und erbrach sich über der Kloschüssel. Als sie zurückkehrte, zerknüllte sie das Schreiben und warf es weit von sich, dieses vergiftete Stück Papier. Sie löschte das Licht, rollte sich unter der Decke zusammen und versuchte, sich von einer Seite auf die andere in den Schlaf zu wälzen.

Sie fühlte sich leicht wie auf einer Wolke und stand auf einer Wiese. Die Sonne war über ihr, die Luft flirrte.

»Alena!«

»Papa?« Sie suchte mit den Augen den Wald ab, der sich in der Ferne erhob. Sonnenstrahlen brachen durch die Kronen und überfluteten den Waldboden, der üppig mit Moos bewachsen war. Schmetterlinge flatterten um die Baumstämme. Papa kam hinter einem Busch hervorgeschlichen. Er hatte ihren Stoffmond unter den Arm geklemmt und strich sich Tannennadeln aus den Haaren.

»Alena!«, rief er, winkte und lachte ihr zu.

»Papa!«, juchzte sie. »Papa!« Sie lief los, kam aber nicht voran.

»Papa!«, ächzte sie und fühlte tiefe Beklommenheit.

Er winkte fortwährend. »Alena!«, rief er mit gleichbleibender Heiterkeit.

Eine Wolke verdunkelte das Firmament. Düstere Schatten fielen auf den Wald. Die Bäume ließen Blätter und Nadeln fallen und die Äste hängen. Schimmel befiel die Baumrinden, das Moos wurde glitschig, braun.

Alena sammelte alle Kraft, wollte zu ihm in seine Arme und stürzte über einen Maulwurfshügel. Als sie aufsah, war er fort.

»Papa?« Mit ungeheurer Anstrengung mühte sie sich auf die Beine und sah sich um. »Papa?«

Die Mutter erschien aus dem faulenden Wald, ein in Leinen gewickeltes Bündel hinter sich herziehend. Sie schlug den Stoff beiseite und legte Milans weißen Körper frei. Mit der Faust drohte sie, die hasserfüllten Augen fest auf Alena gerichtet.

Die Wolke schwärzte den Himmel. Der Schatten griff auf die Wiese über und fraß das Gras bis hin zur Mutter.

»Pass auf!« Alena ruderte mit den Armen, die Mutter schimpfte weiter. Das Narbengewebe am Hals wucherte über ihr Gesicht.

Plötzlich war es stockduster und Alena stand knöcheltief im Schlamm.

»Papa? – Mama?« Sie flüsterte in das Schwarz hinein. »Ist hier jemand?«

Die Wolkendecke riss auf, und der Mond erschien als schmale Sichel. Er leuchtete auf einen kahlen Busch. Dahinter kauerte ein nackter Mann. Bleich war er. Plötzlich bekam sein Gesicht Risse und eine haarige Schnauze trat hervor, die Haut platzte und ein Werwolf schälte sich aus dem Körper, schüttelte Hautfetzen von sich. Die Bestie kam geduckt aus dem Versteck geschlichen. Alena wollte fliehen, doch Schlingpflanzen verwurzelten sie in der Erde. Die Augen des Werwolfs suchten umher und leuchteten auf, als sie Alena erspähten. Ein dumpfes Grollen drang aus seiner Kehle, während er sich heranpirschte und eine dampfende Spur nach sich zog. Alena versuchte zu schreien, als eine raue Zunge ihre Beine aufwärts leckte. Doch sie brachte keinen Laut hervor.

Wild um sich schlagend wachte Alena auf.

»Geh weg von mir! Verschwinde!« Sie knipste die Nachttischlampe an, fasste nach der Schere und sah sich um. Sie war bereit, auf alles einzustechen, was sich ihr näherte.

Es war nur ein Traum, nur ein Traum ... Langsam legte sie die Schere zurück und lehnte sich mit dem Stoffmond im Schoß gegen die Wand.

Schweiß rann von ihrer Stirn und salzte die Augen. Alena drückte den Stoffmond gegen das Gesicht, der Tröster linderte den brennenden Schmerz. Sie wiegte sich vor und zurück.

»Ich will doch nur Ruhe! Ruhe und Frieden, mehr will ich nicht«, murmelte sie, während sie den Stoffmond wieder in den Schoß legte.

Alena befühlte die Narbe über der Augenbraue und entdeckte im Lichtkegel der Nachttischlampe Martins Briefknäuel am Fuße des Bücherregals. Sie holte sich das Schreiben und fetzte es in Stücke.

KAPITEL 3

Martin schreckte hoch und wäre fast vom Sofa gefallen, seiner Schlafstätte. Er brauchte einige Momente, um sich zu sammeln, sich von dem schlechten Traum zu lösen. Dann blies er die Backen auf und schnaufte sich die Anspannung aus dem Körper.

»Der Brief wird ihr gefallen«, murmelte er, während er nach seiner Armbanduhr tastete, die neben dem Sofa auf dem Teppichboden lag. Es war fast Mittag.

»So spät?« Mit einem Ruck setzte er sich auf und sah zu seiner Tante, deren Silhouette sich hinter dem vergilbten Vorhang abzeichnete. Das Eisenbett quietschte, als sie sich auf die andere Seite wälzte. Martins Verband hatte sich halb gelöst, also nahm er ihn ab. Das blutbefleckte Stück würde er aufbewahren, es war etwas von Alena.

Ein Ofen beheizte das spärlich eingerichtete Zimmer. Die Tapete dahinter war von Ruß geschwärzt, die rissigen Stellen schimmelten. Martin entdeckte zwischen einem Socken und einer leeren Wodkaflasche eine Fliege, die an einem Joghurtfleck rüsselte.

Die Buche vor dem Haus starrte durch das einzige Fenster. Mit seiner kräftigen Statur und dem zähen Gemüt fühlte sich Martin wie dieser Baum, in dessen Rinde in großen Buchstaben der Name Alena eingeritzt worden war.

Er zog sich die zerschlissene Hose an, während er einen Blick ins Nebenzimmer warf. Ein Fernseher war darin aufgestellt, davor stand der Tisch, wo er den Brief verfasst hatte. Ein paar zerknüllte Schreibversuche lagen herum, die Alufolienkugel, daneben das Parfum seiner Tante.

Martin schlich mit einem Baumwollhemd unter dem Arm aus dem Zimmer. Im Treppenhaus stieg er über einen Penner und zerknirschte einen Käfer. Mit den Gedanken an Alena lenkte er sich ab.

Seit sie in sein Leben getreten war, schrumpften seine Sorgen zu Stubenfliegen, die er abschüttelte, sobald die Haustür hinter ihm ins Schloss gefallen war.

Als er aus dem Plattenbau trat, blendete ihn das Sonnenlicht. Wolken überzogen den Himmel mit Schlieren und türmten sich zu weißen Kumulusbergen.

Martin zog sich das Hemd über und putzte sich grob den Schmutz unter den Fingernägeln weg. Die Luft war erfüllt von Maisgeruch, den der Wind vom nahe gelegenen Feld herüberwehte.

Martin beschattete die Augen und entdeckte in der Ferne einen Regenbogen. Das gibt eine Gewitternacht, flüsterte ihm die innere Stimme zu und schien ihn zu beschwören. Für einen Förstergehilfen war es ein Leichtes, die Botschaften der Natur zu entschlüsseln. Er tastete die Hosentasche nach den Kronen ab, die er sich gestern erarbeitet hatte und zog einen Schnürsenkel hervor, das Überbleibsel eines ausgetretenen Schuhs. Das Teil konnte man bestimmt noch gebrauchen, dachte er, steckte es zurück und machte sich auf den Weg zu seiner alten Freundin. Kaum, dass er es erwarten konnte, ihr von dem Brief zu erzählen. Ab und an stieß er Kiesel und zertretene Zigarettenschachteln in Ecken, in denen sich das Gras durch die Fugen zwängte.

Vogelscharen zogen über die Giebel und in der Nähe hackte ein Bauer sein Holz.

Martins Blick strich über die Häuser. Mit ihren bröckelnden Mauern, schief hängenden Fensterläden und der abblätternden Farbe drängten sie sich dicht aneinander. Wie gebrechliche Babischkas mit verblichenen Hüten wirkten die Gebäude, die sich gegenseitig stützten, um nicht zusammenzubrechen. Bald bog er aus der Gasse und erreichte seine Freundin: Apolena, die zierliche Flussdame, die auf dem Weg zur Elbe die Stadt teilte.

Die älteste der Smutkover Brücken, die den rückständigen Süden mit dem modernen Norden verband, hatte Martin als seine Brücke auserkoren. Der Übergang bestand aus Holz – verwittert und stellenweise morsch. Steinerne Pfeiler trugen ihn. Er diente einigen furchtlosen Bauern aus den umliegenden Dörfern dazu, mit Karren ihre Waren hinüberzuschieben, um sie auf dem Marktplatz feilzubieten. Martin setzte sich in der Mitte der Brücke auf die Holzplanken und schob die Beine unter dem Handlauf hindurch. Er ließ sie über der Apolena baumeln. Sie war durch die starken Regenfälle der letzten Wochen mächtig angeschwollen und strömte knapp unter ihm dahin.

»Ich besuche sie später«, fing er an und erzählte Apolena von seinem Plan. »Abends wird es gewittern, und wenn ich dann bei Alena bin, wird sie mich nicht noch einmal nach Hause schicken.«

Er stellte sich vor, wie die Nacht verlaufen könnte. Sie an ihn gekuschelt. Beide den Blick zum Fenster gerichtet. Regen peitschte dagegen, Wasserrinnsale liefen die Scheibe hinab. Seine Hand unter ihrer Bluse.

Schnatternde Erpel rissen Martin aus seiner Träumerei. Er stülpte den Hemdärmel hoch und strich über die noch frische Wunde.

Ein Fisch tauchte auf und wälzte sich an der Wasseroberfläche.

»Ach«, meinte Martin amüsiert, »dich interessiert, wo ich mich verletzt hab.«

Und so erzählte er dem Fluss, wie es dazu gekommen war. Abschließend zitierte er den Brief, den er auswendig konnte.

Ob Alena ihn schon gelesen hatte? Er legte eine Hand auf seinen Bauch und fühlte die Wärme, die sich darin ausbreitete. Mit einem Lächeln stellte er fest, dass er ein klein wenig besessen war von Alena und den Gefühlen, die sie hervorrief.

Ein Junge stand auf dem Steg und zielte mit Brotstücken auf die Köpfe der Erpel. Er grunzte, wenn er einen traf. An den halb gefluteten Büschen kräuselte sich die Gischt und in der Mitte des Flusses ragte ein Felsen haifischflossengleich heraus.

Martin betrachtete die Schwielen und Risse an seinen Händen. Gut zupacken konnte er, aber schön schreiben? Den Brief mit Parfüm zu bestäuben, das war eine geniale Idee gewesen.

Er zog sich am Geländer hoch, klopfte Erde von der Hose und tastete erneut nach den Kronen. Blumen würde er ihr kaufen. Oder noch besser: ein Plüschtier. Das war die Idee! Dieser zusammengeflickte Stoffmond hatte ohnehin ausgedient.

Und mit dem restlichen Geld lade ich sie zum Frühstücken ein, morgen, dachte er und hatte die urige Gastwirtschaft im Sinn, unweit des Parks.

In dem Geschäft mit der blauen Tür, gleich an der Hauptstraße, besorgte er sich einen besonders flauschigen Teddybären. Mit dem trat er durch das schmiedeeiserne Eingangstor in die Parkanlage. Hier, an der Stätte seines Glücks, würde er sich ein wenig die Zeit vertreiben. Sonnenstrahlen kämpften sich durch die Baumwipfel und zeichneten kunstvolle Schattenbilder auf die Wiese. Ein Mädchen lief, so schnell es konnte, und ließ einen Drachen steigen. Den Blick abwechselnd nach vorn und nach oben gerichtet. »Mama! Sieh nur!«

Ein älterer Herr mit Dackel grüßte eine Mutter, die ihren Kinderwagen schob, und schlurfte gemächlich seines Weges.

Martin sah auf der Bank, mit der er sein Glück verband, ein Pärchen sitzen, ein wenig von der Erle verdeckt. Er freute sich mit ihnen und sehnte Alena herbei. Was sie wohl für ihn empfand?

Als er mit gesenktem Blick durch das Gras schlenderte, dachte er über seine erste große Liebe nach.

Mit Karolina hatte er schon im Sandkasten gespielt, sie war seine Cousine. Dass es mehr war als Freundschaft, spürte er in der Schule, als er sie beim Flirten mit einem Jungen beobachtete. Er packte sie am Arm und zog sie weg, konnte aber ihr und sich seine Reaktion nicht erklären. Martin fiel ein, dass er ihr daraufhin einen Brief geschrieben hatte. Nur bekam sie ihn nie zu lesen. Das Schreiben steckte in seiner Manteltasche, als sie sich nachts in der Scheune trafen, dort wo der große Traktor abgestellt war, gleich neben seinem Elternhaus. Er ging aufs Ganze, drückte sie gegen einen Balken und schob ihren Rock hoch. Er dachte, dass sie es auch wollte. Sie sprach laut auf ihn ein, wollte ihn zurückdrängen, doch er ließ nicht von ihr ab. Dann schlug die Scheunentür gegen den Traktorreifen. Sein Vater trat ein, mit zerzaustem Haar und im Schlafanzug. Er ging auf ihn los und ohrfeigte ihn kräftig. Martin musste sich wehren, auch, um vor Karolina sein Gesicht zu wahren. Wenige Momente später lag Vater im Stroh, der Ohnmacht nahe. Eine Heugabel steckte in seinem Oberschenkel. Die Schlafanzughose saugte sich mit Blut voll, das bald auf die Halme tropfte. Nach dieser Nacht war das Verhältnis zu seinen Eltern und Karolina massiv gestört. Martin kehrte seinem Heimatdorf den Rücken, noch bevor der Vater aus dem Krankenhaus entlassen wurde, und zog bei seiner Tante ein.

Vielleicht sollte er den Kontakt wieder aufnehmen? Mit Alena an seiner Seite konnte er nicht nur mit sich und seinem Leben Frieden schließen.

Er betrachtete den Teddy.

»Na? Was willst du mir erzählen?« In den dunklen

Knopfaugen bemerkte Martin eine Traurigkeit, die ihn nachdenklich stimmte. Ihm war, als hätte der Teddy seine Gedanken mit angehört. Als fühlte er mit ihm.

»Mit Alena wird alles besser! Du wirst sehen, dass ich mit ihr glücklich werde«, versprach er dem Teddy und wäre fast über einen dicken Ast gestolpert.

»Ich bringe sie fort von hier. Vielleicht gründe ich einen Bauernhof oder lege eine Plantage an. Was hältst du davon? Und ich würde ackern wie ein Pferd.«

Er hatte den Duft frischer Erde in der Nase und sah Alena vor sich, wie sie in einem Feld sonnengereiften Korns Pirouetten drehte.

»Glaub mir, Teddy, sie wird es gut haben bei mir.«

Er war dem Pärchen so nahe gekommen, dass er hören konnte, wie sie sich küssten. Langsam ließ er den Teddy sinken und sah zu den beiden hinüber. Erst auf den zweiten Blick erkannte er Alena, die auf dem Schoß eines bulligen Typen saß. Alena! Seine Alena! Die hohe Stirn des Kerls verfinsterte sich zu einer drohenden Gebärde, als Martin sie anstarrte. Fest drückte dieser Alena an sich, seine Blicke knurrten. Martin schien es, als würde Alena durch ihn hindurchsehen. Er wollte auf sie zugehen, sie rütteln, auf sich aufmerksam machen, doch er wagte nicht, einen Fuß in ihre Richtung zu setzen.

»Was starrst du so blöd? Hau ab!«, rief der Kerl.

Martin lehnte sich gegen eine moosbewachsene Gassenmauer und ließ sich auf das Pflaster sinken. Dass jemand auf die Stelle neben ihm uriniert hatte und überall Zigarettenstumpen lagen, war ihm egal. Gegenüber lag die Gastwirtschaft, in der er mit Alena hätte frühstücken wollen. Durch ein gekipptes Küchenfenster quoll Fritteusenrauch und es roch nach fettigen Pommes und Currypulver. Martin legte den Teddy in den Schmutz, kratzte die Wunde am Unterarm auf und hob den Ellenbogen auf Augenhöhe. Reglos betrachtete er das Blutrinnsal, das von seinem Arm auf die Hose tropfte.

»Mami!«, hörte er eine Kinderstimme und sah auf.

»Was macht der Mann da?« Die Frau mit der gelben Handtasche und den hochgesteckten Haaren gab keine Antwort und zog das Mädchen zur Eingangstreppe der Gastwirtschaft. Martin nahm den Teddy und wischte sich mit dem Bärenbauch das Blut vom Arm.

»Ich hätte dich vor ihr in Stücke reißen sollen. Diese Schlampe!« Mit einem Kieselstein ritzte er Kreuze in die Knopfaugen des Teddys.

Martin lehnte sich zurück, den Hinterkopf fest gegen die raue Mauer gedrückt. Die Leute, die an ihm vorübergingen, nahm er nicht wahr. Er saß dort, bis es dunkel wurde, den Teddy im Schoß, und überlegte, warum es nicht geklappt hatte. Vielleicht war alles nur ein Missverständnis? Aber dann wäre sie ihm nachgegangen, hätte irgendwas gesagt.

Im Eingangsbereich der Gastwirtschaft ging das Licht an, ein Kellner verkettete auf der Terrasse Tische und Stühle und verriegelte die Tür zum Lokal. Im Hinterhof flatterten Cordhosen und Unterhemden auf der Wäscheleine. Martin sah zu den Wolken, die sich über Smutkov aufgetürmt hatten, war in Gedanken bei Alena und dem Kerl auf der Parkbank. Er hätte sie prügeln sollen!

Der Wind frischte auf, Martin fröstelte und als er das Hemd fester um sich zog, hörte er ein dumpfes Geräusch. Im Hof der Gaststätte lag eine umgekippte Mülltonne, der Deckel rollte davon, und eine rote Plastiktüte wirbelte um zerdrückte Milchpackungen. Seine Stimmung kippte, er brauchte Trost. Und so machte er sich auf den Weg zur Apolena.

Vor seiner Brücke blieb er stehen. Der Fluss strömte knapp unter dem Brückenboden dahin. Stieg er weiter an, würde er die Brücke fluten. Sollte er doch! Zwei unsichere Schritte, dann fasste Martin Mut, stampfte weiter und entdeckte zwischen zwei Geländerpfosten eine Kreuzspinne, die sich nur mühsam im Netz halten konnte. Er fegte das Tier auf den Boden und zertrat es, packte den Teddy und spuckte ihn an. Speichel rann dem Stofftier über die zerkratzten Knopfaugen, während Martin den Schnürsenkel aus der Hosentasche zog. Er knüpfte einen Knoten um den Bärenhals und erhängte den Teddy am Holzgeländer.

Da stand er nun, umkrallte den Handlauf und starrte auf die Apolena, an deren Oberfläche sich Laternenlicht brach.

»Du siehst, dass meine Pläne durchkreuzt wurden«, brachte er hervor, dann schluchzte er, fühlte sich als Versager und drückte die Hände gegen das Gesicht.

»Schon gut, schon gut. Ist nicht so schlimm, geht schon wieder.« Er atmete kräftig durch und sah sich um.

Laub wirbelte um die Weiden, die sich an den Uferseiten zur Erde bogen, und der Himmel war dunkel von rumorenden Wolken.

Er dachte an Alena und daran, wie sie ihn zu sich in die Wohnung geführt hatte, wie sie seine Wunde verband. Er konnte ihren Veilchenduft riechen. Daumen und Zeigefinger drückte er in seine Augen und presste die Tränen zurück, während er Mühe hatte, sich mit der anderen Hand festzuhalten und dem Wind zu trotzen.

Er stellte sich vor, wie Alena diesen Kerl in ihr Zimmer führte, ihn küsste. Wie er über ihren Bauch streichelte, sie zum Stöhnen brachte. Wie sie sich mit den Händen an ihrem Schreibtisch abstützte, hinter sich den Kerl hatte. Wie er ihren Rock hochschob, seine Hose fallen ließ, und in sie eindrang.

»Diese verdammte Schlampe!« Martin boxte gegen das Geländer und riss sich die Hand blutig. Alles kam ihm so sinnlos vor, sein ganzes Dasein. Es musste beendet werden, jetzt und hier. Er setzte einen Fuß auf die erste Geländersprosse, sah, wie er der reißenden Apolena näher kam, stieg auf die zweite Sprosse und rutschte ab. Seine Hände zitterten, er kam wieder zu Sinnen und leckte sich das Blut von der Haut. *Das ist es nicht wert. Sie ist es nicht wert!*

Blitze ästelten aus dem Wolkengrau. Ein Donner grollte und Martin fühlte, wie sich die Brücke hob. Wasser quoll durch die Ritzen, umspülte Martins Füße. Apolena war dabei, die Brücke zu fluten. Er wollte nach Hause, zur Tante, in sein altes Leben zurück und doch kam er nur zwei Schritte weit. Gerade noch bekam er den Handlauf zu fassen, als Regenmassen auf ihn herniederbrachen. Ein dicker Wasserfilm lief an ihm hinab. Er hielt den Kopf nach unten, drückte sein Kinn gegen die Brust und rang nach Luft, so lange, bis der Regen nachließ, und er wieder zum Atmen kam, dann sah er auf.

Die Apolena trat über das Ufer. Ein kleiner Steg knarrte, zersplitterte, trieb davon. Schaumkronen drehten sich auf der reißenden Masse. Ein Dachziegel zischte knapp an Martin vorbei.

Er sah erschrocken über seine Schulter zurück. Der Wind deckte das Dach eines Bootshauses ab, Kajaks schlugen wild aneinander. Eines löste sich und brauste auf die Brücke zu. Es durchbrach das hölzerne Geländer, knapp neben Martin, und jagte davon. Bei dem Versuch zurückzuweichen, rutschte er aus und wurde von der Brücke gespült. Er bekam einen Pfosten zu fassen und klammerte sich mit den Händen so fest daran, dass seine Fingerknöchel weiß hervortraten. Neben ihm wirbelte der Teddy an der abstehenden Sprosse.

Martin versuchte, sich auf die Brücke zu ziehen, doch die Strömung war zu stark. Ihm tränten die Augen, seine Umgebung verschwamm.

Der vordere Übergang gab den Fluten nach, der Fluss riss ihn mit sich. Die beschädigte Brücke wankte bedrohlich, während Martin die Kräfte verließen.

☾

Früh am nächsten Morgen stiefelte ein Mädchen mit rotem Anorak am aufgeweichten Ufer entlang und sah zur Sonne, die halb von einer blass schimmernden Wolke verdeckt wurde. Das Mädchen wich erschrocken zurück, als es auf etwas Weiches trat. Ein Käfer krabbelte um einen Teddybären, der zerfleddert im Schlamm feststeckte. Zerkratzte Knopfaugen glitzerten das Mädchen an.

»Sie ist weg, sie ist weg«, rief jemand auf der anderen Uferseite. »Die Brücke! Sie ist weg!«

Ein alter Mann stand dort und fuchtelte wild mit einem Stock, den Blick auf den Fluss gerichtet. Einzig die Ruine eines Steinpfeilers ragte aus der friedlich dahinfließenden Apolena.

KAPITEL 4

Sollte ich vielleicht zu Gott beten, damit das endlich was wird, fragte Vlado sich, als er aus der Ferne hörte, wie die Domglocken zur Morgenmesse läuteten. Bei dem Gedanken musste er seufzen. Er lag auf der Ledercouch, in eine Wolldecke gewickelt, mit Blick auf die beiden Fenster seines geräumigen Wohnschlafraums. Lange war er in der Nacht wach geblieben, und während draußen ein Gewitter wütete, hatte er sich gefragt, wie das mit Alena eigentlich weitergehen sollte. Die Glasvitrine, in der er seine Trophäen ausstellte, klirrte bei jedem Donnerschlag. Alena war davon nicht wach geworden. Sie schlummerte noch in seinem Bett, eine Berberteppichlänge entfernt. Ihr Hinterkopf lugte aus dem Kissen hervor.

Er rieb sich ein Auge und gähnte; auf der Couch schlief es sich nicht sonderlich gut. Vlado erinnerte sich, wie er Alena das erste Mal gesehen hatte, bei einem seiner Kickboxkämpfe. Pause, kurz vor der dritten Runde. Er wischte sich Blut von der Nase und taxierte den bulligen Glatzkopf in der gegenüberliegenden Ringecke. Der hatte so brutal auf ihn eingeschlagen, dass Vlado dachte, keine Runde mehr standhalten zu können. Es war nur ein Schwenk ins Publikum, da entdeckte er Alena, wie sie ihm einen kühlen Blick zuwarf. Vor diesen Augen durfte er nicht versagen, niemals. Der Kampf war schnell beendet und er der Sieger. In Alenas Nähe wurde Vlado zu einem Gewitter, sie entfesselte seine Kräfte.

Er hatte sie nach der Sportveranstaltung in ein Café eingeladen und die nächsten Wochen mehrere Male ins Kino und auf Konzerte. Er lernte neue Seiten an sich kennen. Mal fand er sich in einer Gärtnerei wieder auf der Suche nach Blumen für Alena, mal an seinem Schreibtisch über einem Brief brütend. Es war ihm ein Rätsel, warum sie ihn auf Distanz hielt. Vielleicht lag es an ihrer Vergangenheit?

Er hörte ein Geräusch und sah zu ihr hinüber. Sie drehte sich um, wandte ihr Gesicht auf seine Seite, ohne die Augen zu öffnen, und schlief weiter. Er wälzte sich auf den Bauch und schob das Kissen unter sein Kinn. Oft lag er so da, lange bevor sie erwachte, und konnte sich an diesem Gesicht nicht sattsehen.

Sie ließ sich öfter dazu überreden, bei ihm zu übernachten, nie aber, mit ihm das Bett zu teilen. Er sah zu dem Kleiderschrank, in dessen Tür ein Spiegel eingelassen war. Nachdenklich betrachtete er sich, fuhr sich durch das dichte Haar und strich über sein kräftiges Kinn. Einzig die von Schlägen gekrümmte Nase störte das Ideal. Egal, ich gefalle ihr, dachte er. Ganz sicher. Gestern hatte es fast geklappt. Wäre dieser verdammte Lockenkopf nicht aufgekreuzt.

Sie hatte im Park auf seinem Schoß gesessen und den Kopf an seine Schulter gelehnt. Er fühlte ihren Atem auf der Wange und drückte sie an sich. Ignorierte zaghafte Widerstände und küsste sie.

Doch nachdem sie von dem Trottel gestört worden waren, stand sie auf und wollte spazieren gehen. In Gedanken jagte er dem Lockenkopf nach und stieß ihn zu Boden, und sie drängte er, sich ihm erneut hinzugeben. So hungrig ihn dieser Kuss gemacht hatte, so unbefriedigt ließ er ihn zurück.

Er rieb sich die Stirn und dachte nach, wie er sie endlich für sich gewinnen könnte. Vielleicht hatte Petr eine Idee. Ganz sicher hatte Petr eine Idee! Der war ganz versessen darauf, ihm einen Gefallen zu tun. Vlado musste schmunzeln. Mit seinem Haferlschnitt und dem Bauchansatz erinnerte Petr ihn an einen Mops, der gern blödelte. Als Vlado ihm erzählt hatte, dass Alenas Vater ertrunken war und Alena ihre Mutter Tage später erhängt in der Garage fand, hatte Petr ein Sprungseil aus Vlados Trainingstasche gezogen und diese Szene imitiert. Witzbold halt.

Welches Bild sich in Alenas Erinnerung gebrannt haben mochte?

»Mama? Mama?« Die Zwölfjährige zog das Garagentor auf. »Ma...« und starrte auf ihre Mutter, die mit einem Strick um den Hals über einem umgekippten Fahrrad baumelte. Das Gesicht blau angelaufen, eine Fliege krabbelte aus ihrem Mund. Die Jeans waren an den Schenkelinnenseiten dunkelnass, der Urin tropfte auf einen Fahrradreifen.

Vlado schüttelte es. Er schob die Decke beiseite, stand auf und zog sich leise an. Er wollte zum Bäcker gehen und Alena mit Apfeltaschen, Brötchen und frischem Kaffee überraschen. Fast wäre er beim Hinausgehen über ihre Stoffpumps gestolpert. Mit einem Blick vergewisserte er sich, dass sie von dem Geräusch nicht wach geworden war und schlich aus dem Zimmer.

Nur wenige Minuten brauchte er zum Brötchenholen. Er legte die Tüte auf dem Esstisch ab und horchte an der Schlafzimmertür. Stille. Er ging zurück in die Küche, setzte Kaffee auf und deckte den Tisch. Er hatte für Alena die Brötchen mit den Kürbiskernen einpacken lassen. Nach dem Frühstück kuscheln wir noch ein wenig, dachte er und eilte ins Bad, um seine Zähne zu putzen und sich mit etwas Hugo Boss einzunebeln.

Als er fertig war, machte er sich auf den Weg zu Alena. Mit einem Kuss würde er sie wecken. Er zog die Tür langsam auf, ihre Stoffpumps waren nicht mehr da. War sie etwa abgehauen? Er sah zum Bett, es war leer, die Decke hing halb zu Boden. Vielleicht saß sie auf der Toilette.

»Alena?«, rief er und horchte. Der Kaffee gurgelte durch

den Filter. »Alena?« Keine Reaktion.

»Geduld musst du mit ihr haben«, zischte er leise vor sich hin, mit zerknirschter Miene und einer geballten Faust. »Geduld!«

Vielleicht hatte sie ihm eine Nachricht dagelassen. Nachdem er vergeblich das Schlafzimmer abgesucht hatte, warf er sich auf das Bett, presste sein Gesicht tief in das Kissen und roch gierig an dem Stoff, der so herrlich nach ihrem Haar duftete.

»Die macht mich noch wahnsinnig!« Vlado sog noch einmal Alenas Duft in sich ein, dann stand er auf. Er würde sich mit Petr beratschlagen.

Im Büro durchblätterte er das Telefonbuch nach Petrs Nummer. »Pension Kuklov«, das musste es sein.

»Petr? Bist du dran? Vlado hier.« Im Hintergrund waren Hammerschläge und Bohrmaschinendröhnen zu hören.

»Hey! Ich bin überrascht! Freut mich, dass ...«

»Was ist denn das für ein Krach bei dir?«

»Bei uns wird ein Fremdenzimmer renoviert.«

»Warum ich anrufe: Du musst ...« Vlado schilderte sein Problem mit Alena. »Hast du einen Tipp, wie ich sie für mich gewinnen kann?« Er winkte die Vorschläge mit flapsigen Kommentaren ab »... hast du keine bessere Idee?«

Am Marktplatz fand ein Frühlingsmarkt statt. Die Kirchenpforte öffnete sich und die Besucher der Morgenmesse mischten sich unter das geschäftige Treiben. An den von Kastanienbäumen flankierten Ständen bildeten sich große Menschentrauben. Ein Reiter aus Bronze ragte in der Mitte des Platzes aus der Menge. Das Schwert hatte er hoch zum Kampf gereckt, die Sonne reflektierte darin.

Sein Pferd stand auf den Hinterbeinen und scheute.

Alena blieb auf der Steintreppe zum Dom stehen und rieb sich die Arme. Sie musste den Marktplatz überqueren, wollte sie keinen Umweg über unbeobachtete Gassen gehen.

Wie sie solche Menschenansammlungen hasste.

Eine Babischka rempelte Alena eine Stufe hinunter, ohne sich zu entschuldigen. Sie sah über die Oma hinweg und beobachtete einen vollbärtigen Metzger, wie er einen Stein nach einem Hund warf, dessen Rippen unter dem grauen Fell zu sehen waren. Alena wollte es hinter sich bringen, trat entschlossen die Treppen hinunter und drängelte sich durch die Menge.

»Bohnen, frische Bohnen!«, krächzte eine dicke Bauersfrau hustend und mit hochroten Wangen. Alena sah neben dem Gemüsestand einen Bettler sitzen, den Kopf an einen der Kastanienbäume gelehnt, vor sich im Schoß eine leere Schale.

Das Stimmengewirr wurde lauter und lauter, oder kam es Alena nur so vor? Sie wurde hin und her geschoben. Mal verirrte sich eine fremde Hand an ihren Hintern, mal trat sie in eine Pfütze, mal stieß ein Ellenbogen gegen ihre Brust, schließlich lächelte ein unrasierter Kerl ihr seine Bierfahne entgegen. Dann endlich hatte sie sich durch die Menge gewunden.

»Hey, Schnecke! Komm doch mal her«, rief ein Schwarzhaariger. Er lehnte zusammen mit drei Kumpeln an einer Litfaßsäule. »Wir werden sicher unseren Spaß mit dir haben«, grölte er und deutete ihr mit einer Geste an, was er meinte. Die anderen johlten und pfiffen. Alena wich einen Schritt zurück, zog den Satin-Blouson noch enger um den Körper und drehte ihnen den Rücken zu. Rasch bog sie in die nächste Seitenstraße ein, ohne sich noch einmal umzusehen.

Als sie das Studentenwohnheim erreichte, stürzte sie in die Eingangshalle und eilte die Treppen hoch. Sie drückte mit dem Rücken die Wohnungstür ins Schloss, sank in die Knie und kam sich vor wie ein Stück Fleisch. Sie fühlte, wie ihr die Tränen über die Wangen rollten und vom Kinn auf die zitternden Fäuste tropften, die sie gegen den Bauch gepresst hielt. »Papa«, murmelte sie. »Ich halte das nicht länger aus.«

Mit der Zeit war es ihr gelungen, sich wegzuträumen und die Kindheitserinnerungen zu verdrängen. Dann rasselten die Vergangenheitsgeister mit ihren Ketten und raubten Alena die Seelenruhe. Sie wollte wieder schlafend durch das Leben gehen.

Durch die offen stehende Küchentür erspähte sie ein Messer, das auf dem Tisch neben einem Schneidbrett lag. Komm, steh auf und bringe es hinter dich, befahl sie sich. Ein Schnitt und es wäre vorbei.

Sie wischte sich mit dem Hemdsärmel die Tränen von den Wangen und ging ins Bad.

Abwechselnd duschte sie mit heißem und eiskaltem Wasser. Nach einer Stunde fühlte sie sich noch immer schmutzig. Sie lehnte sich mit der Stirn an die vom Dampf beschlagenen Fliesen und atmete schwer. Wenigstens betäubte der körperliche Schmerz für eine Weile die Seelenqualen. Die Wohnungstür fiel ins Schloss.

»Ich habe auf die Anzeige hin ganz viel Post bekommen. Komm her und lies mit«, rief Magdalena aufgeregt. Alena drehte die Dusche ab und mahnte sich zur Ruhe.

Magdalena saß mit gezogener Schnute am Küchentisch. Vor ihr lagen unzählige aufgerissene Kuverts und maschinengeschriebene Briefe.

»Toll. Lauter teure Partnervermittlungen. Nur ein richtiger Brief«, murmelte Magdalena und schwenkte ihn in der Luft hin und her. »Und der ist von einem fast

Fünfzigjährigen, der auf der Suche nach einer Affäre ist.«

Alena drückte Magdalenas Kopf gegen den Bauch und streichelte der Freundin übers Haar. »Scheint unter keinem guten Stern zu stehen, dieser Tag.«

»Hast du wieder bei Vlado geschlafen?«

»Ja.«

»Ich hab mich gefürchtet! So viel Donner und Regen und Einsamkeit.« Magdalena ließ den Brief seufzend zu Boden segeln.

Ein schlechtes Gewissen machte Alena zu schaffen, obwohl Magdalena das sicher nur scherzhaft gemeint hatte.

Alena holte Orangensaft aus dem Kühlschrank und schenkte ihnen ein. »Ich besuche meine Oma am Abend, magst du mitkommen?«

Magdalena winkte ab. »Ich werde büffeln.«

»Na gut. Dafür werde ich dir vorm Schlafengehen eine Geschichte vorlesen. Hm?«

»Au ja!« Ihre Miene hellte auf.

Alena räusperte sich. »Oder soll der Fünfzigjährige den Vorleser spielen?«

»Wart's ab, vielleicht gehe ich sogar darauf ein.«

☾

In der »Pension Kuklov« kamen die Renovierungsarbeiten zügig voran. Hoffentlich machen die bald Mittagspause, dachte Petr. Schön langsam bekam er von dem Lärm Kopfschmerzen.

Er stand im Flur vor der Kommode und blätterte nach der Nummer seines Onkels, den er um Hilfe in der Vlado-Sache bitten wollte.

Als er tippte, rief sein Vater vom ersten Stock aus, dass er Brötchen kaufen und Brotzeit machen solle.

»Ein Freund wartet aber auf meinen Anruf.«

»Bist ja gleich wieder da.«

»… bist ja gleich wieder da …«, äffte Petr den Vater nach. »Zum Marktplatz ist es eine Viertelstunde.«

»Geld liegt in der Küche.« Er hörte, wie die Tür im ersten Stock geschlossen wurde, und trat frustriert gegen die Kommode.

»Verdammt noch mal, bin ich vielleicht dein Neger?«

Er tippte die Nummer ein, damit er nachher nur die Wiederwahltaste betätigen musste und eilte in die Küche. Wo war bloß der scheiß Geldbeutel? Er entdeckte ihn neben der Mikrowelle, fischte ein paar Münzen heraus und machte sich auf den Weg.

»Das macht dann 45 Kronen.« Die Bäckereiverkäuferin sah lustig aus mit dem Semmelbrösel auf der Stupsnase, passend zu den sommersprossenbesprenkelten Wangen. Petr legte das abgezählte Geld auf die Ablage und verkniff sich ein Lächeln. Nicht, dass sie es falsch verstand. Er packte die Tüte mit den Brötchen und hastete aus dem Laden. Hoffentlich war Vlado nicht schon angesäuert, das gäbe Minuspunkte.

Er drängelte sich durch die Menschenmenge. Ausgerechnet heute musste ein Frühlingsmarkt sein. Halb ging er, halb lief er durch den Torbogen hindurch. Die Straßenbahn hielt, Petr stieg ein und wollte sich die hundert Meter chauffieren lassen, um Zeit zu sparen. Er stellte die Tüte mit den Brötchen auf den Platz neben sich und sah durch das Fenster, dass auf dem Votavo-Platz ein Flohmarkt stattfand.

Die Mittagssonne hatte den Boden staubtrocken gesogen. Arbeiter waren mit letzten Aufbauarbeiten beschäftigt, hämmerten an Holzbalken, zurrten Stricke fest und überprüften Halterungen. Einige Ungeduldige schlenderten an den Ständen vorbei.

Hoffentlich sind die bald mit dem blöden Renovieren

fertig, dachte Petr. Flohmarktbummeln wäre jetzt nach seinem Geschmack, ein bisschen mit den Händlern feilschen, vielleicht ein paar günstige CDs erstehen.

Die Straßenbahn setzte ihre Fahrt fort und hielt wenig später vor der »Pension Kuklov«.

Petr kramte im Laufen die Hausschlüssel aus der Hosentasche, und als er die Tür aufschloss, hörte er den Vater seinen Namen rufen.

»Bin ja schon da!«

»Ich hab Kaffee durchlaufen lassen. Nimm Geschirr mit und beeil dich.«

Die beiden Kannen waren bis obenhin mit Kaffee gefüllt. Er holte Margarine aus dem Kühlschrank, entdeckte darauf Schimmelflecken und strich sie reichlich weg. Die Arbeiter waren nicht zu hören, wahrscheinlich warteten sie schon. Also bestrich er die Brötchen und belegte sie mit Bierwurst und Essiggurken. Es musste schnell gehen, Petr wollte Vlado nicht länger warten lassen.

Ab 12:00 Uhr Flohmarkt am Votavo-Platz.
Die Brücke wird noch in dieser Woche fertiggestellt.
Familiendrama in ...

Vlado blätterte in der Morgenpost, ohne sich auf die Artikel konzentrieren zu können. Immer wieder horchte er in Richtung Büro und wartete auf Petrs Rückruf. Er schüttelte die Thermoskanne, sie war leer. Das Koffein war ihm zu Kopf gestiegen. Er brach einen Kürbiskern von einem Brötchen und knabberte daran.

Endlich klingelte das Telefon.

»Tut mir leid, Vlado, mir ist etwas dazwischengekommen.«

»Hast du die Nummer?«

Vlado notierte sie auf einem Block. »Hast was gut bei mir.« Er malte ein Strichmännchen zu der Nummer. Ein lachendes. »Hey, hast du Lust auf Flohmarkt? Der Votavo-Platz liegt doch bei dir in der Nähe.«

»Würde ich gern. Muss aber meinem Alten helfen. Brotzeit machen und so.«

»Lass dich von dem Ausbeuter gernhaben. Verarschen wir ein wenig die Händler.«

»Ein anderes Mal kommt Petr gern mit.«

Ab und an sprach er von sich in der dritten Person, was bei Vlado immer ein Stirnrunzeln hervorrief. Irgendwann würde er Petr darauf ansprechen, was er sich dabei dachte, irgendwann, aber nicht jetzt.

»Na gut. Aber morgen um elf stehst du bei mir auf der Matte.«

»Bestimmt!«

Vlado legte auf. Der Kürbiskern hatte einen bitteren Geschmack auf seiner Zunge hinterlassen. Er betrachtete nachdenklich die Nummer. Den Anruf würde er später tätigen. Erst wollte er die Zeit beim Flohmarktbummeln zertreten.

Eine alte Frau legte sorgfältig Schmuck und feinste Handarbeiten auf den Ablagen zurecht, ein Mädchen half ihrem Vater mit dem Auspacken von Tonschalen. Es roch nach Leder und ein wenig nach Kuhmist. Vlado schlenderte an einem Stand vorüber, an dem hölzerne Figuren feilgeboten wurden. Er schenkte den geschnitzten Adlern und Tauben ein Grinsen. *So ein Kitsch.* Da fiel ihm eine Katzenstatue auf, die es sich zwischen hölzernen Fliegenpilzen gemütlich gemacht hatte. Er blieb stehen. In den grünen Glastalern, die als Augen dienten, spiegelte sich das Sonnenlicht.

»Willst du kaufen?« Rauchig klang die Stimme des

graubärtigen Vietnamesen, der Vlado aufmerksam taxierte.

»Wie viel du wollen dafür?«

»700 Kronen.«

Vlado klopfte gegen die Holzfigur, ohne seinen Blick von dem Händler zu nehmen. »Ist nix gute Qualität.«

Der Händler kratzte sich an der Schläfe, seine Miene verdunkelte sich. »Doch – ist gute Qualität. Handgearbeitet. Wenn du willst, ich mache Sonderpreis, nur für dich. 550 Kronen.«

»550 Kronen? Ich zahlen nix 550 Kronen. Ich zahle 400 Kronen.«

»400 Kronen?«, fuhr der andere auf. »500 Kronen!«

Vlado wandte sich ab.

»400 Kronen ist gut. Ausnahmsweise«, murrte der Händler. Vlado zog ein dickes Geldbündel aus der Tasche und hielt es so, dass der Vietnamese es auch sehen konnte.

»Stimmt so.« Er hielt 200 Kronen über die Ablage.

»Ist ein Scherz, oder?«

»Ich nix machen Scherze, ich armer Schlucker«, entgegnete Vlado mit Unschuldsmiene und fächerte sich mit dem Geldbündel Luft zu.

Der Händler nickte als Zeichen, dass er verstanden hatte. Demonstrativ verschränkte er die Arme und schärfte seinen Blick. »Verschwinde!«

Vlado tätschelte den Katzenkopf. »Braves Kätzchen.« Dann ging er weiter und trottete an den Ständen vorbei. Handgeknüpfte Teppiche, Geschirr, Steinschmuck – es interessierte ihn nicht. Längst war er in Gedanken bei Alena und hoffte, dass er sie überraschen konnte. Er lehnte sich gegen eine Parkbank und träumte sich fort.

Sie stand auf einer gemähten Wiese, hinter sich eine Hügellandschaft. Plötzlich kämpfte sich vor ihr ein Holzstück aus dem Gras und drückte sich mit den Ästen aus der Erde. Wie aus einem hölzernen Mantel schlüpfte eine gesichtslose Katze aus dem Scheit und streichelte um Alenas Beine. Zwei grüne Tränen tropften von Alenas Wangen und der Katze vor die Pfoten. Das Holztier suchte den Boden ab, hielt still und drückte den Kopf nach unten. Mit grün schimmernden Glasaugen erhob sie ihn und zwinkerte Vlado zu. Alena ging in die Knie und streichelte die Katze, die der hölzernen Figur des Vietnamesen bis ins kleinste Detail glich.

Der Händler verhielt sich reserviert, als Vlado ihm 400 Kronen entgegenstreckte. »Das reicht nicht.«

»So war es ausgemacht.«

Der Graubärtige rieb sich die Stirn. »Oh. Ich nix erinnern. Ich alter Mann, du verstehen?«

»Reiz mich nicht«, murrte Vlado und zog weitere 100 Kronen aus dem Geldbündel.

»Ich zwar alte Mann. Aber ich lernen schnell von Kunden«, gab der Händler zurück, während er angestrengt die 500 Kronen beäugte, die ihm Vlado anbot. »Holzkatze aber kosten 800 Kronen.«

»Willst du mich verarschen?«, zischte Vlado und zerdrückte das Geld in der Hand.

Der Händler stützte sich auf die Ablage und setzte sein breitestes Grinsen auf. »Ich nix verarschen, ich armer Händler.«

Vlado warf ihm die zerknitterten Kronen gegen die Brust, packte die Katzenstatue und ging ohne weiteren Blickkontakt.

Er saß in seinem Büro vor dem Schreibtisch und wählte zum wiederholten Male Alenas Nummer. Immer noch belegt. Unsanft ließ er den Hörer auf die Gabel fallen. Er drückte sich gegen die Stuhllehne und sah zum Fenster hinaus. Grauer Abendhimmel. Der Wind drängte Wolken über die roten Häusergiebel, peitschte sie das Firmament entlang. Eine Schar Krähen schwang sich ihnen nach.

Vlado nahm einen Bleistift zur Hand, tippte auf den Zettel mit der Nummer und malte dem Strichmännchen einen dicken Bauch. Er nahm den Hörer und drückte die Wiederwahltaste. Belegt. Vlado presste den Bleistift auf das Papier, bis die Minenspitze brach, dann warf er ihn in die Ecke. »Verdammt!« Ihm knurrte der Magen. Er ging in die Küche, schmierte sich ein Marmeladenbrot und kehrte nach nur zwei Bissen zurück.

Endlich – ein Freizeichen. Hoffentlich ging Alena ran. Anfangs war ihm diese Magdalena nicht unsympathisch gewesen, doch als Vlado sie ein wenig über Alena ausfragen wollte, stellte sich Magdalena quer, gab sich kühl und zickig.

Vlado trommelte mit den Fingerspitzen auf den Zettel, brachte den Minenstaub zum Zittern.

»Magdalena? Hast du gerade telefoniert?«

»Geht dich das was an?«

Vlado zerknüllte den Zettel. »Gib mir mal Alena«, grollte er.

»Sie ist nicht da.«

»Ja und weiter? Wo ist sie?«

»Bei ihrer Oma.«

Nichts schien an diesem Abend zu klappen. »Lass dir doch nicht alles aus der Nase ziehen. Wann ist sie zurück?«

»Jetzt hör mal! Bin ich hier die Auskunft?«

»Bin ich hier die Aua-Aua-Auskunft?«, äffte er sie nach.

Sie hängte auf.

»Hallo?« Er knallte den Hörer auf die Telefongabel, schmiss das Zettelknäuel in den Flur und raufte sich die Haare. *Blöde Kuh!* Einige tiefe Atemzüge, ein Einfall, dann der erneute Griff zum Hörer.

»Ja?«

»Tut mir leid, Magdalena. Ich bin im Moment ziemlich

angespannt. Hab Probleme mit dem Trainingscenter. Die Beiträge einiger Mitglieder bleiben aus und so.«

»Schon gut. Ich bin nicht nachtragend. So gegen neun wollte sie zurück sein.«

»Okay, dann probiere ich es später noch mal«, sagte er und legte auf.

KAPITEL 5

Omas Fernseher warf das Licht seiner murmelnden Schwarz-Weiß-Bilder gegen die Wände mit den vergilbten Tapeten. Alena saß auf dem Sessel, blickte ihrer Babischka nach, die gerade das Wohnzimmer verließ und verspürte große Dankbarkeit. Wer weiß, wie ihr Leben verlaufen wäre, hätte ihre Großmutter sie damals nicht bei sich aufgenommen. Ein letzter Schluck Tee, dann stand Alena auf.

Auf der Ablage über dem Kamin lehnte ein Bild an einer schwarzen, dick verzierten Kerze. Es zeigte etwas unscharf ihren Papa auf einer Wiese stehend, mit ihr als Baby auf dem Arm. Sie nahm es in die Hand und erinnerte sich an die vielen Male, die sie es betrachtet hatte.

Gedankenschwer ließ sie den Finger über das kühle Glas gleiten und fühlte die vielen kaum sichtbaren Kratzer. Ihr war, als würde sie über die Narben in ihrem Inneren streichen. Papa lächelte sie an, aus einer besseren Zeit.

Großmutter kehrte zurück, blieb kurz stehen und stellte sich zu Alena.

»Ich denke oft an ihn«, sagte sie leise, strich über Alenas Schulter und nahm die leere Tasse in die Hand. »Ich hab Böhmische Knödel mit Soße im Kühlschrank. Das mache ich uns warm und dann schauen wir, was das Abendprogramm zu bieten hat.«

»Danke, Großmutter, aber ich muss mich auf den Weg machen.«

»Aber Kind, es ist doch schon dunkel.« Mit besorgter Miene stellte Alenas Oma die Tasse wieder ab. »Du kannst über Nacht bleiben. Das hast du ohnehin schon lange nicht mehr getan. Ich hab dein altes Bett frisch bezogen.«

Alena lehnte das Bild zurück an die Kerze. »Das ist lieb von dir«, entgegnete sie und lächelte betrübt. »Aber ich hab

Magdalena versprochen, dass ich ihr eine Geschichte vorlesen werde. Ein anderes Mal gern.«

Da Alena sich nicht mehr umstimmen ließ, nahm Großmutter Alenas Kopf in die Hände und drückte ihr einen Kuss auf die Stirn. »Ich bringe dich zur Tür. Pass auf dich auf, mein Kind. Versprochen?«

»Hier!« Alena öffnete ihre Tasche und gab den Blick auf ein Pfefferspray frei. »Mein Bodyguard.«

Im Flur zog sie sich die Jacke über und holte aus einer der Innentaschen einige Hundert Kronen hervor. Sie legte das Geld der Großmutter in die verfurchte Hand. »Es ist nicht viel.«

Die Oma umklammerte die Scheine, wobei eine leichte Röte in die faltigen Wangen stieg. »Ach Kind, du bist so ein guter Mensch.«

»Das bin ich nicht«, murmelte Alena so leise, dass die Großmutter es nicht hören konnte, schulterte die Tasche und trat aus dem Haus in eine ungemütliche Nacht.

Eine schwere Wolkendecke verdunkelte Smutkov. Nieselregen setzte ein. Vom kalten Wind gescheuchte Nebelschwaden huschten über die feucht glänzende Straße. Alena stand unter einer Laterne vor der Gasse, die sie durchqueren musste. Das Licht beleuchtete das Pflaster bis zu einem Müllcontainer, aus dem ein roter Pulloverärmel schlenkerte. Sie hörte einen Lkw näher kommen und trat schnell in die Gasse, wollte von dem Fahrer nicht gesehen werden. Sie erreichte den Container und sah sich um, der Lkw mit blauer Aufschrift brauste vorüber, das Wasser einer Pfütze spritzte auf. Da stand sie, lauschte dem Dieselmotor nach und betrachtete den Pulloverärmel, der über das Eisen streichelte. Sie wollte umkehren, aber der Gedanke an Magdalena und die versprochene Geschichte trieben sie. Also ging Alena weiter, es waren ohnehin nur wenige Minuten zum Wohnheim, das war zu schaffen.

Daheim würde sie darüber lachen, dass sie Schritte hörte, die da nicht waren, und sich immer wieder umsehen musste. Sie zog den Reißverschluss der Tasche auf, damit sie das Pfefferspray schnell zur Hand hatte. Meterhohe Mauern beengten den Weg. Sie zählte die Pflastersteine, die sie hinter sich ließ und wischte mit den Handrücken die Nässe von den Wangen.

»Denk an etwas Schönes. Denk an etwas Schönes«, befahl sie sich im Takt der klappernden Schritte. Sie hörte ein Auto hinter sich vorüberrauschen und sah sich um. Alena stolperte beinahe, weil sie sich so erschreckt hatte.

Da war eine Bewegung, ganz sicher. Als wäre jemand hinter dem Container in Deckung gegangen. Sie fasste nach dem Pfefferspray und ging zwei schnelle Schritte, den Container im Auge behaltend. Die Nässe an der Stirn fühlte sich eisiger an als zuvor. Ein knarzendes Geräusch, direkt vor ihr. Sie blieb stehen und blickte nach vorn. Eine dunkle Gestalt trat aus dem Schatten eines Hinterhofes. Der Mann zog an einer Zigarette, die Glut warf einen roten Schein auf ein pausbäckiges Gesicht mit buschigen Brauen.

Alena ging einen Schritt zurück. Zeig ihm keine Angst, dachte sie und behielt ihn verstohlen im Auge.

Sie kramte nach einem Tempo und putzte sich umständlich die Nase, das Pfefferspray hielt sie umklammert. Pausbacke zog erneut an der Zigarette, und diesmal erkannte Alena seine Augen, deren Kälte sie gefangen hielt. Wie der sie anstarrte! *Lauf! Lauf so schnell du kannst!* Sie ließ das Taschentuch fallen, wandte sich auf den Absätzen um, kam aber nur drei Pflastersteine weit.

Eine zweite dunkle Gestalt tauchte hinter dem Container hervor und blieb neben dem schlenkernden Pulloverärmel stehen.

Was sollte sie tun? Auf ihn zulaufen, ihm das Pfefferspray in die Augen sprühen? Dann hätte sie vielleicht eine Chance. Etwas hielt sie zurück, fehlender Mut.

Sie stellte sich an die Mauer, die Hand mit dem Pfefferspray presste sie gegen ihre Brust. Die Tasche schleifte am Stein, als sie sich umblickte. Sie konnte nicht schlucken, der Atem ging zu aufgeregt. Sollte sie schreien? Nein. Das hatte in ihrer Kindheit schon schlimmer für sie geendet.

Ein Fensterladen klapperte im Wind, aus der Ferne hupte ein Auto. Die Gestalten näherten sich, blieben links und rechts wenige Meter vor Alena stehen und sahen sie an, ohne etwas zu sagen.

Der Zweite hatte ein markantes Gesicht, einen Dreitagebart.

»Was wollt ihr von mir? Geld?« Sie kramte in der Tasche nach der Geldbörse und warf sie dem Unrasierten vor die Füße. Er kümmerte sich nicht darum, sah sie nur weiter an, mit einem Lächeln. Sie setzte einen Fuß zur Seite, er trat einen Schritt zur Mauer und verstellte den Weg. Alena hob die Hand mit dem Pfefferspray. »Kommt ja nicht näher!«

Pausbacke zog an seiner Zigarette und pustete den Rauch in Alenas Richtung, während er die Kippe zertrat.

»Bitte«, stammelte Alena. »Was wollt ihr von mir?«

Er fasste hinter seinen Rücken und holte ein Messer hervor. Alena drückte instinktiv den Sprühkopf. Er wich aus, der Strahl streifte ihn nur. »So etwas macht man nicht«, mahnte er.

Sie wollte ein zweites Mal sprühen, doch Dreitagebart war mit flinken Schritten bei ihr und schlug ihr das Pfefferspray aus der Hand. Es schepperte auf den Asphalt, während Alena der Arm hinter den Rücken gedreht wurde.

»Au!«, stöhnte sie. »Bitte nicht.«

Pausbacke rieb sich ein Auge, schüttelte den Kopf, anscheinend hatte er etwas abbekommen. Er stieß die Luft zwischen den Zähnen hervor.

»Bist du okay?«, wollte der Unrasierte wissen.

»Ja«, zischte Pausbacke und stach wild mit dem Messer in die Luft, bis sein Atem ruhiger ging.

Alena wand sich, darauf zog Dreitagebart ihren Arm weiter den Rücken hoch, drückte seinen Kopf gegen sie und kratzte mit den Bartstoppeln ihre Wange. »Halt still, dann geht es auch ganz schnell.«

»Ihr Schweine.«

»Lass sie los«, wies Pausbacke seinen Kumpan mit ruhiger Stimme an, und der Griff um Alenas Arm lockerte sich. Sie trat seitlich zurück, bis sie mit den Fersen gegen die Mauer stieß.

»Nehmt das Geld und lasst mich gehen!«

»Ruhe jetzt.« Pausbacke trat an sie heran, ein Auge tränte, er musste blinzeln. Was hatten sie nur im Sinn? Mit der Messerspitze tippte er gegen ihr Kinn, dann hob er es weiter an und deutete auf ihre rechte Augenbraue. »Woher stammt die Narbe?« Er redete in ruhigem Ton mit ihr, als wäre er ein alter Freund.

»Bitte, lasst mich!«

Pausbacke sah Alena eindringlich an. »Hast du nicht gelernt, dass man antwortet, wenn man eine Frage gestellt bekommt?«

»Ich …« Sie drückte den Rücken gegen die Mauer und klammerte sich an der Tasche fest.

Die Männer sahen Alena erwartungsvoll an. Pausbacke drehte das Messer so, dass sie den Griff sehen konnte. Handgearbeitet. »Vielleicht verunsichert dich das hier.«

Vorsichtig versuchte sie, aus den Schuhen zu schlüpfen, mit den Absätzen hätte sie im Lauf keine Chance.

»Nun gut.«

Sie erkannte an seiner Bewegung, dass er das Messer zurückstecken wollte, und trat zu. Sie zielte zwischen die

Beine, doch er drehte gerade noch das Knie ein, und sie traf nur sein Schienbein.

Alena zwängte sich an ihm vorbei, Dreitagebart erwischte den Träger ihrer Handtasche. Sie streifte die Tasche ab, er bekam Alena am Arm zu fassen. Sie wollte sich losreißen, doch er war zu stark und drückte sie gegen die Mauer.

»Das war ein Fehler«, hauchte er ihr zu und starrte auf ihren Busen. Dann sah er auf, in seinen Augen war etwas Kaltes, Gleichgültiges. Er ohrfeigte Alena ohne Vorwarnung. Ihr brannte die Wange, die Augen tränten. Hätte sie das Messer in der Hand, würde sie es ihm in den Bauch rammen.

»Hör auf damit«, rief Pausbacke und rieb die Stelle, an der sie ihn getroffen hatte. »Das ist nicht unser Stil.« Langsam richtete er sich auf und trat näher. »Lass sie los.«

Dreitagebart ließ von Alena ab und trat für Pausbacke beiseite. Der legte das Messer aufreizend langsam von der rechten in die linke Hand. »Warum bist du nur so verdammt unfreundlich?«

»Was wollt ihr von mir? Was habe ich euch getan?«, wisperte Alena.

Er hob den Zeigefinger. »Noch so ein Ding und du wirst es bitterlich bereuen.«

Dreitagebart nahm das Messer entgegen. »Mach schon.«

Pausbacke versiegelte mit dem Zeigefinger die Lippen und ließ den Finger zu Alenas Brust sinken, in Zeitlupe. Er streichelte eine Brustwarze, die sich unter dem Hemd abzeichnete. Dreitagebart stöhnte leise, während Pausbacke den obersten Knopf der Bluse öffnete. Alena schob angewidert die Hand weg und sank an der Mauer hinab auf das Pflaster. Sie drückte die Tasche fest an den Bauch und verkrampfte sich. Pausbacke trug Tennisschuhe, die Schnürsenkel am rechten Schuh waren offen, dann verzerrten Tränen das Bild.

»Du hast wirklich keine Manieren. Erst sprühst du mit Pfefferspray, dann antwortest du nicht auf die Fragen.« Sie hörte, wie er die Gürtelschnalle öffnete, während er mit ruhiger Stimme weitersprach. »Dann trittst du nach mir, beschimpfst uns, und jetzt lässt du dich nicht einmal streicheln. Ich muss dich wohl ein paar Dinge lehren.« Er nestelte an seinem Reißverschluss. Sie erkannte verschwommen das Pfefferspray, das neben der Geldbörse meterweit entfernt in einer Fuge lag. Hoffnungslos, da hinzukommen.

»He! Pass auf!«

»Was ist?«

»Da kommt jemand.«

Alena wischte sich mit dem Handballen die Nässe aus den Augen und sah, wie sich ein Schatten aus der Finsternis schälte. Er stürmte auf die Männer zu. Sie kroch auf den bestrumpften Knien Richtung Pfefferspray und spähte zu den beiden Typen, die sich nebeneinander aufstellten.

»Komm nur her«, tönte Dreitagebart und schwang das Messer zum Kampf. Pausbacke hob die Fäuste. »Du hast keine Chance!«

Vlado! Es war Vlado, der ihr zu Hilfe eilte! Er tauchte unter einem Messerstich hinweg. Sein Bein schwang im nächsten Moment hoch und donnerte Fuß voraus mit einer solchen Wucht auf die Brust des Unrasierten, dass es diesen nach hinten katapultierte. Das Messer klackerte davon. Blitzartige Fausthiebe setzten Pausbacke zu. Die Lippe platzte, Blut tropfte ihm aus der Nase, er taumelte. Alena kroch weiter zum Pfefferspray, bekam es zu fassen. Das wird das Schwein büßen, schwor sie und mühte sich auf die Beine. Vlado kniete vor dem Unrasierten, zog ihn am Schopf hoch und schlug ihm ins Gesicht. Pausbacke eilte zum Messer, Alena folgte ihm, und als er sich umwandte, sprühte sie ihm eine volle Ladung entgegen. Er riss seinen Arm hoch und schrie auf. »Du verdammtes Miststück!«

Vlado hielt Alena zurück.

»Lass mich«, rief sie und wollte auch dem Unrasierten die Augen verätzen.

»Das reicht. Die haben genug.« Vlado zog sie von den beiden weg.

Dreitagebart zerrte seinen Kumpan am Arm. »Komm, wir hauen ab!« Einer spuckte böse Worte auf Vlado, dann liefen sie davon.

Ein Weinkrampf schüttelte Alena.

Vlado schloss sie in seine Arme. »Schon gut, Alena, es ist vorbei.« Zärtlich streichelte er über ihr feuchtes Haar und ließ sie weinen, bis das Zittern ihres Körpers nachließ. Erst drückte sie ihn zögerlich, dann umklammerte sie ihn.

»Jetzt bist du in Sicherheit«, flüsterte Vlado. »Magdalena sagte mir, wo du zu finden bist. Und da wollte ich dir entgegengehen.«

Erneut schüttelte ein Weinanfall Alena.

»Ist ja gut, Liebes. Komm! Ich bring dich zu mir nach Hause. Von dort kannst du Magdalena anrufen.«

Sie nickte stumm, sammelte ihre Geldbörse ein und ging mit zu ihm.

☾

Vlado saß auf seinem Bett und wusste, dass er sich nur noch wenige Augenblicke gedulden musste. Vor Minuten war die Dusche abgedreht worden. Er betrachtete die Weingläser, die halb leer auf dem Couchtisch standen und in denen sich das leicht wogende Kerzenlicht reflektierte. Alena vertrug nicht viel. Der Wein, den sie getrunken hatte, würde sie entspannen. Ein Wachstropfen rann an der Kerze hinunter und setzte am Kristallboden auf. Dahinter, gleich neben der Ledercouch, stand die Katzenstatue. Sie blickte Vlado mit ihren grünen Glasaugen anmutig entgegen und er fühlte sich von einem reizenden Gedanken umschmeichelt: In dieser Nacht würde Alena ihn nicht aufs Sofa verbannen.

Er beugte sich zum Nachttisch und kramte in der untersten Schublade nach den Kondomen. Die Tür ging auf. Schnell schob er die Schublade wieder zu.

Alena trat in seinem Bademantel ins Zimmer. Die Ärmel waren nach hinten gestülpt, die Haare hatte sie hochgesteckt. Bei jedem Schritt spitzten die Zehen unter dem Saum hervor. Vlado stand auf und nahm sie an den Händen. Ihre Gesichter waren sich ganz nah. Sie blinzelte.

»Bin ein wenig beschwipst.«

Er streichelte mit dem Daumen über ihre Wange, auf der ein roter Fleck von der Ohrfeige zu sehen war. »Geht's wieder?«

»Ja«, flüsterte sie und ließ ihre Stirn auf seine Schulter sinken. »Mir ist ganz schwummrig.«

»Komm. Wir legen uns schlafen.« Er löste die Bänder des Bademantels, schob ihn über ihre Schulter, ließ ihn zu Boden fallen und hoffte, dass sie es sich gefallen ließ.

Wasser sammelte sich in seinem Mund, während er diese prallen Brüste betrachtete, mit den kleinen Brustwarzen. Lecken wollte er daran, knabbern. Ein weißer Stringtanga mit Spitze bedeckte ihre Scham. Vlado musste die aufkommende Lust zerstreuen, noch war Alena nicht in Stimmung.

Sie wandte sich ab, er fasste ihre Taille und hielt sie zurück. »Wohin willst du?«

»Ich will mir ein T-Shirt holen.«

»Das brauchst du nicht.«

»Mir ist kalt.« Sie schob seinen Arm weg und er sah ihr nach, wie sie zum Couchtisch ging. Der Schein des Kerzenlichts umriss ihre Silhouette, bis Alena das Flämmchen ausblies und Vlado nicht einmal mehr den Bademantel vor seinen Füßen erkennen konnte.

»Soll ich Licht machen?« Er konnte sich an ihr nicht sattsehen.

»Nein.«

»Die Nachttischlampe?«

»Ich bin eine Katze, wusstest du das nicht?«

Er hörte Schritte, die Tür des Kleiderschranks, und wie sich Alena etwas überzog. Mit dem Fuß wischte er den Bademantel zur Seite, damit sie nicht darüber stolperte, dann ließ er sich ins Bett fallen.

Sie tastete sich vor, kam unter die Decke geschlüpft und drehte ihm den Rücken zu.

Als er merkte, dass es sie fröstelte, nahm er sie in den Arm und rieb ihr die Schultern warm. »Tut das gut?«

»Ja«, flüsterte sie nach einer Weile. Er schmiegte seinen Schoß an ihren Hintern, sie sollte ruhig spüren, was er zu bieten hatte. Er gab ihr einen sanften Kuss auf den Nacken und schob die Decke bis zum Becken hinunter. Das T-Shirt hochziehen, ein wenig diesen prächtigen Busen massieren und sie in die richtige Stimmung bringen, das war sein Plan.

Sie rückte außerplanmäßig ein Stück von ihm weg und flüsterte: »Ich will das nicht«

»Entschuldige.«

»Schläfst du bitte auf der Couch?«

»Wenn es sein muss.« Er schlüpfte aus dem Bett, widerwillig, und war keine zwei Schritte unterwegs, als er sich anders entschied. So leicht wollte er sich nicht abspeisen lassen, nicht in dieser Nacht, schließlich war sie ihm etwas schuldig.

Petr beugte sich vor die Glasvitrine und begutachtete die Trophäen. Sein Atem beschlug die Scheibe.

»Hey«, rief Vlado, der gerade das Spannbetttuch von der Matratze zog und es zu der Bettwäsche warf, die zusammengeknüllt vor seinen Füßen lag. »Bist du blind, oder was? Ich hab die Scheiben erst geputzt.«

»Du hast hier ja einen kleinen Palast. Schon der Hammer, diese Bude. Ich wohne in einem Zimmerchen und hab da auch noch Dusche und Waschbecken drin.« Petr schlenderte zum Couchtisch, betrachtete die abgebrannte Kerze und strich mit einem Finger um den Rand eines halbgefüllten Weinglases. »Nein, wirklich. So gemütlich, wie du es hier hast.«

»Du könntest dich ruhig nützlich machen«, sagte Vlado, während er frische Bettwäsche aus dem Kleiderschrank holte.

»Kein Problem. Wo soll das hin?«

»In die Küche. Und bring mir Kippen mit.«

Petr räumte die Gläser ab, auch die Kerze, und verschwand aus dem Schlafzimmer. Mit einer Packung Marlboro und einem Plastikaschenbecher kam er wieder und legte beides auf dem Couchtisch ab. »Aber erzähl weiter. Was passierte dann?«

Vlado nickte auf die am Boden liegende Bettwäsche und grinste. »Warum, glaubst du, beziehe ich das Bett neu?«

»In dem Laken vertrocknen also gerade ein paar Vlado-Spermien?«, fragte Petr amüsiert und ließ sich auf die Ledercouch plumpsen.

»So ungefähr.«

»Benutzt du keine Kondome?«

»Ich kam nicht mehr dazu.« Vlado hielt einen Moment

inne, besah sich das Bett und dachte an letzte Nacht. Er überlegte, ob er sie nachher anrufen und fragen sollte, wie es ihr ging. Das würde bestimmt gut ankommen. Und dann würde er sich mit ihr verabreden, vielleicht würde sie wieder bei ihm übernachten. Waren sie jetzt ein Paar?

Petr weckte ihn aus seinem Gedankenspiel. »Die Nummer brauchst du nicht mehr?«, wollte er wissen und wedelte mit einem Zettelknäuel. »Das lag draußen im Flur.«

»Diese Arschlöcher!« Vlado warf das Bettlaken auf die Matratze und trat vor zum Couchtisch. Er angelte eine Zigarette aus der Packung und steckte sie an.

»Die Brüder haben ihre Sache also gut gemacht?«, hakte Petr leicht vergnügt nach.

»Die Penner haben sie geschlagen!«, schnaubte Vlado und blies den Rauch zur Decke. »Einem hab ich sicher das Nasenbein gebrochen. Und meine Löwin hat dem anderen die Augen verätzt.«

Petr lachte auf. »Dann kannst du die Nummer wirklich nicht mehr gebrauchen.«

»Wieso?«

Er zog fest an beiden Enden des Zettels. »Sie werden sich bestimmt um jeden weiteren Gefallen reißen.«

»Es war ausgemacht, dass sie Alena Angst machen, und nicht, dass sie ihr eine scheuern und sie mit ihren Dreckspfoten begrapschen. Da bin ich ausgetickt. Den Zettel kannst du zerreißen. Die Nummer hab ich abgespeichert. Vielleicht können sie mir irgendwann von Nutzen sein.«

»Verstehe«, murmelte Petr und zerdrückte das Papier. »Bezahlen soll ich sie aber schon?«

Vlado stampfte aus dem Schlafzimmer in das Büro, kam mit einem Bündel Geldscheine zurück und warf es Petr in den Schoß. »Bezahl sie. Schließlich hat es geklappt – und gerade das war ja der Sinn des Auftrags.«

»Meine Ideen gefallen dir also«, bemerkte Petr, während er das Geld einsteckte.

»Ich weiß nicht so recht.« Vlado sah auf das Bett und dachte nach. »Das Gewissen plagt mich ein wenig.«

»Es war ja nur zu ihrem Besten«, warf Petr ein.

»Stimmt eigentlich.«

»Was willst du denn mit dem Teil?«

Vlado verstand nicht sofort und war noch mit seinen Gedanken beschäftigt, als er Petr auf die Katzenstatue deuten sah. »Ach das, das hab ich auf dem Flohmarkt erstanden.«

»Petr findet die Borkenkäferbehausung äußerst elegant!«

»Mir gefällt sie.« Vlado zog an der Zigarette und pustete den Rauch gegen seine Hand. »Kennst du das nicht, dass dir etwas die Sinne vernebelt? Es scheint nach außen hässlich – doch irgendwas fesselt dich daran. Es liegt in irgend so einer Ahnung. Verstehst du, was ich meine?«

»Nein.«

»Blödmann.«

»Meinetwegen. Ich werfe jetzt diese ›Ahnung‹ in den Papierkorb.« Petr deutete auf den Papierknäuel, den er auf dem Handrücken balancierte. »Nicht, dass du auch noch daran Gefallen findest.«

Vlado sah der aufsteigenden Rauchwolke nach.

»Apropos hässlich. Wie gefällt dir eigentlich Magdalena?«

Petr war auf dem Weg in die Küche, als er sich mit umwölkter Stirn zu Vlado drehte. »Die Zierliche?«

»Genau die. Was hältst du davon, dich an sie ranzumachen?«

»Die ist mir zu zickig.«

»Tu doch nicht so, als ob du große Auswahl hättest.«

»Na und? Lieber keine als diese Kratzbürste.«

»Stell dich nicht so an. Ich hab mir gedacht, sie wäre eine gute Bezugsquelle. Sie wohnt mit Alena zusammen. Du verstehst?«

»Muss das sein?«

»Es muss!«

»Und wie soll ich das anstellen?«

»Hm ...« Vlado zerdrückte die Zigarette im Aschenbecher und meinte dann: »Ich bin dir ja noch was schuldig. Isst du gern beim Italiener?«

KAPITEL 6

Alena saß vor dem Teegedeck am Küchentisch und beobachtete die Fliege, die über der Schale mit den Äpfeln und Orangen schwirrte. Magdalena tippte zum Takt der Radiomusik an die Bodenleiste der Küchenzeile und wartete darauf, dass das Wasser sprudelte. Sie fischte zwei Teebeutel aus einer hellgrünen Plastikdose und nahm die Kasserolle vom Herd. Mit einer hastigen Handbewegung verscheuchte sie die Fliege vom Obst. »Nun erzähl schon. Was ist passiert?«, fragte sie und schenkte ihnen ein.

Alena rührte mehrmals um, während sie von dem Überfall erzählte, von Vlados Heldentat und dem Sex. Das dampfende Wasser färbte sich kamillengelb, Magdalenas Wangen verloren dagegen alle Farbe.

»Du sagst das so nebenher, als wäre es alltäglich.«

Alena nahm einen Schluck Tee, stellte die Tasse ab und sah zu ihrer Freundin, die sich ihr gegenüber an den Tisch gesetzt hatte. »Ich lasse keine Gefühle aufkommen. Und wenn, dann ersticke ich sie. Du weißt das doch.«

»Ich versteh es nicht. Wie machst du das?«

»Ich klinke mich aus meinem Körper aus. Versuche, an etwas Schönes zu denken und lebe in diesen Gedanken weiter. Die Wirklichkeit wird einfach ausgeblendet.«

»Mh«, machte Magdalena, während sie sich den Nacken rieb. »Steigst mit diesem Widerling ins Bett.«

»Ich liebe ihn nicht. Werde ich nie tun, Magdalena. Er bedeutet mir nichts. Zumindest nicht so viel wie du.«

»Und wie geht's mit euch weiter?«

»Ich weiß nicht.« Alena rührte in ihrem Tee, als suchte sie dort ihre Gedanken. »Ich werde es auf mich zukommen lassen. Bei ihm fühle ich mich zumindest sicher. Er ist besser als Pfefferspray.«

Sie nahm einen Schluck, spuckte dann aus und ließ die

Tasse beinahe fallen. Der Unterteller klirrte. Alena rutschte mit dem Stuhl panisch vom Tisch weg, als hätte sie Gift geschluckt. »Pfui Teufel!«

»Was ist?«

Alena nickte auf die im Tee treibende Fliege.

»Wenn die Welt einstürzt, klinkst du dich aus, aber solche Kleinigkeiten bringen dich aus der Fassung. Du bist mir ein Rätsel«, sagte Magdalena und leerte den Tee mitsamt dem Insekt in den Abfluss.

☾

Vlado lud Alena, Petr und sie zum Abendessen ein. Magdalena musste sich von Alena überreden lassen.

Der Kellner stellte ein Tablett mit den Getränken auf den Tisch. Schnuckeliger Typ, dieser Südländer, dachte Magdalena und bemerkte den vielsagenden Blick, den er Alena schenkte, während er den Cappuccino servierte.

Vlado kramte neben ihr in seiner Jackentasche, die über dem Stuhlrücken hing, und das war gut so. Magdalena wusste, wie empfindlich er reagieren konnte, wenn jemand seiner Alena schöne Augen machte. Er bekam ein Kännchen Kaffee. »Wo hab ich nur meinen Geldbeutel? Ah, da ist er ja.« Vlado setzte sich bequem, während Petr den Orangensaft vom Tablett nahm und Magdalena bediente.

»Oh! Danke.« Sie war erfreut. Der Abend schien gar nicht so unangenehm zu werden, wie sie befürchtet hatte.

Der Kellner servierte Petr Limonade und verteilte die Speisekarten.

Vlado entzündete die Kerze am Tisch und studierte die Angebote. »Was magst du essen, Schatz?«, wollte er von Alena wissen. Sie zuckte mit den Schultern und blätterte um.

»Ich esse ein Schnitzel«, sagte Petr und klappte die Karte zu. »Und du?«, fragte er Magdalena.

»Du bestellst dir ein Schnitzel beim Italiener?«, warf Vlado ein und schüttelte ungläubig den Kopf.

Der Kellner nahm die Bestellung auf. Für Alena Spaghetti ‚Napoli', Magdalena probierte es mit der Salatplatte nach Art des Hauses.

»Ich bekomme die Tortellini in Schinken-Sahne-Soße«, antwortete Vlado, als der Kellner ihn mit fragendem Blick ansah. Etwas leiser als die anderen bestellte Petr sich eine Pizza Calzone.

Nachdem der Kellner die Karten eingesammelt hatte, erzählte Vlado von einem Vorfall in seinem Studio, bei dem einer seiner Schüler sich den Fuß gebrochen hatte.

Magdalena sah aus den Augenwinkeln zu Petr, der Vlado aufmerksam zuhörte, dabei die Hände im Schoß aneinanderrieb. Sie hätte sich erst recht das Schnitzel bestellt, wäre sie an seiner Stelle gewesen.

Alena unterdrückte ein Gähnen, das konnte Magdalena an ihren verkniffenen Gesichtszügen erkennen.

Der Kellner servierte die Spaghetti ‚Napoli' und die Tortellini. Vlado versäumte es nicht, Alena an sich zu drücken und sie auf die Wange zu küssen. »Lass es dir schmecken.«

»Seht mal her!« Magdalena fuhr mit dem Finger über das Kerzenlicht.

»Das tut doch weh!«, vermutete Petr.

Sie zeigte ihm die rußige Fingerkuppe. »Die Kunst besteht darin, den Finger nicht zu schnell über das Flämmchen zu streichen, aber auch nicht zu langsam, denn dann könnte es schmerzhaft werden.«

»Wir sind hier nicht im Kindergarten«, sagte Vlado und drückte sich zu Alena hinüber, um ihr ein Spaghetti aus dem Mund zu stehlen.

Zähneknirschend rieb Magdalena sich mit einem Taschentuch den Ruß von den Fingern. Sie hatte doch nur zur guten Stimmung beitragen wollen.

»Wir dürfen uns als das Unkraut fühlen«, hörte sie Petr murmeln, als Vlado weder seine Hände noch seine Blicke von Alena lassen konnte, »zwischen den beiden Rosen.«

Noch so eine Bemerkung, bei der es Magdalena den Magen umdrehte und sie sich wie ein Dummchen fühlen durfte.

»Petr«, sagte sie in ruhigem Ton, aber so, dass es alle hörten, auch der Kellner, der ihm die Pizza Calzone servierte. »Ich hab gehört, dass du die Lehre abgebrochen hast. Wie lebt sich denn so ein Taugenichtsdasein?« Das war ziemlich gemein, das wurde ihr klar, nachdem sie es ausgesprochen hatte, aber sie nahm keine Silbe zurück.

»Ich ... ähm ...« Er stotterte, während er an der Tischdecke nestelte und seine Wangen sich röteten.

»Petr steigt bei mir ein«, verkündete Vlado und zwinkerte ihm zu. Alena warf ihr einen nachdenklichen Blick zu. Magdalena hob die Schultern und schlug schuldbewusst die Augenlider nieder.

Als der Kellner ihr die Salatplatte mit Putenstreifen servierte, war ihr der Appetit auf diesen Abend längst vergangen.

☽

Alena räumte die gebügelte Wäsche in den Kleiderschrank und stapelte sie auf das Hosenkleid mit dem Dreiknopfblazer. Ein Geschenk von Vlado, das sie nicht oft tragen würde. Es betonte ihre Figur, war aber nicht nach ihrem Geschmack. Alena setzte sich an den Schreibtisch. An der abgebrannten Kerze lehnte eine Karte von Vlado.

»Dich gebe ich nie wieder her, ich liebe dich«, stand da geschrieben. Sie kramte einen Kalender aus der Schublade. Seit knapp drei Wochen waren sie nun ein Paar. Sie trafen sich oft, und doch konnte sie sich nur an wenig erinnern. An das Abendessen mit Magdalena und Petr, an Vlados Kämpfe und Siege beim Kickboxen, auch an den Besuch in einem Lokal, wo sie auf Vlado warten musste, weil es Probleme in seinem Fitnessstudio gegeben hatte.

Sie hatte sich an der Bar einen Wein bestellt, als ein graumelierter Herr im Sakko sich auf den Hocker neben ihr setzte.

»Darf ich Sie zu einem Gläschen einladen?«

»Nein, danke«, entgegnete sie kühl, drehte ihm den Rücken zu und konzentrierte sich auf einen Typen, der in der Ecke saß, gebeugt und vor sich hinstarrend, mit der Hand am Weizenglas.

»Ich wollte mich nicht aufdrängen.« Er tippte ihr auf die Schulter. »Hallo? Schönes Fräulein?«

»Nimm deine Pfoten von mir.«

»Ich ...« Er stieß einen spitzen Schrei aus.

Vlado war gekommen und hatte ihn im Genick gepackt. »Hau ab!«, fauchte er ihn an.

»Schon gut, schon gut.« Der Herr rutschte vom Barhocker und rückte seine Krawatte zurecht. »Scheint ja eine freundliche Stadt zu sein.«

An jenem Abend hatte Alena gespürt, wie sicher und beschützt sie sich fühlte, seit sie mit Vlado zusammen war. Sie konnte sich ganz auf ihr Studium konzentrieren. Ihr letzter Albtraum? Das war der mit dem sich heranpirschenden Werwolf gewesen. Alena schluckte die Bilder hinunter. Martin fiel ihr ein, der mit seinem Brief jene unangenehmen Gefühle ausgelöst hatte. Was er wohl gerade trieb? Es tat ihr leid, dass sie ihn so wortlos hatte abblitzen lassen, schließlich konnte er nichts für ihre

Traumata. Es sprach für seinen Charakter, dass er ihr nicht nachstellte und Alena entschloss sich, auf ihn zu zugehen, sobald sie ihn irgendwo sah.

Sie steckte den Kalender zurück, schnappte sich ein Fachbuch und lernte im Bett, bis sie die Augen nicht mehr offen halten konnte. Sie legte das Buch am Nachttisch ab und knipste das Licht aus. Sie schlief traumlos, bis sie ein dumpfes Geräusch hochschrecken ließ.

Die Türklinke!, war ihr erster Gedanke.

Sie tastete nach dem Stoffmond, während sie die Tür nicht aus den Augen ließ, die in der Morgendämmerung gut zu erkennen war. Nur langsam ließ die Anspannung nach. Sie realisierte, dass es nicht so war wie damals. Jenes Geräusch war aus einer anderen Richtung gekommen, vom Fenster her. Etwas musste dagegengeschlagen haben.

Ich muss nachsehen, dachte sie entschlossen.

Sie öffnete einen Fensterflügel, Morgenkühle drang ein. Sie rieb die Arme warm und beugte sich langsam über das Fenstersims. In der Ferne verstummten die Schreie eines Vogels. Die Fenster der umliegenden Häuser waren ohne Licht, keine Menschenseele war zu sehen. Sie lehnte den Kopf an den Holzrahmen. Da entdeckte sie eine graue Feder, die in einer Ritze klemmte. Alena nahm sie an sich, strich über den weichen Flaum und pustete sie nach einer Weile fort. Die Feder tänzelte im Wind und war im diffusen Licht bald nicht mehr zu sehen.

Mir geht's wie dieser Feder: Vom Schicksal nutzlos umhergewirbelt …

☾

Während Alena am Fenstersims lehnte, ohne einen rechten Sinn in ihrem Dasein ausmachen zu können, schrillte drei Straßen weiter der Wecker des Malers Ondrej, der die

Wohnung seines Großvaters bezogen hatte. Er drückte den Alarm aus, ließ den Arm aus dem Bett hängen und kratzte mit dem Fingernagel am Korkboden. Er hoffte, mit diesem Geräusch die Müdigkeit zu vertreiben, was ihm aber nicht gelang. Er mühte sich aus dem Bett und tappte schlaftrunken zwischen den Umzugskartons zum Fenster, öffnete es und hoffte, dass die Kühle ihn munter bekommen würde, wollte er doch heute mit dem Einzug fertig werden. Er sah hinüber zu dem Büro, das er gemietet und zu einem Atelier umgerüstet hatte. Das Licht einer Straßenlaterne reflektierte matt in der breiten Fensterfront. Auf dem Gehsteig spielte der Wind mit einem Ahornblatt, bis es am Hinterreifen eines parkenden Ladas hängen blieb.

Als Junge war er hier oft an der Hand seiner Mutter entlangspaziert. Drei Häuser weiter in einem Antiquitätengeschäft hatte sie als leidenschaftliche Sammlerin so manche Rarität erstanden. Porzellanpuppen, gestickte Kissen, auch handgearbeitete Stofffiguren.

Neben dem Atelier hing ein übergroßes Plakat, auf dem die Raiffeisenbank mit einer älteren Frau warb, die in einer Hängematte lag und sich von der Sonne bescheinen ließ. »Sorglos im Alter«, so der Slogan.

Ondrej dachte an seinen besten Freund und die Sache mit dem Skoda. Sie waren auf dieser Straße mit dem Fahrrad unterwegs gewesen und Ondrej fuhr zu nah an dem Auto vorbei, sodass er den Lack an der Fahrerseite zerkratzte. Er war geschockt, doch sein Freund lachte nur und nahm es auf seine Kappe. Für seinen Vater war es kein Problem, den Schaden zu bezahlen. Natürlich bewunderte Ondrej ihn dafür, anfangs. Nach und nach meldete er aber Bedenken an. Dem Freund wurde ein Auto bezahlt, eine Wohnung, die kleinen Dinge ohnehin.

Sie diskutierten hitzig, wenn Ondrej darauf zu sprechen kam. Es verfälscht den Charakter, man verliert den eigenen

Weg aus den Augen, findet nicht zu sich – das waren seine Argumente, doch jener Freund ließ nicht mit sich reden, war nicht bereit, sich sein bequemes Leben zu erarbeiten und hatte Ondrej Neid unterstellt.

Der Wind frischte auf, eine Feder schaukelte am Fenster vorüber.

»Das ist es!« Ondrej fühlte sich inspiriert zu einem Bild, das für seine Gedanken sprechen könnte.

Er stieg aus dem Fenster und ging barfuß der Feder nach, die gegen das Plakat wehte. Sie war zu etwas anderem bestimmt, als unbeachtet unter vielen den Flügel eines Vogels zu schmücken.

Da stand er nun in der Morgendämmerung, in Boxershorts, Unterhemd und mit einer grauen Feder in der Hand und entschloss sich, das Auspacken zu verschieben. Ein Bild wollte aus seinem Kopf aufs Papier gebannt werden.

Er machte die Umrisse eines Fahrradfahrers aus, am Ende der Straße. Der Zeitungsträger? Schnellen Schrittes hastete Ondrej zurück, stieg wieder durchs Fenster ein; man sollte ihn nicht unbedingt in Unterwäsche erwischen.

Die rot-schwarze Bettwäsche lag gebügelt und zusammengelegt neben dem Kopfkissen. Gestern hatte ihm die Lust gefehlt, Decke und Kissen zu beziehen. Ondrej ließ sich am Bettrand nieder und sah sich um. Originale von befreundeten Malern lehnten an den Wänden, Umzugskartons verstellten das Zimmer. Auf dem Schreibtisch lagen Postkarten und Fotos aus der Zeit in Spanien und von dem Segeltörn auf dem Atlantik.

Er legte sich eine Armbanduhr um und dachte, dass sich ein Vierer-Decken-Spot gut machen würde, dort, wo eine Glühbirne nackt von der Decke hing. Er zog ein kariertes Hemd und eine Jeans aus einem der Kartons, suchte nach seinen Malwerkzeugen und verstaute die Feder bei sich.

Ondrej trat aus seiner Zweizimmerwohnung, rückte die buchene Feldstaffelei am Rücken bequem und packte den Holzkoffer mit den Mal- und Zeichenutensilien.

Ein einstündiger Spaziergang lag zwischen ihm und dem Ort, an dem er so gern malte – ein Hochplateau, unweit der nördlichen Stadtgrenze.

Warum er gerade jetzt an die Nachbarin seiner Eltern dachte, wusste er nicht. »Du bist aber groß geworden. Und wie braun gebrannt du bist. Wie war dein Studium? Und wie sind die Frauen in Spanien? Sind die so heißblütig, wie es immer heißt? Und warum ist dein Haar so strohig? Warst du wieder segeln?« Auf dieses Geschnatter hatte er keine Lust, und er war froh, dass sie ihm um diese Uhrzeit sicher nicht über den Weg laufen würde.

Smutkov war in der Nacht nichts anderes als eine rissige Gesteinslandschaft. Im Morgengrauen wirkten die Gebäudemauern wie Felswände, die Gassen wie Schluchten. Doch gemessen an Universumsmaßstäben war Smutkov weniger als ein Staubkörnchen, so Ondrejs Einschätzung, und er selbst eine Bakterie.

Der Himmel ähnelte einem dunkelblauen Teppich, in den man zahllose Sterne eingenäht hatte. Ondrej stellte sich Gott vor, wie er durch den Kosmos schlurfte, übermüdet und laut gähnend. Der Herr stolperte prompt über die Erde wie über einen Stein und klatschte bäuchlings auf. Sterne wirbelten wie Staub umher.

Ondrej ließ das Städtchen und die Brucknerwiese mit dem Felsbrocken hinter sich und blieb vor der Holzhütte des alten Zdenek stehen. Die Fenster waren mit Brettern zugenagelt, im Dach klafften Löcher und im Garten wucherte das Unkraut. Ondrej fragte sich, ob der alte Mann ins Altenheim gezogen war oder nicht mehr lebte, und spazierte weiter. Bald hatte er das Plateau erreicht. Er ging zu einer der beiden Fichten, die die Holzbank flankierten, und klopfte gegen die Rinde. »Na? Habt ihr mich vermisst?«

Granitsteine umfassten den Rasen, ein kleines Schild warnte vor dem Abhang. Ondrej nahm die Feldstaffelei vom Rücken, stellte den Holzkoffer ab und trat zum Geländer. Er zog die Feder aus dem Hemdsärmel, streichelte über den Flaum und ließ sie fallen. Sie schaukelte in die Tiefe, streifte ab und an die Felswand und wurde von einem Baumwipfel geschluckt.

In der Ferne bohrte ein Berg seine schneeweiße Spitze in den Himmel, davor wellten sich die Hügel und glitzerte ein Gebirgssee. Dörfer lagen verstreut in den Tälern, Kirchturmspitzen ragten daraus empor. Wie sehr hatte er diesen Ausblick vermisst.

Bald würde die Sonne auftauchen und das Morgengrau vom Land schwemmen. Er stieß sich ab und machte sich an das Bild, zu dem ihn die Feder inspiriert hatte.

»Es war einmal ein Bergadler.« Ondrej tippte den Pinsel in die goldene Farbe und zog die letzten Striche seines Werkes. »Erhaben und elegant schwebte er über den Wäldern. Die Tiere würdigten ihn als den König des Erzgebirges. Das erfüllte den Bergadler mit Stolz und Lebenslust.

Eines Tages zog er über einem Fichtenwald seine Kreise und erspähte etwas Goldenes weit unter sich. Was da wohl so herrlich schimmern mochte? Er segelte hinab und entdeckte eine goldene Feder, verloren in einem Baumstumpfritz.

Das wertet meine Schönheit auf, dachte der Bergadler und stach die Feder mit dem Schnabel in seinen rechten Flügel.

Er stieg fortan in höhere Lüfte auf und fühlte sich mächtiger denn je. Schon bald erlangte er Berühmtheit, die weit über sein Revier hinausreichte. Überall stellte er sich zur Schau und gierte nach Aufmerksamkeit. Doch mehr und mehr fiel ihm auf, dass diese nicht ihm, sondern der goldenen Feder galt.

Die schlauen Füchse munkelten, dass der Phoenix Gennadij die goldene Feder verloren hatte, jenes Fabelwesen, das, so war es von den Bären zu hören, die Welt zwischen dem Diesseits und dem Jenseits bewohnte. Pfauen erzählten sich, dass das schwarze Federkleid jenes geheimnisumwitterten Vogels golden umrandet war und seine Augen die Farben des Regenbogens trugen.

Der Bergadler fühlte sich daraufhin als der unbedeutende Bote einer Legende. Niemand beachtete seinen wohlgeformten Schnabel, die eleganten Flügelschläge und auch nicht den prächtigen Ruf.

Mit dem Fund hatte er sein Selbst in den Schatten gestellt. Neid und Hass auf diesen Gennadij überwucherten seine eigentliche Bestimmung als König, die so nicht mehr zur Entfaltung kommen konnte und jämmerlich im Schattendasein zugrunde ging. Doch er war nicht bereit, sich von der Feder zu trennen. Zu sehr war er fasziniert und geblendet von deren Schönheit. Der Bergadler wurde alt und krank und streckte nur dann den Flügel mit der goldenen Feder aus dem Horst, wenn jemand gekommen war, um das Gemälde zu bewundern.«

Ondrej trat einige Schritte zurück und beäugte das Werk, zu dem er sich diese Geschichte ausgedacht hatte.

Das Bild zeigte ein Hochgebirge bei Nacht. An einem Felsvorsprung war ein alter Bergadler beheimatet. Das graue Gefieder war licht, die Brust kahl und der Schnabel verblasst. Geschwächt hielt er den Flügel aus dem Horst. Darin war eine goldene Feder verwachsen, die heller schimmerte als die Sterne über ihm. Tränen rannen aus den matten Adleraugen und benetzten sein Gefieder.

»Hm«, machte Ondrej und freute sich darauf, es seinem

besten Freund vorzuführen. Ihm knurrte der Magen, manchen Künstlern ging bei der Arbeit jegliches Zeitgefühl verloren. Ein Blick auf die Armbanduhr. Es war fast halb drei, also packte er seine Sachen zusammen. Den verspäteten Mittagstisch hatte er sich wahrlich verdient.

KAPITEL 7

Kein Mann ruft mich an, keiner will mit mir den Abend zerkuscheln.

Magdalena stützte sich an der Spüle ab und seufzte. Der Abfluss schlurfte den letzten Rest Wasser, Schaum knisterte. Noch abtrocknen, wegräumen – dann war sie fertig. Das Lernpensum für den heutigen Tag hatte sie wie die übrigen Arbeiten zur frühen Nachmittagszeit hinter sich gebracht. Eine aufgabenlose Leere breitete sich aus.

»Hey. Erika«, rief ein Mann vor dem Studentenheim, in der Wohnung nebenan kicherten Frauen, und als Magdalena den Cellospieler hörte, fühlte sie sich endgültig vom Leben ignoriert.

Sie stellte sich vor, dass in ihrem Zimmer ein Mann auf dem Bett saß und auf sie wartete. Magdalena stieß sich von der Arbeitsfläche ab und schaute im Zimmer nach. Keiner da. »War ja zu erwarten«, murmelte sie und fischte einen Lippenstift aus dem Kosmetiktäschchen.

Sie saß am Küchentisch, ihr gegenüber ein Kochtopf mit lächelndem Lippenstiftgesicht, und sie dachte an Alena, und wie diese am Frühstückstisch von Vlado erzählt hatte, von der Karte mit den Liebesbeteuerungen, dem Kerzenscheinabend und seinen Plänen.

»Er will mich seinen Eltern vorstellen«, hatte Alena berichtet. »In München wohnen die. Freu mich schon darauf. Mal sehen, wie die Deutschen so leben. Und Vlado wollte unbedingt ein Passfoto von mir, damit er mich immer bei sich tragen kann. Langsam wächst er mir ans Herz.«

»Töpfchen, du hast gut lachen«, sagte Magdalena zum Kochtopf. »Du und Alena, ihr habt einen Deckel.« Mit mir will keiner Zukunftspläne schmieden oder eines meiner

Bilder herumtragen. Sie seufzte, versuchte, sich zu erinnern, wann sie das letzte Mal mit einem Mann zusammen gewesen war. Ihre bisherigen Liebesbeziehungen konnte sie an einer Hand abzählen. Und es lief immer nach demselben Muster ab: Magdalena umsorgte sie, obwohl sie keine großartigen Typen waren und allesamt auf sich fixiert, egoistisch, triebhaft. Sie hatte immer ein offenes Ohr für die typisch männlichen Probleme, stellte sich und ihre Anliegen zurück und wurde dennoch bald verlassen, manchmal betrogen oder einfach nur wie Luft behandelt. Ob sie in der Erinnerung der Kerle geblieben war, bezweifelte sie stark, außer vielleicht als ein Knochengestell, an dem sie sich das Becken schmerzhaft gestoßen hatten. Zu wenig gab sie von ihrem Inneren preis, vielleicht war sie auch deshalb nie am Boden zerstört, wenn die Beziehungen beendet waren. Dennoch …

»Magda? Alles okay bei dir?«

Sie zuckte zusammen. Alena stand im Türrahmen, mit Blick auf den bemalten Kochtopf, eine Augenbraue hochgezogen.

»Hab dich nicht kommen hören«, bemerkte Magdalena, während sie den Topf in die Spüle räumte. »Wie war es an der Uni?«

»Jetzt weich mir nicht aus.« Alena legte die Tasche ab und zog Magda-lena mit zum Tisch. »Was liegt dir auf dem Herzen?«

»Ich war nur in Gedanken versunken.«

Alena legte den Kopf schief und warf ihr einen kritischen Blick zu.

»Na gut.« Sie ließ sich auf den Stuhl nieder und spielte mit Vlados Karte. »Manchmal, da wünsche ich mir auch jemanden, der mich so umschwärmt, wie dich dein Vlado. Der mich frühmorgens wachküsst und meine Muttermale am Popo zählt.«

Alena lächelte.

»Ich meine das ernst«, sagte Magdalena. »Aber hässliche Bohnenstangen bekommen nicht mal eine Krähe ab.«

»Blödsinn«, widersprach Alena. »Du denkst dich hässlich, das ist dein Problem.«

»Ach ...«

»Dir fehlt es an Selbstbewusstsein. Nicht immer daran denken, dass die Zähne weißer sein könnten und die Brüste zu klein ist.«

»Zu klein? Das wäre ja akzeptabel. Aber da ist nichts. Nicht einmal eine Ahnung.«

»Das ist es ja, was ich meine«, entgegnete Alena. »Du denkst, dass dies und jenes besser sein könnte. Denk lieber an die schönen Dinge an dir.«

»Ach ja? Welche denn?«

»Ein hübsches Gesicht.«

»Eingefallene Wangen und einen Mund, der gut zwei Zentimeter größer sein könnte.«

»Magda, du bist unmöglich. Und was ist mit deinem knackigen Hintern? Und den tollen Haaren?«

Magdalena glaubte hinter diesen Worten nur eine schön ausgeschmückte Phrase versteckt. »Ist schon klar, dass du das sagst.«

»Und du bist eine liebevolle, warmherzige Frau.« Alena machte eine ausschweifende Handbewegung. »Stell dir unsere Wohnung vor, bevor wir sie bezogen haben. War sie nicht kalt, ohne Farbe, ohne Leben? Und nun? Diese vielen unscheinbaren Dinge wie Kerzen, Bilder, Vorhänge und Tapeten gestalten das Ganze wohnlich. Und so ist es mit dir auch. Dem Richtigen gestaltest du das Leben wohnlich.«

»Dem Richtigen gestalte ich das Leben wohnlich?« Magdalena deutete auf sich und senkte die Stimme. »Magda, die Tapete. Im Sonderangebot. Greifen Sie zu, meine Herren.«

Alena rollte die Augen. »Du weißt, was ich meine.«

Magdalena tippte mit der Karte gegen die Nase. »Tut mir leid. Ist lieb gemeint, aber«, sie ließ den Blick ihren Körper hinabwandern, »ich kann da nichts Hübsches finden.«

»Würde ich mit einem Kartoffelsack durch die Gegend laufen?«

»Hey!«

»Ist doch so. Warum musst du auch immer diese ausgewaschenen Pullover anziehen? Wir haben fast Sommer. Komm mit.« Alena zerrte sie in ihr Zimmer, holte die seidene Bluse – ein Geschenk von Vlado – aus dem Schrank und drückte sie Magdalena in die Arme. »Das ziehst du über. Und du wirst sehen, dass vieles nur an der Aufmachung liegt.«

»Aber …«

»Nichts aber!«

Nachdem Alena das Geschirr aufgeräumt hatte, verabschiedete sie sich für ein paar Stunden. »Ich geh meine Babischka besuchen. Zum Abendessen bin ich zurück. Und probier endlich das Teil.«

Magdalena stand vor dem Kleiderschrank und probierte die Bluse an. Sie musterte ihr Spiegelbild, streichelte langsam den weich auf der Haut liegenden Stoff hinab.

Dem Richtigen gestaltest du das Leben wohnlich. Recht hat sie ja: Es fühlt sich an, als würde man über eine gedeckte Tischplatte streichen.

Jemand klopfte an die Wohnungstür.

»Ich komme.« Hastig zog sie die Bluse aus, stülpte sich im Gehen den Pullover über und steckte die Haare zusammen.

Vor der Tür stand niemand. Sie sah den menschenleeren Gang entlang und entdeckte den Strauß roter Rosen, der an der Wand lehnte.

»Warum passiert mir so etwas nie?«, murmelte sie, während sie auf dem Weg in Alenas Zimmer an den Rosen roch. Da stieß sie mit dem Oberschenkel gegen die Kommode. »Au!« Als sie die schmerzende Stelle rieb, fiel ihr ein Kärtchen auf, das aus dem Strauß gefallen sein musste. Sie hob es auf und las.

Liebe Magdalena,
ich würde dich gern näher kennenlernen. Vielleicht hast du ja Lust, mit mir auszugehen, ohne Vlado und Alena. Würde mich freuen.
Petr

War das ein Wink von Alena? Hatte sie das eingefädelt? Aber auf so kurze Zeit hätte sie das nicht bewerkstelligen können. Oder etwa doch?

»Hey, Töpfchen«, rief sie in die Küche auf dem Weg in das Schlafzimmer. »Ein Deckel bewirbt sich grad bei mir.«

Sie steckte die Rosen in eine Vase und roch an ihnen, so nah, dass die Blüten ihre Nasenspitze kitzelten. Daraufhin zog sie die Bluse noch einmal über, warf einen ungläubigen Blick auf den Blumenstrauß, beäugte kritisch ihr Spiegelbild und lächelte verwegen.

»So übel sieht das gar nicht aus«, flüsterte sie und träumte sich weg, zurück zu jenem Abend, als sie neben Petr gesessen hatte. Wie er seine Pizzatasche verdrückte. Ein Champignon war ihm vom Teller gefallen, er war also ähnlich schusselig wie sie. Gern hätte sie mehr über ihn erfahren, empfand ihn als recht gemütlich. Doch nachdem sie ihn als Taugenichts bloßgestellt hatte, war klar, dass ein näheres Kennenlernen ausgeschlossen war. Jedenfalls hatte sie das bis jetzt gedacht.

»Ja, sieht wirklich nicht übel aus«, meinte sie, während sie vor dem Spiegel posierte.

Alena sollte ein Stück von ihrer guten Laune abbekommen, und so entschloss sie sich, ein Znaimer Gulasch vorzubereiten, Alenas Lieblingsgericht. Das gab es nicht oft, schließlich spielte Magdalena gern den Vegetarier und an manchen Tagen sogar den Veganer.

Abendrot fiel in die Küche und die Wanduhr mit dem Kartoffelgesicht zeigte halb neun, Alena würde also bald vor der Tür stehen. Magdalena nahm den Topf mit dem fertigen Gulasch und aromatisierte den Flur mit dem Geruch von Tomatenmark und Zitronensaft. Alena sollte eine Ahnung davon bekommen, was sie Leckeres erwartete. Schon hörte Magdalena Schritte vor der Tür und einen Schlüssel im Schloss. Sie hastete in die Küche, stellte den Topf auf der Herdplatte ab und rührte mit dem Kochlöffel um.

»Hmmm«, hörte sie Alena im Flur. »Hier riecht es aber gut.«

Magdalena summte ein Lied, als Alena auf der Schwelle zur Küche erschien und wissen wollte, was zwischenzeitlich geschehen sei.

Magdalena zuckte mit den Schultern. Sie konnte aus den Augenwinkeln sehen, dass Alena lächelte.

»Es lag aber nicht an der Bluse?«, feixte Alena. »Denn dann will ich sie wiederhaben.«

Magdalena zuckte mit den Schultern, wollte die Neuigkeiten noch für sich behalten.

»Jetzt spann mich nicht auf die Folter.«

»Ach Töpfchen, ach Töpfchen, dein Deckelchen schließt wunderbar, schließt wunderbar ...«

»Magda?«

»Du di da, du di da.« Magdalena summte ihr Lied.

Alena machte einen Satz in die Küche. »Na warte!« Sie kitzelte Magdalena, bis sie sich vor Lachen nicht mehr halten konnte.

»Halt, halt! Ich erzähl es ja. Bitte hör auf zu kitzeln.«

»Das schmeckt einmalig gut.« Alena hob mit der Gabel ein Stück Gewürzgurke aus dem Teller und betrachtete wohl die hellen Kerne in dem grünen Fruchtfleisch. Magdalenas überschwängliche Freude war gedämpft, nachdem Alena sie nicht teilen wollte. Sie hatte ihr den Rosenstrauß gezeigt, aber nur kritische Blicke und skeptische Worte geerntet.

»Du hast Petr aber dazu nicht angestiftet, oder doch?«

»Nein. Ich treffe den quasi nie. Und wenn, dann sprechen wir über belanglose Dinge.«

»Und mit Vlado hast du auch nicht über mich gesprochen? Oder hat er vielleicht eine Andeutung gemacht?«

»Nein, auch nicht. Es kommt für mich genauso überraschend wie für dich.«

Aha, es kommt also für dich überraschend? Magdalena sparte sich eine gehässige Bemerkung.

Alena zerkaute das Gewürzgurkenstück mit Blick auf den halb vollen Teller.

»Finde ich klasse, dass du dich so für mich freust.« Magdalena packte den Teller, aus dem sie nur zwei Löffel Soße geschlürft hatte, und schüttete den Inhalt zurück in den Topf. Sie stützte sich auf die Ablage und fühlte sich noch einsamer als am frühen Nachmittag.

Alena stellte sich neben sie und legte ihre Hand auf ihre. »Tut mir leid. Ich wollte dir deine Laune nicht verderben. Ich trau dem Ganzen nicht.«

»Dass ich einem Mann gefallen könnte?« Magdalena zog die Hand zurück. »Vor ein paar Stunden klang das ganz anders. Dann weiß ich ja jetzt, was ich davon halten soll.« Sie wollte in ihr Zimmer verschwinden, doch Alena hielt sie am Arm fest.

»Warte mal und sei nicht gleich beleidigt. Komm mit.«

Magdalena ließ sich zum Tisch ziehen.

»Ich gönn es dir ja – wirklich. Nur will ich nicht, dass du

dich blind auf diese Sache stürzt. In dem Restaurant habt ihr euch angegiftet, und nun schenkt er dir Rosen? Kommt dir das nicht ungewöhnlich vor?«

Magdalena senkte den Kopf und presste ihre Lippen aufeinander.

»Es muss ja nicht so sein, wie ich sage. Ich will doch nur, dass du wachsam bist. Hör auf deine innere Stimme. Versprichst du mir das?«

Das Telefon klingelte.

»Wahrscheinlich Vlado«, murmelte Magdalena.

Nach wenigen Minuten kam Alena zurück in die Küche. »Wir treffen uns morgen im Park. Soll ich ihm etwas für Petr ausrichten?«

☾

Alena wischte mit einem Taschentuch den Blütenstaub von der Parkbank und setzte sich, die Handtasche legte sie neben sich ab. Sie schaute den beiden Männern zu, die auf dem im Rasen eingelassenen Schachbrett spielten. Unmöglich sah der alte Mann aus, der seine grauen Haare zu Zöpfen gebunden hatte. Er trug den weißen Turm, der ihm bis zur Hüfte reichte, zwei Felder nach vorn. Sein Rivale verfolgte neben einer Frau und einem Jungen den Zug außerhalb des Feldes, dabei zwirbelte er die Spitze seines Schnauzers. Er ging einen Schritt zur Seite, die Frau und der Junge wichen zurück. Der Zopfträger ging im Feld umher, betrachtete seinen Turm aus verschiedenen Positionen.

Ihnen gegenüber stand ein Maler vor einer farblosen Statue. Er arbeitete an einem Bild und sah wie ein Abenteurer aus. Braun gebrannt, die Haare zersaust, aber nicht ungepflegt. Alena sah sich nach Vlado um, keine Spur von ihm, sie war eine halbe Stunde zu früh dran.

Sie zerdrückte das Taschentuch, weil sie an gestern dachte, an Magdalena, und wie sie in der Küche das Znaimer Gulasch umgerührt hatte, mit einem fröhlichen Summen auf den Lippen. Wie Magdalena sie bei der Hand genommen und in ihr Zimmer geführt hatte. Da stand er, der Strauß Rosen. Ein richtiges Fest hatte Magda daraus gemacht, die Hände ausgebreitet und »Voilà« gerufen. Und Alena fiel nichts Blöderes ein, als die Stirn zu runzeln und zu sagen: »Bis du dir sicher, dass der dich nicht verarscht?« Magdalena hatte darauf nichts erwidert. Nur den Kopf ein wenig gesenkt, zum Fenster hinausgesehen. Das Schimmern in ihren Augen war verschwunden.

Ich dumme Kuh musste ihr die Laune verderben, toll hab ich das gemacht. Alena hätte sich ohrfeigen können. Sie steckte das Taschentuch weg und angelte einen Roman aus der Handtasche.

Gut zusammenpassen würden die beiden ja. Vielleicht weiß Vlado was Genaueres.

Sie schlug den Roman auf und begann zu lesen. Ein Ahornblatt segelte ihr ins Buch, ein schallendes Fluchen ließ sie aufblicken.

»Ich hab's gewusst, dass das ein beschissener Zug war.« Der Mann mit den grauen Zöpfen schlug sich mit der flachen Hand auf die Stirn. »Ich bin so blöd, so blöd!«

Sein schnauzbärtiger Rivale stellte seine schwarze Dame ab und trat einen Schritt zurück. Er blieb konzentriert, ohne Mienenspiel.

Der Junge kicherte, bis die Frau ihn ruckartig an der Hand zog und mit einem bösen Blick strafte. Der Zopfträger blickte noch grimmiger. Lächle, dachte Alena und beobachtete den Jungen, der sich von seiner Mutter löste und ein Rotkehlchen verscheuchte. Er stellte sich vor den Maler.

Der deutete mit einer ausladenden Geste auf sein Bild.

Alena fragte sich, was er gemalt hatte. Hingehen und nachsehen kam nicht infrage.

Sie wischte das Ahornblatt aus dem Buch und las weiter. Wenige Seiten nur, dann sah sie sich nach Vlado um und bemerkte, dass der Maler sie anstarrte. Sie kniff die Augen zusammen und wollte ihm mit einem Blick zu verstehen geben, dass ihr das unangenehm war. Der Junge zupfte an dem Hemdärmel des Malers und deutete auf das Bild.

»Kann ich das haben?«, hörte sie den Jungen und war froh, dass er den Maler von ihr ablenkte.

Alena vergrub sich wieder in den Roman, da näherten sich Schritte. Der Junge kam auf sie zu, verschmitzt lächelnd. »Hallo. Ich bin Ales, und das ist für Sie.« Er streckte ihr ein zusammengefaltetes Papierstück und einen Bleistift entgegen. »Der Maler hat mich geschickt. Dafür bekomme ich das Bild. Sie müssen eine Antwort dazu schreiben.«

»Ja? Muss ich das?« Sie entfaltete das Papierstück und musste die Nachricht zweimal lesen, weil sie glaubte, sich beim ersten Mal verlesen zu haben.

Ich bräuchte jemanden, der mir meine Sachen trägt. Würde dich dafür auch zu einer Tasse Kaffee einladen.

Unverschämter Kerl!

»Bei so einem Feingefühl würde ich dringend raten, das Malen aufzugeben«, war ihre Antwort, und sie faltete das Papier wieder zusammen. »Hier Ales. Mit Gruß zurück.«

Sie tat so, als würde sie weiter in ihrem Roman lesen und beobachtete aus den Augenwinkeln, wie der Maler das Bild ausspannte und es dem Jungen mit auf den Weg gab. Jetzt kam der Maler auch noch auf sie zu. Ihre Antwort sollte eigentlich keine Aufforderung gewesen sein.

»Hallo?« Seine Stimme klang selbstbewusst.

Sie sah auf. Seine Augen strahlten Wärme aus und nicht diese Gier, die sie sonst bei Männern entdeckte. Er schien freundlich zu sein, die Hände hatte er hinter dem Rücken versteckt.

»Ja?«, fragte sie kühl und ohne eine Brücke zu schlagen.

»Ich werde nicht lange stören«, entgegnete er und zog ein Kartenspiel hinter dem Rücken hervor. »Nur wollte ich es wenigstens versuchen.«

Auf diese Art hatte noch keiner gewagt, sich an sie ranzumachen. Sie war neugierig, ein kleines bisschen. Wo blieb Vlado eigentlich?

»Du ziehst einfach vier Karten. Sind es vier Könige, bekomme ich deine Telefonnummer, wenn du mir schon nicht die Sachen tragen willst.«

»Scherzkeks.«

»Also?«

»Meinetwegen. Zur Not bekommst du die Nummer einer Irrenanstalt.« Sie lächelte.

»Wir werden sehen.«

Sie fragte sich, was sie wohl ziehen würde? Sicher waren die Karten gezinkt, und sie würde vier Könige ziehen.

Aufmerksam wachte sie über jede seiner Handbewegungen. Gekonnt mischte er die Karten, spielte mit ihnen, als wären sie eins mit ihm und strich den Stapel aus, so, dass er exakt aneinandergereiht in der Hand einen Fächer bildete. »Greifen Sie zu, schöne Frau.«

Wohlüberlegt zog sie drei Karten aus der Mitte und wählte dann die oberste. Bevor sie die Karten aufdecken konnte, legte er seine Hand auf ihre. »Ach übrigens, ich bin Ondrej!«

Sie dachte nicht daran, ihren Namen preiszugeben. »Ja ja, schon gut«, sagte sie und drehte die Karten um. Es waren zwei Asse, ein Zehner und ein Bube. »Tja!«

»Da kann man nichts machen.« Er lächelte.

Sie hatte für einen Moment das Gefühl, dass er in ihr Herz blicken konnte. Eigenartig.

Er drückte ihr die restlichen Karten in die Hand. »Als Abschiedsgeschenk«, sagte er, drehte ihr den Rücken zu und ging ohne ein weiteres Wort.

Er packte in aller Ruhe seine Sachen zusammen, winkte im Gehen dem Jungen zu und sah sich kein einziges Mal nach Alena um, obwohl sie darauf gewettet hätte.

Sie sah dem Maler nach, bis er verschwunden war. Sie war sich sicher gewesen, dass sie seine Nummer bekommen oder er ihr seine Adresse verraten würde, und sah sich getäuscht.

Gedankenversunken spielte sie mit den Karten, blätterte dann aber mit suchendem Blick durch den Stapel. Wo waren die Könige?

Mittlerweile war das Schachspiel beendet, der Schnauzbärtige hatte gewonnen. Der Junge ging neben seiner Mutter an Alena vorbei.

»Ales? Du hast doch ein Bild von dem Maler bekommen. Willst du es mir zeigen?«

Der Junge rollte die Zeichnung aus. Alena legte Karten und Buch beiseite und musterte das Bild. Es zeigte anscheinend lebendig gewordene Schachfiguren. Durch die Fensteröffnungen der Türme lugten Kanonenrohre, die Bauern arbeiteten sich mit ängstlichem Blick langsam vor, der Läufer schien ermattet, und spähte suchend umher. Ausweglos, aber nicht verloren. Das weiße Pferd eines Springers scheute vor der schwarzen Dame.

Da fiel ihr etwas Sonderbares auf. »Die Könige fehlen!«

»Ja«, meinte der Junge und rollte das Bild wieder zusammen. »Das hat mit seinem Geheimnis zu tun.«

»Welches Geheimnis?«

Der Junge kratzte sich am Kopf. »Ich hab versprochen, es für mich zu behalten.«

Alena lächelte ihn mit funkelnden Augen an. »Ich verrate es ihm nicht – großes Ehrenwort!«

»Hm. Na gut«, sagte der Junge. »Der Maler erzählte mir, es gäbe für ihn nichts Schlimmeres, als das Gefühl, sich schachmatt zu fühlen. Und daraufhin gab er mir die Könige eines Kartenspiels, um sie dem Verlierer der Schachpartie zu schenken, als Trost sozusagen. Hab ich natürlich gemacht.«

Alena sah dem Jungen und seiner Mutter hinterher, als sie jemand an der Schulter stupste. Vlado. Sie hatte nicht wahrgenommen, dass er sich herangeschlichen und sich neben sie gestellt hatte.

»Machen dich jetzt schon kleine Jungs an? Soll ich hinterher und ihn verhauen?« Er zog sie hoch und drückte sie.

»Was soll das?« Sie schob ihn weg.

»Sag«, forderte der gut gelaunte Vlado sie auf. »Was wollte der Zwerg von dir?«

»Nichts«, zischte sie, von den ewigen Kontrollfragen gereizt.

»Warum bist du so zickig?«

»Lass mich.«

»Na gut. Klappt das wenigstens mit München, nächste Woche? Meine Eltern machen dafür extra ein paar Tage frei.«

Alena packte die Spielkarten und das Buch ein und rückte die Tasche an die Seite, damit sie Platz nehmen konnten. »Komm, setz dich. Ich muss mit dir reden.«

Von dem Gespräch, das größtenteils von Magdalena und Petr handelte, zeigte er sich genervt.

»Ja, ja, ich werde es ihm ausrichten. Er wird sich mit Magda treffen. Und was ist nun mit München?«

☾

Ondrej war der Meinung, dass das Leben aus zahllosen

Schachpartien bestand. Die Figuren symbolisierten den Charakter, und die Strategie zeugte vom Reifegrad und Geist einer Seele. Er ärgerte sich, dass er die Schwarzhaarige so angestarrt hatte. Ein denkbar schlechter Zug. Die Art, wie sie in dem Roman geblättert hatte, erinnerte Ondrej an seine letzte Freundin Jennifer, und er glaubte an ein Déjà-vu. Noch bei der linken Seite, hielt sie die rechte zum Umschlagen bereit. Das mit Jennifer war vor einem Jahr gewesen. Sie kokettierte gern mit ihrem Aussehen, spielte ihre Latinareize aus und war dabei ein paar Mal zu weit gegangen.

Daraufhin hatte er beschlossen, sich ausschließlich der Kunst zu widmen und sein Leben im Junggesellendasein zu fristen. Der Welt wollte er Bilder hinterlassen, keine Kinder.

Und wenn die Schwarzhaarige Interesse bekundet hätte?

Er gestand sich zögernd ein, dass er sich nach Liebe sehnte und durchaus Mühe gehabt hätte, zu widerstehen.

Schluss mit den Gedanken. Der König war aus dem Spiel, und Ondrej war damit zufrieden. Er ließ seine Gedanken umherschweifen, um sich abzulenken.

Eine Buchenallee umspannte den Stadtrand, und er fragte sich, welche Geschichten sich hier schon abgespielt hatten. Seiner Fantasie bot sich ein Waldweg, der mit hochgewachsenen Fichten bestanden war. Vögel wurden aus den Wipfeln gescheucht, als Reiter eilig vorbeipreschten. Hirten trieben ihre Herden über saftiges Weideland. Eine Hyäne riss ein verirrtes Schaf, trank das Blut und fraß sich satt. Der Kadaver diente wilden Krähen als Nahrung und dann, als er im nächsten Moment zerfiel, der Erde als Humus. Axtschläge hallten aus dem lichter werdenden Wald. Rösser zogen kahl geschlagene Baumstämme heraus, und Köhler schichteten Holz zu einem Brennofen auf. Dann wurden Mauern erbaut und

Häuser aus Stein. Mägde rupften kopflose Hühner, Lumpenkinder tollten herum.

Zwei Jungen liefen an Ondrej vorbei und rissen ihn aus den Gedanken. Wieder musste er an seinen besten Freund denken, und wie sie hier oft entlanggelaufen waren auf dem Weg zum Fluss.

Als er die Apolena erreichte, fiel ihm die neue Brücke auf, die man kontrastscheu mit türkis bemalten Arkaden über das fließende Blau geschlagen hatte. Das Sonnenlicht schwappte über den in tausend Fältchen gelegten blauen Wasserteppich. Die Weiden an den Uferseiten wogten im warmen Wind. Am Himmel standen weiße Wolkenknäuel, und Ondrej fühlte sich endgültig angekommen.

KAPITEL 8

Petr hatte Vlado bei einem Schnuppertraining vom Kickboxen kennengelernt, als dieser den Anfängern die Kunst jener Sportart eindrucksvoll demonstrierte. Wenn Vlado die Beine und Fäuste durch die Lüfte sausen ließ, war es, als hörte man die Knochen der imaginären Gegner brechen.

Petr konnte sich nicht für den Gedanken begeistern, sich zu schinden, daher blieb es bei wenigen Trainingseinheiten. Er wollte Vlado als Freund gewinnen, aber nicht um jeden Preis.

»Petr hat wirklich keinen Bock auf Kaffeekränzchen und Zickenterror.« Er putzte sich die Nase und warf dem am Küchentisch lümmelnden Vlado einen genervten Blick zu. Er wollte sich nicht noch einmal so bloßstellen lassen wie beim Italiener. Wahrscheinlich würde sich Magdalena nachher das Maul darüber zerreißen, dass er die Tasse falsch gehalten oder gegen sonstige Benimmregeln verstoßen hatte. »Hätte ich mich bloß nicht darauf eingelassen. Ich weiß gar nicht, was ich mit der Kuh reden soll«, murmelte er und warf das Taschentuch in den Abfalleimer.

Vlado nahm einen kräftigen Schluck Bier und zog an seiner Zigarette. »Hey, ich hab das Geld für die Rosen nicht umsonst ausgegeben.« Und nach einer Weile fügte er hinzu: »Jetzt komm schon. Die braucht es mal wieder. Das hat mir Alena erzählt.«

Petr sah auf, das konnte er nicht glauben. »Wirklich?«

»Wenn ich es dir sage.«

Wie lange hatte er keinen Sex mehr gehabt? Das letzte Mal war vor einem Jahr mit einer lustlosen Nutte gewesen, über die jeden Tag ein anderer rutschte. Wie wäre es wohl mit Magdalena im Bett? Nein, leicht wäre die nicht zu haben, nicht für ihn, und so biestig, wie sie war, würde er sich wohl bald als Kratzbaum fühlen.

Vlado prostete ihm mit dem Bier zu. »Sauf sie dir halt schön«, schlug er vor und trank die Flasche in einem Zug leer. Schön saufen? Petr hatte ein Faible für zierliche Frauen. Ihm fiel Vlados Angebot ein. »Und wie war das von dir gemeint?«

»Das Schönsaufen?«

»Nein, dass ich bei dir einsteigen könnte.«

»Da wollte ich nur die Situation retten.« Vlado schmunzelte.

Petrs Vater kam in die Küche, im fleckigen Unterhemd. Die Augen rot unterlaufen. Er trug eine leere Schnapsflasche mit sich und roch, als hätte er sich mit Wodka einparfümiert. Den Speichelfaden, der ihm aus dem Mundwinkel hing, wischte er mit dem Unterarm ab.

»Guten Tag, Herr Kuklov.«

Petr konnte die Abscheu in Vlados Stimme förmlich spüren, und es tat ihm weh.

Sein Vater schlurfte zum Kühlschrank, ohne sich um die beiden zu scheren. Er holte eine Flasche Bier aus dem Seitenfach und verschwand wieder.

»So ein Bauerntrampel.« Vlado spuckte die Worte in Richtung Tür, dann wandte er sich Petr zu. »Kein Wunder, dass deine Mutter ihn verlassen hat. Wie kann er in dem Zustand die Pension führen? Die Leute nehmen doch Reißaus, wenn sie ihn sehen.«

Ein »Halts Maul!« wäre Petr fast herausgerutscht. Er starrte auf die Holzbeine des Tisches und sagte kein Wort. Papa hat mir schon viel geholfen, sich viel um mich gekümmert, dachte er, aber ihm fehlte der Mut, sich für seinen Vater einzusetzen. Vielleicht hatte er auch nur Angst, es sich mit Vlado zu verscherzen, wenn er ihn kritisierte. »Wann, sagtest du, bin ich mit Magdalena verabredet?«

☾

Magda! Petr wartet im Café Petrowka auf dich. Morgen Nachmittag um fünf.
Alena hatte ihr diese Nachricht überbracht.

Das Zimmer war von Mondlicht erhellt. Magdalena knipste die Nachttischlampe an, setzte sich auf und strich das Tweety-Nachthemd glatt. Aus der Schublade des Nachttisches holte sie einen Roman hervor, »Kismet«, las einige Zeilen, und legte das Buch wieder zurück.

Soll ich den grünen Rock anziehen? Jeans? Was soll ich mit ihm sprechen? Soll ich die Rechnung bezahlen?

Sie drehte den Ring an ihrem kleinen Finger hin und her.
Und was mache ich, wenn ich mit zu ihm kommen soll?

Auf der Kommode stand ein Bild, das sie mit Alena zeigte. Arm in Arm, lachend, bei einem Glas Wein. Gern würde Magdalena daneben ein Foto stehen haben, auf dem sie mit einem Baby auf dem Arm und einem Mann an ihrer Seite abgebildet war. Vielleicht ein Häuschen im Hintergrund, Blumen im Fenster und eine um die Beine schleichende Siamkatze.

Sie schaltete das Licht aus, starrte durchs Fenster zur Mondsichel und fragte sich, ob Petr der Mann war …

Sie widerstand dem Impuls, erneut das Licht anzuschalten und sich eine Ablenkung zu suchen. Es war schon nach elf, und sie wusste, wie ungesund sie aussah, wenn sie zu wenig geschlafen hatte. Magdalena schloss die Augen und zwang sich, an nichts mehr zu denken.

Der Milchmann bimmelte am Studentenheim vorbei und schreckte sie aus dem Schlaf. Es war also bereits acht! Normalerweise saß sie um diese Uhrzeit längst am

Frühstückstisch. Ob Petr gerade an sie dachte? Der Duft von Milchkaffee und frischen Brötchen stieg ihr in die Nase, leise Musik war zu hören, Sting.

Alena erwartete sie am Frühstückstisch. Sie legte die Zeitschrift beiseite, als Magdalena zur Tür hereinkam, goss für sie Milch in eine Schale und stellte eine Packung Cornflakes dazu. »Guten Morgen, Schlafmütze.«

»Es passiert einmal im Jahr, dass du vor mir aufstehst.«

»Das halte ich für ein Gerücht.«

»Dir auch einen guten Morgen.« Magdalena schüttete Cornflakes in die Milch. »Bin ja gespannt, wie das heute wird«, sagte sie mit Blick auf ihr Frühstück. Sie stellte die Packung zurück, nahm den Löffel und stocherte in den Cornflakes herum.

»Ich hab ein gutes Gefühl bei der Sache.«

»Jetzt auf einmal?« Magdalena sah ihr kritisch in die Augen.

»Versprich mir nur eins: Steig nicht gleich in der ersten Nacht mit ihm in die Kiste.«

Magdalena hob den Löffel und betrachtete eine Weile die aufgeweichten Cornflakes. »Keine Sorge, ich bleibe hart.«

☾

Vlado hatte Alena angerufen, spätabends. Die Sehnsucht trieb ihn. Er wünschte sich, dass sie die Nacht bei ihm verbrachte. Sie aber wollte allein schlafen und auf Magdalena warten. Er ließ keine Widerrede zu und wartete Minuten später in seinem 407er Peugeot vor dem Studentenheim.

In seiner Wohnung roch es nach Hackfleischsoße. Er führte sie ins Schlafzimmer. Auf dem Sofa war ein verpacktes Geschenk für sie, Unterwäsche aus Seide. Sie musste Model spielen. Danach hatte er sie ins Bett gezogen, ohne sie zu entkleiden, und mit ihr geschlafen. Den Slip einfach beiseitegeschoben.

Nun lag Alena neben ihm im Bett und starrte ins Dunkel. Sein Atem verriet, dass er schlief. Der BH saß unbequem, sie zog ihn aus und warf das Teil über die Fußlehne am Bett. Ihr war kalt, und sie fühlte sich gedrängt, bedrängt, unwohl. Wie Magdalenas Abend verlaufen war?

Vlado wälzte sich im Schlaf zu ihr herüber, schlang den Arm um ihren Bauch. Sein Atem verströmte Parmesangeruch und ihr wurde ein wenig übel. Die Innenseiten ihrer Schenkel brannten, er war so wild gewesen, sie vielleicht nicht bereit, nicht wirklich, und immer wieder mit den Gedanken bei Magdalena.

Wie gern wäre sie jetzt woanders, bei sich zu Hause, mit der Freundin. Alena konnte die Umrisse ihrer Bluse erkennen, die über dem Kopf der Katzenstatue hing. Davor lag ihre Jeans, der Tanga.

Sie schob seinen steinschweren Arm weg und schlüpfte aus dem Bett. Er tastete nach ihr. Sie wartete einige Momente, dann hörte sie an seinem Atem, dass er wieder eingeschlafen war.

Auf dem kühlen Parkett schlich Alena zum Fenster und schob die Vorhänge beiseite.

Vom Schicksal nutzlos umhergewirbelt ...

Das Fenster wirkte wie das Bullauge einer Kajüte. Im Glas spiegelten sich ihre Gedanken: Die graue Feder, die sie Tage zuvor noch fallen gelassen hatte, taumelte über den Wogen und verfing sich in Magdalenas Haaren. Eine Welle trug die Freundin davon. Von Gischt umschäumt, winkte sie Alena zu, bis der Nebel ihre Umrisse verwischte, bald ausradierte.

»Alena?«, murmelte Vlado schlaftrunken.

Konnte er sie denn nicht ein Mal in Ruhe lassen? »Ich bin hier, jetzt schlaf.«

Sie hörte, wie die Matratze quietschte. Schritte näherten sich.

»Kannst du nicht schlafen?« Er war hinter ihr, umfasste ihre Taille, küsste ihren Nacken. Sie klammerte sich am Fenstersims fest. Lass mich, dachte sie nur. *Lass mich endlich in Frieden!*

»Du schmeckst so lecker«, flüsterte er und knabberte an ihrer Haut. Mit der Hand fuhr er ihr unter den Slip.

»Lass das«, zischte sie.

»Ich bin eben geil auf dich«, murmelte er, hielt aber inne, als sie ihn am Arm packte.

»Lass das, hab ich gesagt.«

»Schon gut.« Er zog sich ins Bett zurück. »Jetzt komm schon.«

»Meint es Petr ernst mit Magdalena?«

»Oh Mann. Fängst du schon wieder an? Natürlich meint er es ernst mit ihr. Und jetzt komm.«

Nach einer Weile stieß sie sich vom Fenstersims ab und schlüpfte zu ihm unter die Decke. Schon spürte sie seine Hand an ihrem Oberschenkel. Er ließ die Finger aufwärts wandern.

»Lass mich schlafen«, murrte sie und drehte ihm den Rücken zu. »Ich muss morgen fit sein.«

»Jetzt komm schon«, säuselte er und rieb über ihren Hintern.

Sie drückte ihn weg. »Ich mag nicht.«

»Was ist nur los mit dir?« Er knipste die Nachttischlampe an und richtete sich im Bett auf. »Alena?«

»Mach das Licht aus und lass mich endlich schlafen.«

»Erst, wenn du mir sagst, warum du schon wieder zickst.«

Alena schwieg. Er stand auf, schaltete das Zimmerlicht

an. Alena musste die Augen zukneifen. Sie wollte doch nur die Gedanken ordnen, über Magdalena und die Beziehung mit ihm, aber nicht darüber reden.

»Und der BH gefällt dir wohl auch nicht, hm?« Er hob ihn auf und legte ihn auf den Couchtisch neben das Geschenkpapier. »Der war nicht gerade billig.«

»Tut mir leid«, murmelte sie und hoffte, dass er sie endlich in Ruhe lassen würde.

☾

Magdalena saß neben Petr auf seinem Bett und nickte zu dem Waschbecken nahe der Dusche. »Kennst du die Shampoo-Werbung von *Wash and Go*, Haarwaschmittel und Duschgel in einem? Dein Zimmer erinnert mich daran. Schlaf- und Badezimmer in einem.«

»Ja. Stimmt eigentlich.« Er sah sich im Raum um, als wäre er auch für ihn neu. Sie betrachtete das Bild neben der Wanduhr. Es zeigte einen Schwarm fliegender Schmetterlinge. »So sieht es gerade in meinem Bauch aus.«

Als wäre das Petrs Stichwort gewesen, wanderte seine Hand über ihr Knie.

»Ich halte das für keine gute Idee«, sagte sie und fühlte, wie die Schmetterlinge mit ihren Flügeln die Schlagzahl erhöhten.

»Entschuldige.« Er zog die Hand zurück und schob sie unter sein Gesäß. »Ich wollte nicht …« Seine Stimme verriet Unsicherheit.

»Jetzt ist mir an der Stelle kalt«, murmelte sie nicht minder verunsichert.

Er legte die Hand wieder auf ihr Knie. »Ich will ja nicht, dass du frierst.«

Als Magdalena seine Finger musterte, fielen ihr die dichten Härchen auf. Er war sicher behaart wie ein Bär. Ihr gefiel der Gedanke, mit seinem Brusthaar zu spielen.

»Was denkst du gerade?«, wollte sie von ihm wissen.

»Ich frag mich, wie dir der Abend gefallen hat.«

»Mal abgesehen davon, dass du mich eine halbe Stunde hast warten lassen und wir die zweite halbe Stunde nicht wussten, was wir miteinander reden sollen, gefiel es mir sehr gut.«

»Das freut mich«, sagte er, und sie spürte, dass es ehrlich gemeint war. Der Druck seiner Hand auf ihrem Knie verstärkte sich. »Und was machen wir jetzt?«

»Ich denke, es ist besser, wenn ich jetzt gehe.«

»Aber es gießt in Strömen.«

»Ich bin ja nicht aus Zucker.« Sie stand auf und zupfte ihre Bluse zurecht, da packte er sie an der Taille, lachte und sie plumpste in seinen Schoß. »Ups. Das war wirklich keine Absicht.«

»Jaja.«

Er kitzelte sie. »Nein. Du musst mir glauben, es war wirklich keine Absicht. Ich bin untröstlich, wenn du mir nicht glaubst.«

Sie kringelte sich. »Hör auf, mich zu kitzeln.«

»Okay, ich gebe dich frei, werte Dame.« Er ließ seine Arme zur Seite hängen. Wie gern würde sie sich jetzt von ihm streicheln lassen. Sie blieb einen Moment sitzen, dann stand sie auf. »Ich geh dann mal«, bemerkte sie und blieb mit dem Rücken zu ihm stehen.

Regen peitschte gegen das Fenster. Aus dem Nebenzimmer waren Stimmen zu hören, wahrscheinlich Urlauber. Da fühlte sie seine Hand auf ihrem Rücken. Sie schluckte den Herzschlag von der Zunge und drehte sich zu ihm um. Er sah sie nicht an, während er ihre Bluse entknöpfte.

»Ich halte das für keine gute Idee«, murmelte sie, ließ es aber geschehen.

Eine Stunde später lagen sie nackt und erschöpft nebeneinander.

»Na, mein kleiner Bär.« Magdalena bettete den Kopf in Petrs Armbeuge und spielte mit seinem Brusthaar.

»Das tat Petr gut«, meinte er atemlos und zog das Kondom hinunter. »Ich geh das schnell entsorgen.« Er stieg aus dem Bett, und sie betrachtete seinen behaarten Rücken. »Dich friert im Winter bestimmt nicht.«

»Was meinst du?« Er zog die Tür auf.

»Naja, bei deinem Fell.« Sie grinste.

»Ha, ha!«, machte er, drehte demonstrativ das Licht aus und verschwand aus dem Zimmer. Sie hob das Bein, der am Fußgelenk hängende Slip rutschte hinunter. Mit dem Ellenbogen fühlte sie eine schweißfeuchte Stelle, während sie den Slip anzog. Sie wälzte sich im Bett und freute sich darauf, mit ihm eng umschlungen einzuschlafen. Vielleicht hatte er Lust auf eine zweite Runde?

Lächeln musste sie, als sie daran dachte, wie verlegen sie beide vorhin gewesen waren. Im Dunkeln konnte sie nur ahnen, wo das Bild mit dem Schwarm Schmetterlingen hing. Wo blieb er nur?

Der Regen trommelte auf das Dach, sodass sie das Geräusch der aufgehenden Tür nur vage wahrnahm. An seinen Umrissen konnte sie sehen, dass er sich gebückt vortastete. Er schlüpfte zu ihr unter die Decke, von irgendwoher hatte er sich ein T-Shirt besorgt.

»Na, mein kleiner Bär? Was machen wir jetzt?«

»Schlafen«, war die knappe Antwort. Er drehte ihr den Rücken zu. »Träum was Schönes.«

Sie wartete einige Momente, vielleicht würde sich das als ein schlechter Scherz entpuppen. »Soll ich gehen?«

»Du kannst schon dableiben.«

Sie blieb lange wach und war immer wieder versucht, ihre Sachen einzusammeln und abzuhauen.

Es hörte erst zu regnen auf, als sie längst eingeschlafen war.

»Magda! Aufstehen!«

Sie wusste im ersten Moment nicht, wo sie war und wer sie weckte.

Petr stand vor dem Waschbecken und bürstete seine Zähne. »Hast du gut geschlafen?«, fragte er, spuckte aus und drehte das Wasser auf.

»Hm«, murrte Magdalena und hoffte auf ein Morgenküsschen, ein Lächeln oder wenigstens ein liebes Wort.

»Kommst du? Ich mache uns schnell einen Tee.« Er trocknete sich den Mund ab und ging aus dem Zimmer, ohne noch einmal Blickkontakt zu suchen.

Kannst es wohl kaum erwarten, mich loszuwerden, schoss es ihr durch den Kopf.

Sie hörte, wie das Treppenhaus-Geländer quietschte.

Du kannst mich mal, dachte sie, stieg aus dem Bett und zog sich an. Eigentlich wollte sie ihm einen Zettel mit einer Nachricht hinterlassen, aber damit würde sie sich nur lächerlich machen.

Sie ließ die Tür einen Spalt weit offen und tastete sich die Treppen hinunter. Das zischende Geräusch eines Wasserkochers war zu hören, als sie an der Küchentür vorbeihuschte, dann war sie draußen. Mit dem Ärmel wischte sie die Nässe vom Fahrradsitz und schwang sich darauf. Aus den Augenwinkeln konnte sie sehen, wie hinter dem Küchenvorhang eine Gestalt auftauchte. Sie tat so, als würde sie das Klopfen an die Glasscheibe nicht hören und trat hastig in die Pedale.

☾

Die Wanduhr mit dem Kartoffelgesicht war um drei Uhr nachts stehen geblieben. Fast acht dürfte es jetzt sein, dachte Alena und setzte sich an den Küchentisch. Die Haut an ihren Fingern war aufgewellt vom langen Duschen. Jeden Augenblick würde das Telefon klingeln und Vlado würde sie mit seiner Fragerei nerven, warum sie sich davongestohlen hatte.

Sie zerhackte mit einem Tafelmesser das mit Margarine bestrichene Vollkornbrot, weil sie keinen Appetit hatte, obwohl ihr der Magen knurrte. Fast wäre ihr das Messer vor Schreck aus der Hand gefallen, als Magdalena plötzlich im Türrahmen stand und eine Schnute zog. An ihrem Blick konnte Alena sehen, dass sie keine Schmetterlingszeit erlebt hatte. »Also doch über Nacht geblieben?«

»Ich glaube, dass das ein Fehler war.« Magdalena stellte die Tasche ab und setzte sich an den Tisch.

Alenas Hand krampfte sich um den Messergriff. »Du hast mit ihm geschlafen.«

Magdalena stupste die Margarine hin und her. »Es war ziemlich gut. Dann war er aber komplett ausgewechselt. Ich fühlte mich wie in einer schlechten Seifenoper.«

Alena durchhackte das Brot und erschrak vom klirrenden Geräusch der Messerklinge auf dem Porzellan.

Magdalena hob beschwichtigend die Hände. »Hey, hey. Ist ja kein großes Drama. Wenn er es nicht ernst meint, ist es eben vorbei. Davon geht die Welt nicht unter.«

Männer sind doch allesamt schwanzgesteuerte Vollidioten, dachte Alena und überlegte, ob sie das mit Vlado lieber sofort beenden sollte. Der Milchmann bimmelte sie aus ihren Überlegungen.

»Komm. Wir gehen einkaufen. Das bringt uns auf andere Gedanken. Und für Kartoffelcharlie brauchen wir neue Batterien.«

Die Kaufhaustür schwang hinter ihnen zu. Das Einkaufen hatte ihnen in der Tat gute Laune beschert. Alena öffnete die Tüte mit den Schuhen und hielt sie Magdalena unter die Augen. »Sieh sie dir noch einmal an. Sind das nicht Prachtexemplare?«

»Das sind U-Boote«, feixte Magdalena und prüfte den Inhalt ihrer Tüte. Sie hatte sich außer den Batterien ein Puzzle gekauft, mit dem Motiv halb Frosch, halb Prinz, Titel »Wangenkuss«, und für Petr ein Steinarmband.

»Ha, ha!« Alena kniff ihre Freundin in die Seite. »Wenn ich deine Füßchen hätte, hätte ich mich in einer Babyabteilung umsehen müssen.«

Sie wichen einem Müllmann aus, der mit einem Holzstab am nassen Pflaster klebende Papierfetzen aufspießte.

Der Marktplatz war spärlich belebt. Vereinzelt schlenderten Rentner von einem Schaufenster zum nächsten, ein Zeitungsbote brachte die Morgenpost und ein blond gelocktes Mädchen kniete vor dem Springbrunnen mit der bronzenen Reiterfigur und rührte mit einem Finger in einer Pfütze.

»Kennst du die Uhren, aus denen bei jeder vollen Stunde ein Kuckuck geschnellt kommt?« Magdalena zerrte kichernd Alena in ihr Blickfeld und deutete auf einen jungen Mann, der mit den Händen in den Hosentaschen die Kathedrale betrachtete. »Siehst du den dort? Vielleicht denkt der, dass aus der Domuhr ein Kuckuck geflattert kommt, sobald sie läutet.«

Alena wurde es warm in der Magengegend. Nervosität raubte ihr das Lächeln wie ein Taschendieb, ohne dass sie es merkte. Gespannt beobachtete sie Ondrej aus der Ferne. »Ein Kuckuck würde zu dem ganz gut passen.«

»Wie meinst du das?«, wollte Magdalena wissen.

»Erinnerst du dich an den Maler, von dem ich dir erzählt hab?«

»Natürlich.«

»Du machst dich gerade über ihn lustig.«

»Oh, der sieht ja richtig passabel aus«, stellte Magdalena fest. »Hab ihn mir ganz anders vorgestellt. Was meinst du? Wollen wir hingehen?«

Als sie einen Fuß in seine Richtung setzte, hielt Alena sie an.

»Ich hab eine bessere Idee.« Sie kramte einen Stift und einen Zettel aus ihrer Tasche. »Bück dich mal.«

KAPITEL 9

Was hatte sie sich nur dabei gedacht? Sie hatte noch nie ihre Nummer verteilt.

Alena achtete nicht auf den Hausmeister, der den Rasenmäher über das Gras lenkte und ihnen zuwinkte. Magdalena machte einen Knicks und grüßte zurück.

»Was hast du gesagt?«, fragte Alena abwesend.

Magdalena grinste, während sie die Eingangstür zum Wohnheim hinter sich schloss. »Ich hab nur den Hausmeister gegrüßt.«

»Warum grinst du so?«

»Ach ... nur so.«

Alena winkte ab. »Ich weiß schon, was du wieder denkst. Aber Ondrej ist mir egal.«

»Aha. Und wie kommst du drauf, dass ich das meinen könnte?«

Ihr war, als wäre Magdalenas Mund auf fünf Zentimeter angewachsen, so breit grinste sie. Alena verdrehte die Augen. »Denk doch, was du willst.«

Magdalena fischte ein Anzeigenblatt aus dem Postfach. »Hier steht was über Deutschland. Du wolltest doch mit Vlado nach München. Ist das nicht morgen?«

»Von Wollen kann keine Rede sein. Hat nur sein Studio und Sex im Kopf und das nervt.«

»Das klang vor wenigen Tagen noch ganz anders.«

Sie stiegen die Treppen zum ersten Stock hoch, die Plastiktaschen mit den Einkäufen schlenkerten zwischen ihnen. Der Rasenmähermotor stotterte und erstarb. Und aus dem zweiten Stock erklang Cellomusik.

Alena hoffte, dass sich Ondrej melden würde, noch heute. Oder hatte sie ihn damals vergrault? Aber er war ja nicht minder unverschämt gewesen, zuerst sogar.

»Alena?«

»Hm?«

»Ich hab gefragt, ob du ihm absagen wirst.«

»Wahrscheinlich.«

»Sag mal: Was denkst du gerade?«, wollte Magdalena zwei Stufen später wissen, und Alena fühlte, dass das eine Fangfrage war.

»Unbestimmte Dinge.«

»Soso. Hoffentlich ist das Mädchen auch hingegangen. Und hoffentlich kann er die Nummer entziffern, auf meinem Rücken schreibt es sich bestimmt nicht gut.«

»Magda.« Alena seufzte, während sie die Hälfte der Treppe hinter sich gebracht hatten. »Du irrst, wenn du …«

»Hörst du das? Telefon! Ich glaube, aus unserer Wohnung«, erwähnte Magdalena schmunzelnd. Alena drückte ihr die Plastiktüte in die Hand. »Halt mal.«

»Jaja, er ist dir egal«, rief Magdalena hinterher, während Alena drei Stufen auf einmal nahm. Sie kramte im Lauf den Schlüssel aus der Hosentasche und ließ ihn in der Tür stecken, als sie zum Telefon lief.

»Wo hast du gesteckt? Seit einer Stunde versuche ich, dich zu erreichen.«

Vlado, nicht Ondrej. Alena ließ die Schultern sinken und merkte erst jetzt, dass ihr das Herz vor Aufregung klopfte.

»Und warum schnaufst du so?«

»Du nervst!«

»Ich nerve? Mich nervt, dass du mich nicht geweckt hast. Wollte mit dir frühstücken und über München reden.«

Sie entdeckte weiße Punkte am Kommodenspiegel. Magdalena war beim Zähneputzen wohl durch die Wohnung getigert. »Ich brauche eine Pause. Von dir. Von uns.«

Er seufzte hörbar. »Zickst du schon wieder herum?«

Alena fragte mit Augenworten bei der Freundin um Rat. Magdalena zog den Schlüssel aus dem Schloss, schubste mit dem Hintern die Tür zu und antwortete mit einem Achselzucken. Sie legte die Plastiktüte mit den Schuhen vor Alenas Füßen ab und ging in die Küche.

»Alena?«

»Ja?« Sie legte eine Gereiztheit in die Stimme und kratzte die Zahnpastaspritzer vom Spiegel.

»Jetzt komm. Der Kaffee läuft schon durch.«

»Hörst du mir eigentlich zu, wenn ich etwas sage? Ich brauche eine Pause.«

»Eine Pause? Wie lange? Übermorgen geht der Zug.«

»Ich melde mich morgen, ist das für dich okay?«

Vlado schwieg.

»Ich muss jetzt aufhören. Tschüss!« Bevor er etwas sagen konnte, legte sie auf. Für eine ewige Diskussion hatte sie jetzt keinen Nerv.

Alena putzte sich das Weiß unter dem Fingernagel weg und war sicher, dass er gleich wieder anrufen würde. Magdalena klimperte in der Küche mit dem Porzellan. Da klingelte es erneut. Sollte sie es einfach läuten lassen, überlegte Alena und schob die knisternde Plastiktüte von sich. Magdalena stand im Türrahmen und versuchte, dem Kartoffelcharlie die Batterien einzulegen.

»Willst du nicht rangehen?«

»Ja doch.« Der Kerl geht mir auf die Nerven, dachte Alena und griff zum Hörer. »Was ist denn noch?«

»Welch nette Begrüßung«, hörte sie eine fremde Stimme sagen. »Vielleicht bin ich ja falsch.«

»Wer ist dran?« Noch bevor er antwortete, ahnte sie es: Ondrej. Seine Stimme klang ganz anders als im Park. Melodischer. Oder lag es daran, dass sie der Stimme, gefiltert von sämtlichen Eindrücken, eine ganz andere Aufmerksamkeit schenken konnte?

»Vielleicht klingt das ein bisschen merkwürdig, aber mir wurde heute von einem Dreikäsehoch eine Nummer zugesteckt, daneben stand Alena. Kann sein, dass ich die falsche Nummer gewählt hab. Ist nämlich nur schwer zu entziffern, das Gekrakel.«

Pah! So etwas traute der sich zu sagen. Die Freude, ihn zu hören, war dahin. »Nein, das klingt nicht merkwürdig. Ich bin Alena«, sagte sie mit eisiger Stimme.

»Schön«, meinte er. »Und wer bist du? Woher kennen wir uns?«

»Aus dem Park. Du hast mich da angesprochen.« Jetzt würde es bei ihm klick machen, dann würde er nervös werden und sie konnte ihn um den Finger wickeln.

»Hm«, hörte sie ihn sagen. »Ich kann dich gerade nicht einordnen. Wie siehst du ungefähr aus?«

War das ernst gemeint? Wie sie aussah? »Wie Iva Kubelková«, sagte sie.

»Das schwarzhaarige Mädchen, das mich so bewundernd beim Malen beobachtet hat?«

»Wie bitte? Ein Mädchen, das dich bewundernd beobachtet hat?«

Magdalena trat näher, der Deckel für das Batteriefach rastete ein. Alena drückte die Freisprechtaste, damit die Freundin mithören konnte. »Da täuschst du dich, mein Lieber. Du hast versucht, mit einem billigen Kartentrick bei mir Eindruck zu schinden.«

»Was mir offensichtlich gelungen ist. Oder warum hab ich sonst die Nummer erhalten?«

»Die hast du bekommen, weil … Grinst du etwa?«

»Würde ich niemals wagen«, entgegnete er, und sie hörte ein Schmunzeln.

Unverschämter Kerl! Alena funkelte die sichtlich amüsierte Magdalena durch den Spiegel an und drückte das Freisprechen aus. »Das mit der Nummer war ein Versehen.«

»Ja?«

»Ja«, hielt sie im entschlossen entgegen.

»Na gut, dann will ich dich nicht weiter belästigen. Ich wünsch dir was.«

Magdalena stupste sie in die Seite und schüttelte den Kopf.

»Warte«, grummelte Alena. »Das Bild mit den Schachfiguren war nicht mal so schlecht.«

»Soso, das freut mich. Aber woher weißt du das?«

Alena biss sich auf die Lippe und warf Magdalena einen bösen Blick hinterher, die Kartoffelcharlie am Küchentisch ablegte, um sich mit dem Puzzle in ihr Zimmer zu verziehen. »Ich leg mich ein Stündchen schlafen.« Die Tür klackte ins Schloss, ein Rollladen wurde heruntergelassen.

Eine gute Stunde später zog Alena die Tür zu Magdalenas Zimmer auf, der Lichtkegel traf das Steinarmband, das auf dem Puzzle unter einem Tischchen lag.

»Magdalein?«

Die Freundin schreckte aus dem Schlaf und blinzelte verwirrt zum Wecker. »Hast du bis eben telefoniert?«

Alena lächelte nur. »Du, ich werde abends Ondrej besuchen.«

»Aha. Du gehst Ondrej besuchen. Soso.«

»Da ist doch nichts dabei. Bis dann!« Alena zog die Tür ins Schloss, um sie erneut einen Spalt weit zu öffnen. »Ach, weißt du zufällig, wo ich meine Wanderstiefel verstaut hab?«

☾

Sie stieg bei dem Antiquitätengeschäft aus der Straßenbahn. Hier in der Nähe musste es sein. Drei Schritte ging sie, rückte dann ihre Füße in den Schuhen zurecht. Die Wanderstiefel saßen unbequem. Dort vorn, neben dem Plakat mit der Raiffeisenbank-Oma, da musste es sein.

Sie warf einen Blick durch die breite Fensterfront und sah Ondrej an einem Bild arbeiten. Er hatte in dem Atelier sogar eine Küchenzeile aufgestellt, wie praktisch. Die Wände waren in Giftgrün gehalten, Wischtechnik. Alena überlegte, ob sie gegen die Glasscheibe klopfen sollte, dann entschied sie sich dagegen und fand um die Ecke den Eingang.

Sie drückte die Klinke hinunter, die Tür war nicht abgeschlossen. Ein Geruch von Farbe und Lösungsmittel schlug ihr entgegen. Die *Rolling Stones* tönten aus dem Radio, das unter einem der Fenster auf einer Schreibkommode stand. Ondrejs schwarz-weiß gestreiftes Hemd hing ihm locker über die ausgewaschene Jeans. Der Holzboden um die Staffelei herum war mit Papier ausgelegt. »Hallo Ondrej.«

Er warf einen Blick über die Schulter. »Hey! Schön, dass du gekommen bist.«

»Das wird sich zeigen.«

Er sah lustig aus mit den Farbspritzern an Kleidung und Armen, mit einem Lappen in der einen und einem Pinsel in der anderen Hand.

Sie trat vor und sah ihm beim Malen zu. Er zog noch einige Striche und wischte dann den Pinsel mit dem Lappen ab. »Es benötigt noch einen Feinschliff …«

»… aber es ist wunderschön.«

Auf dem Bild war ein verschobener Felsen zu sehen und eine rußgeschwärzte Kreatur, die aus der Stelle gekrochen kam, an der zuvor der Felsen gelegen hatte. Spinnen, Würmer und Käfer krabbelten um die Kreatur mit den angekohlten Flügeln herum. Aus den Augenhöhlen züngelte Feuer, blutige Tränen rannen über die mit Narben gezeichnete Fratze. Ihre Klaue streckte sich wie um eine milde Gabe bettelnd der Sonne entgegen. Und in der Mulde der Klaue bildete sich ein talergroßer See aus Licht.

»Es ist die Sehnsucht eines gefallenen Engels nach seiner Heimat.«

»Du glaubst an Gott und solches Zeug?«

»Selbstverständlich.« Er schmunzelte und verabschiedete sich für wenige Minuten. »Du kannst dich umsehen, wenn du magst. Ich zieh mich nur schnell um, dann kann es losgehen.«

In der Ecke türmte sich ein metallenes Regal bis zur Decke, gegen das ein Rucksack lehnte. Es war vollgestellt mit vielgestaltigen Motiven in den unterschiedlichsten Techniken. Alena betrachtete ein Bild, das eine Pinselspitze zeigte, die den letzten Strich an einem Ast zog. Darunter war der Überlebenskampf einer Blattlaus abgebildet, die im frisch aufgetragenen Grün des Ahornblattes zu ertrinken drohte. »Hat das Bild einen Namen?«, wollte sie von Ondrej wissen, der soeben die Tür hinter sich zustieß und neben sie trat.

»Ich nenne es *Die Illusion und ihre Wahrheit.*«

Alena streichelte über das Bild. »Die Blattlaus, die sich von einem Trugbild täuschen ließ.«

»Das passiert den Menschen tagtäglich.«

Sie ging an der Wand entlang und blieb vor einem Gemälde stehen, das eine Greisin bei Kerzenschein zeigte. Sie schaukelte in ihrem Stuhl und strickte an einer Socke. Hinter ihr hoben sich kräftige Hände, bereit, sie zu erwürgen. »Kann es sein, dass du mit deinen Bildern negative Erfahrungen verarbeitest?«

Ondrej lachte und drehte das Radio ab. »Ich wurde noch nicht erwürgt.«

Alena sah zur Decke hoch. »Sehr witzig, der Herr.«

Er betrachtete sie eine Weile. Sie fühlte, wie ihr Kinn kribbelte und die Röte ihr in die Wangen stieg.

»Du hast recht, Alena. Die Bilder symbolisieren so manche Enttäuschung.«

»Magst du mir davon erzählen?«

»Wenn du mir erzählst, wie es zu der Narbe über deiner Augenbraue kam.«

Alena fasste sich an die Stirn, die Frage war ihr unangenehm, jetzt, eigentlich immer. »Ach das ... das ist eine längere Geschichte.«

»Ich hab Zeit.«

»Vielleicht ein anderes Mal.« Sie deutete auf ihre Wanderstiefel, um seine Aufmerksamkeit in eine andere Richtung zu lenken. »Und mit diesen Tretern muss ich dir wohl Model stehen?«

»Ein Trugschluss, ohne den du nicht hier wärst.«

Sie runzelte die Stirn.

»Sitzen sie bequem?«

»Naja, geht so.«

Er schulterte den Rucksack und ging zur Tür. »Dann komm. Es geht auf Wanderschaft.«

Im Windschatten von Ondrej schleppte Alena sich einen aufwärts führenden Feldweg hoch. Die Wärme des Tages lag noch in den Baumkronen, strömte aus dem moosbewachsenen Boden und vermischte sich mit dem herben Duft der Wildkräuter.

»Das nennst du wandern?« Sie wischte sich über die Stirn und zerrieb den Schweißfilm an den Fingern. »Das gleicht eher einem Kampfmarsch.«

»So einen Spaziergang finde ich recht passend für unser erstes Treffen.« Da war er wieder, dieser unverschämte Ton, den sie vom Telefon her kannte. Sie wusste noch nicht, ob er sie ärgern oder herausfordern sollte. Wahrscheinlich ärgerte sie sich darüber, dass er sie herausforderte.

Rosa Sonnenlicht tränkte die Wolken purpurn.

Alena konzentrierte sich auf den holprigen Weg, aus dem ab und an verwitterte Steine buckelten. »Wie weit ist es denn noch?«

»Hinter dem Hügel liegt das Ziel.«

Der Weg schlängelte sich an einer schier endlosen mit Tannen bewachsenen Kuppe hinauf. Ungefähr zwei Stunden qualvoller Marsch lagen noch vor ihr, schätzte sie. Es würde Nacht sein, bis sie oben angekommen waren. Die Füße taten ihr weh, und ein Kitzeln an den Zehenspitzen kündigte Blasen an. »Das ist nicht dein Ernst?«

Er holte eine Flasche Mineralwasser aus dem Rucksack und reichte sie ihr. »Die Mühe lohnt sich.«

»Ganz bestimmt.« Die Ironie musste er heraushören. Sie trank hastig. Doch größer als der Durst war das Bedürfnis nach einem Bett. Nach Ruhe und Entspannung. »Ehrlich gesagt stelle ich mir unter einem ersten Treffen etwas anderes vor.«

Ondrej schenkte ihr einen verständnisvollen Blick und legte seine Hand auf ihre Schulter. »Wenn du umkehren möchtest, dann kehren wir um. Kein Problem.« Er machte eine kleine Pause, und sie wollte sich schon auf den Rückweg machen, da lächelte er und bemerkte nebenbei: »Aber eines möchte ich dir sagen: Ich hab schon viel erlebt. Vieles davon war weitaus anstrengender als das bisschen Wandern. Und eines lehrte mich die Erfahrung – der Muskelkater ist bald vergessen, was aber bleibt, sind die Eindrücke, die man gewinnt und an die man sich sein Leben lang erinnert.«

Sie verbiss sich eine zynische Bemerkung. »Sollten mich die Eindrücke da oben nicht umhauen, wirst du mich zur Strafe tragen.« Fest drückte sie ihm die Wasserflasche gegen seine Brust. »Geh schon!«

Wohltuende Dunkelheit bedeckte nach und nach das Land. Die letzten Meter leuchtete Ondrej mit einer

Taschenlampe aus. Als sie ankamen, hatte die Nacht längst das Tageslicht ausgelöscht und den Blick freigegeben für das, wovon Ondrej überzeugt war, dass es den mühsamen Weg rechtfertigte.

Sie setzten sich auf eine Bank inmitten einer Waldlichtung. Eine Felswand stürzte vor ihnen in die Tiefe. Alena löste die Schnürbänder und lehnte sich zurück. Ondrej reichte ihr Wasser und eine Aprikose. Dann knipste er das Licht aus und erzählte von seinen Eigenheiten. Beim Lesen musste eine CD als Lesezeichen herhalten. »... und wenn ich aufstehen muss, aber eigentlich nicht mag, dann kratze ich am Boden oder brummele so lange, bis ich ganz genervt aus dem Bett steige.«

»Brumm, brumm«, machte Alena und biss in die Aprikose.

»Nein, nicht wie ein Heudrescher«, erwiderte er und bekam dafür einen Ellenbogenhieb in die Seite. »Alena?«

»Hm?«

»Magst du mir von deinen Eigenheiten erzählen?«

Sie überlegte und kaute die Aprikose. Und als sie damit fertig war, hatte sie noch immer keine Antwort parat.

»Ich glaube, dass du dir selbst ein Rätsel bist«, sagte er und sah zum Himmel hoch. Als er dem hinzufügte, dass er versuchen würde, sie zu enträtseln, verstärkte sich der Aprikosengeschmack in ihrem Mund. In diesem Moment wünschte sie sich, er würde sie berühren.

Der Mond zeigte sich am Firmament und beschien die Gebirgslandschaft am Horizont. Sie hob sich geisterhaft weiß aus der Dunkelheit empor. Dieses Bild würde sich in Alenas Erinnerung prägen, so eindrucksvoll war es. Ondrej hatte recht. Was bleibt, sind die Eindrücke.

»Was denkst du dir, wenn du das siehst?«, fragte er.

»Hm. Das sind nicht nur aneinanderliegende Berge«, mutmaßte sie. »Alte Veteranen aus Stein sind das, die sich niedergelassen haben, die felsigen Buckel aneinandergeschmiegt.«

Alena entdeckte vor ihren Füßen einen abgebrochenen Ast und warf den Aprikosenkern in die Tiefe. Ondrej reichte ihr ein Taschentuch. Der Wind säuselte.

»Hörst du, wie sie zufrieden seufzen?«, fragte er.

»Sie sind eben glücklich, genau da, wo sie jetzt sind.« Fast hätte sie selbst zufrieden geseufzt, um zu unterstreichen, dass sie sich ähnlich fühlte.

»Du inspirierst mich«, bemerkte er.

Sie hatte schon viele Komplimente bekommen, aber keins hatte ihr bisher so sehr geschmeichelt wie das von Ondrej.

☾

Jemand zog den Rollladen hoch, Sonnenlicht fiel in das Zimmer. Alena erwachte von dem Klappern und wusste im ersten Moment nicht, wo sie war. Sie blinzelte und sah Magdalena, wie sie die Erde der Margerite betastete, dort am Fenstersims. In der anderen Hand hielt sie die Plastiktüte mit Alenas Schuhen.

»Mh«, murrte Alena. »Ich bin müde.«

»Es ist drei Uhr nachmittags.«

»Fühlt sich aber nicht so an«, hielt Alena dagegen und zog sich die Decke über den Kopf. An einem Zeh spürte sie einen brennenden Schmerz.

Magdalena raschelte mit der Plastiktüte. »Wie lief es denn gestern?«

»Lass mich schlafen.«

»Aufstehen! Aufstehen! Aufstehen!«

»Magda! Mir platzt der Kopf.« Alena schob ein Bein aus dem Bett und tippte mit dem Fuß am Boden auf.

»Gott«, rief Magdalena. »Die Blase auf deinem Zeh hat

die Größe von Australien.«

»Danke für die Info.«

»Ach, mit ein bisschen Penatencreme ist das bald verheilt.« Magdalena hatte leicht reden. Alena entdeckte in einer Kissenfalte einige Tannennadeln. In beiden Beinen spürte sie Muskelkater und an der Ferse des anderen Fußes machte ihr eine etwas kleinere Blase zu schaffen, Bulgariengröße. Aufstehen unmöglich.

Sie zog das Bein zurück ins Bett und legte sich auf die Seite, nicht ohne Schmerzen. Sie erzählte von der vergangenen Nacht, während sie am Fell des Trösters zupfte.

»… er brummelt, wenn er sich zum Aufstehen zwingen will, oder kratzt den Boden spänig.«

»Fürs Bett ist er also gänzlich ungeeignet«, bemerkte Magdalena. »Und weiter?«

Alena fingerte die Nadeln aus dem Kissen und ließ sie auf den Boden rieseln, dann sah sie auf und beschrieb das Bild von dem Gebirgshorizont und dass sie darin Steinveteranen erkannt hatte.

»So kenne ich dich gar nicht.«

»Ich glaub', diese Seite habe ich bisher verdrängt«, erwiderte Alena lächelnd. »Wir haben dann eine richtige Geschichte daraus gemacht, über die Sorgen und Ängste von solchen Steinfiguren geredet und welche Augenfarbe sie haben.«

Magdalena lachte. »Dieser Ondrej scheint ein toller Typ zu sein. Ist der noch zu haben?«

Die Frage löste in Alena ein Gefühl aus, das sie nicht wirklich zuordnen konnte. Sie verspürte ein leichtes Ziehen in der Kehle, ihr Herz klopfte fühlbarer.

»Keine Sorge, Alena, ich will nichts von ihm.«

»Wie meinst du das?«

»Du magst ihn, das sieht ein Blinder.«

»Ach, du nun wieder.« Alena drückte den Stoffmond gegen das Gesicht und vergaß für wenige Momente die Schmerzen. Sie stellte sich vor, sie wäre noch dort mit Ondrej. Wie sie mit den Füßen einen abgebrochenen Ast hin- und herschob und wie sie dem Wind lauschten.

»Dann schlaf jetzt weiter.« Magdalena legte die Plastiktüte neben den Schreibtisch und ging zur Tür.

»Du, Magda …«

»Was ist?«

Alena spielte mit dem Kissenzipfel und lächelte. »Morgen sind wir zum Frühstücken verab…«

Das Telefon zerklingelte den Satz. *Ohje! Vlado!* Sie hatte versprochen, ihn anzurufen und es vergessen. »Geh du ran.«

Sie horchte Magdalena nach. »Hallo … ja, die ist auch da … sie schläft noch, ist ein bisschen krank … ich soll sie wecken? … Sei doch nicht gleich so gereizt … warte, ich frag' sie …« Der Hörer wurde abgelegt.

Magdalena kam zur Tür herein. »Es ist Vlado. Er ist sauer, weil du ihn noch nicht angerufen hast.«

Alena rieb sich die Stirn. »Ich habe es geahnt.«

»Was soll ich ihm sagen?«

»Warte, ich rede selbst mit ihm.« Sie schlug die Decke zur Seite und streckte die Arme aus. »Komm mal her und hilf mir.«

»Ja, Oma.«

KAPITEL 10

Petr entdeckte ein blondes Haar auf dem Bettlaken und legte es unter das Kissen für angenehme Träume. Er roch an seinem Arm und vermisste den Duft von Magdalena an seiner Haut. Gern würde er jetzt mit ihr auf dem Bett liegen, dem Ticken der Wanduhr lauschen und die Muttermale auf ihrem Rücken küssen.

Er starrte auf die herumliegende Jeans und stellte sich vor, ihre Bluse würde darüber liegen, daneben ihr Rock. Eine Schublade stand halb offen aus der Kommode. Ein blauer Socken lugte heraus. Das Fach darunter war leer. Platz für ihre Unterwäsche? Am Waschbecken neben der Dusche ragte seine Zahnbürste aus einem blauen Becher. Er nahm sich vor, eine zweite dazuzulegen, für Magdalena, falls sie mal wieder über Nacht bleiben wollte. Ihm gefiel der Gedanke, dass sie hier ihre Duftmarken setzte. Verlieb dich bloß nicht, dachte er.

Du bist ohne Perspektive, und zu behaart bist du ihr auch, Petr Kuklov.

Sie brauchte nur jemanden fürs Bett, so wie Vlado es gesagt hatte. Wahrscheinlich graut ihr vor mir und sie hat sich längst bei Alena und den anderen über mich lustig gemacht, schlussfolgerte er.

Hätte er geahnt, dass sie an dem Abend mit zu ihm kommen würde, er hätte sich den Körper enthaart. Warum hatte er darauf vertraut, dass sie sich nicht daran störte?

Dich friert im Winter nicht ... bei deinem Fell ...

Das hatte ihn ähnlich getroffen wie ihre Worte beim Italiener.

Das Geländer im Treppenhaus quietschte. Schritte näherten sich dem Zimmer. Für einen Moment hoffte er, es wäre Magdalena, die ihn vermisste.

»Petr!«, rief sein Vater durch die Tür. »Telefon! Es ist

wieder dieser Vlado.«

Petr stürzte aus dem Zimmer. Sein Vater stand in einer schmuddeligen Jogginghose vor ihm. »Schnüffle nicht wieder in meinem Zimmer«, sagte Petr und eilte die Treppen hinunter.

Er schob die Schüssel mit den braunfleckigen Äpfeln beiseite und griff sich den Hörer. »Vlado?«

»Langsam kotzt es mich an.«

»Was ist denn los?« Petr zog einen Stuhl heran, setzte sich.

»Ach, verdammte Scheiße. Sie kommt nicht mit nach Deutschland. Sie ist krank, und von irgendwelchen neuen Schuhen hat sie sich Blasen geholt.«

»Alena?«

»Nein, Mutter Theresa. Frag doch nicht so blöd. Natürlich Alena.«

Petr starrte auf eine tote Fliege, die neben der Obstschale lag, und stellte sich Vlado vor, wie der mit dem schnurlosen Telefon auf und ab ging. Er erzählte von dem Streit mit Alena, kratzte mit einer Münze an seiner Schreibtischkante und fluchte zwischendurch. »... und dabei sind meine Alten schon so gespannt auf sie.«

»Sag ihnen halt, dass etwas dazwischengekommen ist.«

Er hörte, wie Vlado einmal kräftig durchatmete. »Ist das alles, was du an Ratschlägen auf Lager hast?«

Petr schnippte die Fliege gegen die Wand und fühlte sich unwohl. »Petr meinte ja nur ...«

»Hä? Petr meinte ja nur? Ist dir klar, wie schwul das klingt?«

»Hey! Du musst deine Wut nicht an mir auslassen. Kann ich was dafür, dass dein Charme nicht mehr wirkt?«

»Freundchen, spar dir deine blöden Kommentare. Hat Magdalena was angedeutet?«

Petr hielt den Hörer von sich und traute seinen Ohren

nicht. Vlado sollte ihn nicht wie einen Idioten behandeln.

Der Vater stand am Aufgang zur Treppe, seine Haare hingen wirr herunter. »Dein Zimmer könntest du auch mal wieder aufräumen«, fing er an. »Und deine Blumen brauchen Wasser, die Erde ist ganz trocken.«

Petr hielt die Hand vor die Sprechmuschel. »Bitte, Papa, lass mich in Ruhe telefonieren und nerv mich nicht.« Er winkte ihn weg.

»Und den Rasen musst du heute auch noch mähen. Du hast es versprochen«, sagte der Vater im Vorbeigehen.

Ach, leck mich, dachte Petr. Er wollte in Frieden gelassen werden.

»Was ist nun mit Magdalena?«, schalt Vlado aus dem Hörer.

»Was meinst du?«

»Ob sie irgendwas gesagt hat, über Alena?«

»Nein, hat sie nicht«, entgegnete Petr, zerquetschte die Fliege mit dem Daumen und wischte den Matsch an der Hose ab. »Hätte ich sie denn gleich über Alena ausfragen sollen? So in etwa: Magda, du bekommst meinen Pimmel und ich dafür ein paar Auskünfte, einverstanden?«

»Naja, dafür bumst du sie doch.«

»War's das? Hast dich jetzt gründlich ausgekotzt?«

»Mensch Petr. Du hast doch sonst so gute Einfälle. Mich macht das mit Alena fertig.«

Petr starrte auf ein Spinnennetz an der Decke und überlegte.

»Triff dich mit Magdalena, vielleicht kommt ja was zur Sprache, okay?«

Petr drehte den Finger um einen Apfelstiel und dachte, dass er sich sehr gern mit Magdalena treffen würde, es längst getan hätte, wenn er nicht so mit Komplexen beladen wäre. »Gut, Vlado, ich sag dir Bescheid, falls es geklappt hat.«

»Danke. Ach, noch was: Kannst du mich morgen am Bahnhof absetzen? Ich will mein Auto dort nicht stehen lassen.«

»Meinetwegen.« Petr legte auf und blieb noch eine Weile sitzen. Magdalena war so unberechenbar. Sie gab sich lammzart und fuhr dann plötzlich die Krallen aus. Bestimmt wollte sie ihn nicht mehr sehen.

»Petr? Fertig?«, rief sein Vater von der Küche aus.

»Du nervst«, murmelte Petr und meinte dann: »Gib mir noch zehn Minuten!« Er nahm den Hörer und tippte Magdalenas Nummer.

☾

»Also gut. Um sieben bei dir. Ich werde da sein.«

Magdalena legte den Hörer auf, rannte in ihr Zimmer und stieß gegen das Tischchen, auf dem sie ihr fast fertiges Puzzle liegen hatte. Es fiel hinunter und entstückelte sich. »Mist!« Hastig klaubte sie die Puzzleteile in die Packung zurück und schob sie unters Bett. »Er will mich sehen, er will mich sehen.« Magdalena riss den Kleiderschrank auf und suchte nach dem burgunderfarbenen Rock. War das passende T-Shirt in der Wäsche? Oder sollte sie sich von Alena ein schönes Teil stibitzen?

»Hm.« Immer wieder summte sie, während sie mal dies, mal das anprobierte. »Ach Töpfchen, ach Töpfchen, dein Deckelchen schließt wunderbar, schließt wunderbar …«

Auf ihrem Bett türmte sich ein Kleiderberg.

Sie fuhr sich durch die Haare und ging ins Bad. Oh je! Wie sie aussah! Zerrupft und verschlafen. Sie musterte ihr Spiegelbild und betastete die Wangen. Sachte, Magda, sachte, bedeutete sie sich mit den Händen. Sie zog sich aus, stellte sich unter die Dusche und summte ein Lied, während sie ihre Gedanken zu ordnen versuchte und sich die Achseln rasierte. Ihr blieb noch eine Stunde, dann musste sie los.

Sie schlich in Alenas Zimmer, die auf dem Bauch lag und wieder eingeschlafen war. Leise öffnete Magdalena den Kleiderschrank. Für das Hosenkleid mit dem Dreiknopfblazer hatte sie nicht die Figur. Auch die seidene Bluse passte nicht wirklich zu ihrem Auftreten. Das Stricktop, in dem Alena so verführerisch aussah, hing an Magdalena, als wäre es über einen Kleiderstock gestülpt worden. Sorgfältig räumte sie die Sachen zurück in den Schrank und entschied sich für die schlichte Variante aus ihrer Garderobe. Dunkelgrünes Kurzarmshirt und Jeans.

Magdalena stand vor dem Kommodenspiegel, mit dem Parfümflakon in der Hand, als Alena aus dem Zimmer kam, noch immer verschlafen. »Wo willst du hin?«

»Ich ... ähm ... treffe mich mit Petr.«

»Mit Petr?«

»Ja.« Magdalena besprühte sich mit *Laura Biagiotti*.

»Ist das nicht mein Parfüm?«, wollte Alena wissen, mit Blick auf den Flakon.

»Ähm.« Magdalena ließ den Arm sinken, zog eine Schnute und blickte auf Alenas nackte Füße. Dann erzählte sie ihr, dass Petr kurz zuvor angerufen hatte und dass es mit ihm einfach perfekt werden sollte.

»Tut mir leid. Meins war alle. Ich nehme mir wirklich nur ein paar Spritzer. Und bei Gelegenheit gebe ich es dir zurück.«

»Die Spritzer?« Alena lächelte, während sie sich gegen den Türstock lehnte.

»Bei dir wieder alles okay?«

»Ja. Ich schmiere Penatencreme auf die Blasen und dann studier' ich die Zeitung. Und dir wünsch' ich viel Spaß.«

Magdalena war froh, dass Alena ihr dieses Mal nicht die Freude trübte, und drückte den Zerstäuber. Pfft. Das

Parfüm berieselte die linke Schulter. Pfft. Die rechte Schulter. Sie zog mit dem Daumen ihre Jeans vom Bauch weg, bestäubte den Bauchnabel. Pfft.

»Jetzt reicht's aber.« Alena prustete los. »War nur ein Scherz.«

Petr stand in seiner Dusche, ließ den Kopf ein wenig hängen und versuchte, die Situation einzuordnen. Sie wollte ihn tatsächlich sehen. Aber warum? Er war gut im Bett, ausdauernd, vielleicht hatte es ihr doch ein bisschen Spaß gemacht, hoffte er. Es würde eine Bettgeschichte werden, wenigstens etwas.

Das Wasser plätscherte ihm auf den Nacken und rann in wohlig warmen Rinnsalen an seinem eingeschäumten Körper hinab. An den Fliesen vor ihm klebten die Haare, die er von den Schultern rasiert und dort abgeklopft hatte.

Er fuhr seine Haut entlang. Endlich fühlte sie sich glatt an. Die Haare am Rücken waren ein Problem, weil er dafür zu ungelenkig war. Seinen Vater brauchte er nicht zu bitten, ihn dort zu rasieren. Er würde ihm den Vogel zeigen.

Petr würde Magdalena also nicht mehr den Rücken zudrehen, wenn er nackt war und ihr die Hände festhalten, wenn sie ihn dort streicheln wollte – falls es tatsächlich dazu kommen sollte.

Er hörte die Klingel. Verdammt, war es schon so spät?

Schnell brauste er den restlichen Schaum vom Körper und die Haare von den Fliesen. Noch in der Dusche trocknete er sich ab und hörte das Quietschen des Treppengeländers. Nur noch ein paar Stufen Zeit.

Es klopfte an der Tür, während Petr in die Boxershorts stieg und die schmutzige Wäsche in das Badetuch wickelte.

»Ja?«

»Darf ich reinkommen?« Magdalena kratzte an der Tür.

»Sofort.« Er warf den Badetuchknäuel in den Wäschekorb und rieb sich die Schultern mit Aftershave ein. Wie das auf der Haut brannte.

»Soll ich die Nacht hier draußen verbringen? Oder vielleicht bei deinem Vater schlafen?«

Er stülpte hastig ein T-Shirt über und sperrte auf. »Das Schnarchen erträgst du nicht.«

Das Kurzarmshirt stand ihr gut, die hochgesteckten Haare sowieso, und wie betörend sie roch. Sie sah auf seine Boxershorts und zog die Stirn kraus. »Du bist ausgehfertig?«

»Willst du hierbleiben?«, fragte er, weil er dachte, das wäre ihr lieber und er käme ihr damit entgegen. Sie schien nicht begeistert. »Naja, wir können auch in ein Café gehen, wenn du magst.«

Nachdem sie ihn eine Weile angesehen hatte, schenkte er ihr einen fragenden Blick. Sie nahm ihn bei der Hand, schubste die Tür zu und zog ihn mit sich aufs Bett. »Ich will offen mit dir reden.«

Er war etwas verblüfft, als sie ihm erzählte, dass es ihm wohl nur um Sex ginge und dass sie sich dafür zu schade war.

»Aber Magda«, entgegnete er, irgendwie erleichtert. »Ich dachte, du hast kein Interesse daran, dich mit mir in Gesellschaft blicken zu lassen.«

»Glaubst du das wirklich?«

»Scheint so.«

Daraufhin dröselten sie die Missverständnisse auf.

»Ich hab mich sogar rasiert, weil ich dachte, du findest das sonst eklig.« Er legte eine Schulter frei.

»Du Dummerchen. Mich stört es kein bisschen, dass du so behaart bist. Im Gegenteil, da kann man sich so richtig an dich kuscheln wie an einen Teddybär.«

Er wäre ihr am liebsten um den Hals gefallen. »Und warum bist du so schnell abgehauen letztes Mal? Ich hätte so gern mit dir gefrühstückt.«

Sie schüttelte nur den Kopf. »Weil ich dachte, dass du mich loshaben wolltest. Du warst wie ausgewechselt.«

Er stand auf und streckte die Arme aus. »Sie will von mir Kinder haben«, rief er.

Sie zupfte an den Boxershorts, er plumpste zurück.

»Naja, so weit sind wir noch nicht«, sagte sie und zwinkerte.

Er legte sich mit ihr aufs Bett. Sie kuschelte den Kopf auf seinen Bauch und schmiegte sich eng an ihn. »Weißt du was?«, meinte er. »Ich schlafe jetzt so schnell nicht mehr mit dir, als Beweis, dass es mir nicht darum geht.«

Sie zog eine Schnute, und sie mussten lachen.

»Und, Magda? Was machen wir jetzt? Willst du ausgehen?«

»Ich will mit dir reden, einfach so, egal wo.« Sie zog sein T-Shirt hoch und kraulte sein Brusthaar. Er schnurrte.

»Erzähl mir Anekdoten aus deinem Leben«, forderte er sie auf.

»Ach, damit würde ich dich nur langweilen.«

»Jetzt komm schon Magda, mich interessiert das.«

Und so erzählte sie ihm, dass sie einmal die Geldbörse einer Rentnerin gefunden hatte mit ein paar Tausend Kronen darin. So blöd wie sie war, hatte sie die Geldbörse zurückgebracht und zur Belohnung einen ungenießbaren Marmorkuchen bekommen. Und ein guter Freund von ihr hatte im Spiel mit einem Stein eine Fensterscheibe eingeworfen. Sie gab vor, es sei ihre Schuld, um ihn zu schützen. Dafür wurde ihr drei Monate lang das Taschengeld gestrichen.

»Du bist wohl zu gut für diese Welt.« Petr tippte auf ihre

Stupsnase.

»Ich kann auch böse werden«, verkündete sie.

»Ahja? Dann erzähl mal.«

»Hm. Mir hat vor zwei Jahren ein Gnom nachgestellt. Ich bin ja nicht die Größte, aber das war ein Winzling. Er ignorierte meine Körbe. Und als er auf dem Pausenhof etwas zudringlicher wurde, bin ich ausgetickt und hab ihm voll zwischen die Beine geschlagen. Ich hatte dann meine Ruhe, und er musste wohl seine Familienplanung umstellen.«

Petr rieb sich den Hosenbund. »Das tut schon vom Hören weh. Und sonst?«

»Naja.« Sie rieb gedankenversunken über seinen Bauch. »Im Winter bin ich auf Alenas Mutter losgegangen. Hab ihr mit dem Anwalt gedroht, falls sie Alena nicht in Frieden lässt. Ein ekelhaftes Weib.«

»Alenas Mutter?«

Magdalena nahm die Hand vor den Mund. Sie richtete sich auf und drehte Petr den Rücken zu. »Vergiss, was ich gesagt habe«, murmelte sie.

»Ich dachte, sie hat sich vor Jahren erhängt.« Er erinnerte sich daran, die Szene mit einem Springseil nachgestellt zu haben, nachdem Vlado ihm davon erzählt hatte.

Magdalena stand auf, ging zum Fenstersims.

»Magda?«

Sie drehte sich zu ihm um. »Versprich mir, dass du niemanden davon erzählen wirst, schon gar nicht Vlado.«

»Was darf ich niemanden erzählen?«

Sie schwieg zum Fenster hinaus.

Er klopfte auf die Stelle neben sich. »Komm her und erzähl es mir. Ich werde es für mich behalten, versprochen.«

Am nächsten Morgen stand Petr vor dem Bett, und

betrachtete Magdalena im Schlaf. Sie hier bei sich zu haben, das fühlte sich gut an, fast wie ein Lebensinhalt. Er legte sich zu ihr und küsste sie wach.

Sie rieb sich die Augen. »Daran könnte ich mich gewöhnen.« Die Worte streckte sie, so wie sie sich selbst streckte.

Er ließ seine Finger ihren Bauch entlangspazieren. »Das Wasser läuft durch. Magst du dein Ei hart gekocht?«

Sie gähnte ihm ein »weich« entgegen, schlang die Arme um seinen Hals und er spürte, dass sie ihm einen Knutschfleck verpassen wollte.

»Hey, du Blutsauger.« Er befreite sich aus dem Griff, hüpfte aus dem Bett und lächelte sie an. »Mit deinem Kaulquappenmund schaffst du das bestimmt nicht.«

»Na warte!« Sie wollte ihn zwicken, er wich zurück.

»Komm!«, sagte sie. »Mich verlangt es nach einem Petr-Frühstück.«

Petr schob ihr das gekochte Ei zu. Die Margarine, die er zum Brot anbot, lehnte sie ab.

»Ich bin auf Diät.«

»Verstehe. Hätte ich mir denken können.«

»Ja?«

»Ja.« Er schmunzelte.

»Weshalb? Sieht man es mir an, dass ich einige Gramm zugenommen hab?« Magdalena schob das Hemd hoch und zog an der Haut, unter der sich die Rippen abzeichneten.

»Das auch.«

»Und was noch?«

»Du willst mir doch gefallen?«

Sie überlegte absichtlich lange und studierte das farblose Muster auf der Tischdecke.

»Wir gehen einmal davon aus«, knurrte er lächelnd.

»Gut. Gehen wir mal davon aus.«

»Naja, ich bin Vegetarier«, sagte Petr nüchtern. »Ich mag also kein Fleisch. Daher empfinde ich deine Diät als wichtig und richtig. Du verstehst?«

Ihr fiel vor Lachen ein zerkautes Stückchen Brot aus dem Mund. »Oh. Entschuldige.« Sie legte es auf den Tellerrand. »Du bist also Vegetarier?«, bemerkte sie nebenbei und sortierte die Krümel auf dem Teller.

»Durch und durch.« Er grinste.

»Seit wann? Beim Italiener wolltest du erst ein Schnitzel und hast dann etwas unprofessionell eine Calzone gemampft.«

»Das war Tarnung.«

»Soso.« Magdalena zog eine Augenbraue hoch und grinste. »Ein Problem gibt es allerdings, wenn du mir gefallen willst.«

Er hob beide Augenbrauen. »Gehen wir meinetwegen davon aus. Welches Problem gäbe es dann?«

Sie deutete mit dem Messer auf das gekochte Ei. »Ich bin Veganer.«

»Und?«

»Die mögen keine Eier.« Sie wedelte mit dem Messer durch die Luft und nickte auf seinen Hosenbund zu. »Es geht auch ganz schnell und tut nur ein bisschen weh.«

Mit einem Ruck presste er die Beine zusammen.

»War nur Spaß!« Sie zerklopfte mit dem Messer die Eierschale.

Er wischte sich den imaginären Schweiß von der Stirn. Nachdem sie den Frühstückstisch abgeräumt, das wenige Geschirr gespült und die Haustür hinter sich ins Schloss gezogen hatte, saß Petr am Tisch vor dem Milchkaffee und sah hinüber zu dem Eierbecher auf der Abtropfablage. Schöne Gefühle schmetterlingten durch seinen Bauch und er wäre Magdalena am liebsten nachgegangen, um sie zum Bleiben zu überreden. Er war nicht chancenlos bei ihr und das musste er Vlado erzählen.

Auf dem Hof wurde ein Auto abgestellt, eine Tür zugeschlagen. Er sah aus dem Fenster. Papa schloss seinen geliebten Mercedes ab, in der anderen Hand hielt er eine Tüte mit Brötchen. Schnell hüpfte Petr aus der Küche in den Flur und hielt ihm lächelnd die Haustür auf.

»Du scheinst ja guter Laune zu sein. Dann kannst du mir gleich mit dem Frühstück helfen. Zwei knackige Siebzigjährige haben sich gestern Abend noch ein Zimmer genommen.«

»Ach Paps, ich will dich nicht beim Flirten stören«, redete Petr sich heraus und ließ die Tür zufallen.

Papa lachte und schlenderte die Treppen zum Gästeraum hoch. »Bring mir wenigstens die Kaffeefilter aus der Küche, oben sind sie alle.«

»Ja, gleich.« Petr stellte sich vor die Kommode mit dem Telefon und rieb sich die Finger.

»Petr, du bist ein Gigolo, ein Frauenschwarm«, sagte er zu sich selbst und wählte Vlados Nummer. »Ein Don Juan, die Reinkarnation von Marlon Brando. All das!« Er musste über sich lachen, er war nun ein Macho-Mops.

»Ja? Hallo?«

»Hallo Vlado. Frauenversteher Petr Kuklov am Apparat.«

»Was gibt's? Bin in Eile, muss noch packen.«

»Tja.« Er präsentierte das Wort regelrecht.

»Du hast etwas herausbekommen?«

Petr stockte. Er wollte erzählen, dass Magdalena an ihm interessiert war, an ihm, dem Taugenichts. Dass sie das beim Italiener gar nicht so gemeint und ihn nur aus verletzter Eitelkeit angegriffen hatte. Er wollte von der Nacht erzählen und dem Spaß, den er mit ihr gehabt hatte. Über Alena wollte er nicht reden. Zwar hatte er etwas über sie herausgefunden, Magdalena aber versprochen, nichts davon zu erzählen.

»Petr?«

»Ja?«

»Was ist los mit dir?«

»Ich wollte dir erzählen, dass Magdalena mich mag.«

»Und hat sie auch was über Alena erzählt?«

Wieder stockte Petr, fühlte sich überrumpelt. »Nichts Besonderes.«

»Was heißt nichts Besonderes?«

»Nein, nichts.«

»Nichts? Du druckst doch herum. Was ist? Sind wir nun Freunde oder nicht?«

»Ja, schon. Aber da war nichts.«

»Petr«, schnaufte Vlado. »Halt mich nicht für blöd, du hast doch was.«

»Weiß nicht. Hab vergessen, dass ich noch meinem Papa helfen muss.«

»Na gut. Bis nachher. Der Zug geht um drei, sei pünktlich.«

Petr verabschiedete sich und legte auf. Vlado hätte ihm bestimmt zugehört, wäre er nicht in Eile gewesen. Und wenn er ihm das mit Alenas Mutter erzählen würde? Vlado musste versprechen, es für sich zu behalten. Mit dieser Information konnte er ohnehin nicht allzu viel anfangen, aber sie würde Petr Pluspunkte einbringen.

Petr horchte in sich hinein, sein Gewissen rebellierte. Er hatte versprochen, dichtzuhalten, also entschloss er sich, erst einmal seinem Papa die Kaffeefilter zu bringen.

Minuten später stand er wieder vor der Kommode und starrte auf das Telefon. Er konnte es Vlado anvertrauen, ganz bestimmt. Magdalena musste es ja nicht erfahren. Was würde passieren, wenn doch? Er atmete einmal kräftig durch und kam zu dem Entschluss, das wäre nicht so tragisch – eine Kleinigkeit, die man beiläufig erwähnen konnte. Petr drückte die Wahlwiederholtaste, ohne mit seinem Gewissen Rücksprache zu halten.

KAPITEL 11

In dem Café roch es nach Vanille, ein Schlager lief im Hintergrund. Ondrej legte sein angebissenes Marmeladenbrot zurück auf den Dessertteller. »Und dann«, fuhr er fort und putzte sich ein paar Krümel von der Unterlippe, »stürzte Jakob in die Grube. Er war klinisch tot, konnte aber reanimiert werden und erzählte später, sein Leben sei wie ein Kinofilm an ihm vorübergelaufen. Er konnte sogar die Gedanken einer Assistenzärztin hören. Hoffentlich gefällt es ihr in der Kinderschule, das dachte sie.«

»Eine typische Nahtoderfahrung«, warf Alena ein und bemerkte den hoch aufgeschossenen Herrn, der auf die Rothaarige am Nebentisch zusteuerte, mit einem Rauhaardackel an der Leine.

»Für mich ist das ein Beweis, dass es eine Seele oder so etwas Ähnliches gibt, die sich vom Körper löst, sobald man stirbt«, sagte Ondrej, verspeiste sein Brot und schwemmte es mit einem Schluck Kaffee hinunter. Alena ließ das Glas mit einem Rest Orangensaft knapp über dem Bierdeckel kreiseln. Ein Ziehen an den Füßen erinnerte sie an die Blasen. »Das beweist gar nichts«, erwiderte sie und stellte das Glas ab. »Die Wissenschaft geht davon aus, dass es sich dabei um Halluzinationen handelt.«

»Du glaubst also wirklich nicht an Gott?«

»Ich studiere Medizin«, antwortete Alena und dachte daran, dass es keinen Gott geben konnte. Er hätte ihre zahlreichen Gebete erhört, damals, als sie sich an einer Jesusfigur die Stirn wund gerieben hatte.

»Interessante Antwort.« Ondrej zupfte an seinem Ohrläppchen, sein Blick ging ins Weite.

Konnte Alena ihr bisheriges Leben noch einmal ansehen? Immer und immer wieder? Ein pelziger

Geschmack bildete sich auf der Zunge. Ihre Hände fingen zu zittern an, als Erinnerungsfetzen in ihr Gedächtnis flatterten. Nicht jetzt, dachte sie, nicht vor Ondrej. Ein Blick und er würde sehen, dass etwas nicht stimmte, und womöglich nachbohren. Sollte sie aufstehen, ihm sagen, ihr sei mit einem Mal schlecht geworden und dann gehen?

Die Bedienung servierte am Nebentisch eine Wurstplatte und einen Korb mit Brötchen.

Oder sollte sie doch ein Frühstück bestellen? Das würde sie vielleicht ablenken. Zudem würde das bisschen Orangensaft nicht reichen, um den ekligen Geschmack auf ihrer Zunge fortzuspülen.

Der Hund jaulte auf, anscheinend war die Bedienung auf seine Pfote getreten. Ondrej wachte aus seinen Gedanken auf und warf einen kurzen Blick auf den Rauhaardackel. Die Bedienung entschuldigte sich, der Kerl wischte es mit einem »Er wird es überleben« weg.

Als Ondrej sich wieder seinem Kaffee zuwandte, sah Alena, dass er lächelte. »Was ist?«

»Ach, ich hab mir die Nahtoderfahrung eines Dackels vorgestellt.«

»Erzähl.«

»Seine Hundeseele schaut zu, wie er in frühen Jahren ein am Boden aufgetürmtes Badetuch begattet.«

»Und wie er sich vor einer kleinen Spinne fürchtet«, rätselte Alena mit.

Ondrej kratzte sich an der Schläfe, räusperte sich. »Da geht's mir ähnlich. Ich hab mich einmal drei Meter vor eine Spinne postiert, die so klein war, dass man sie aus der Entfernung gar nicht mehr sehen konnte und sprühte mit Backofenspray in die Richtung dieser Kreatur«, sagte er und fügte schnell hinzu: »Aber mit einem Badetuch hatte ich noch kein Verhältnis.«

Alena musste schmunzeln und wunderte sich, dass sie

dazu in der Lage war. Sie hatte mit keinen Schweißausbrüchen zu kämpfen und das Zittern war nicht zu spüren. Ein Frühstück war nun nicht mehr nötig. Sie horchte in sich hinein und fühlte sich unbekümmert, gar ein bisschen übermütig. »Es gibt keinen Gott«, sagte sie herausfordernd. »Dein Bekannter hat einfach all das, was er in seinem Leben gesehen hat, zu einem bunten Bilderrausch vermixt.«

»Ja?«

»Ja.«

»Hatte ich eigentlich erwähnt, dass Jakob ein Blinder ist? Und schon als Baby sein Augenlicht verloren hat?«

»Aber Blinde haben Träume«, erwiderte Alena.

»Kann sein. Aber wieso konnte er sagen, wie der OP-Raum aus-gestattet war? Und ist es wirklich nur Zufall, dass die Assistenzärztin tatsächlich ein Mädchen hat, das neu in der Kinderschule angemeldet wurde? Er muss es gesehen und gehört haben.«

»Du willst mir allen Ernstes erzählen, dass beim Sterben das Leben an einem vorüberzieht und man auch die Gedanken anderer hören kann?«

»So ungefähr«, meinte er.

»Dann denk ja nichts Falsches.« Sie schenkte ihm im Spaß einen drohenden Blick und nahm den letzten Schluck Orangensaft.

»Das Geheimnis kann ich dir schon verraten.« Er machte eine kleine Pause und sagte dann: »Ich denke mir, dass ich dich gut leiden kann.«

Alena verschluckte sich und der Kerl am Nebentisch rief der Bedienung nach, dass die Butter fehlt.

☾

Alena goss die Margerite auf dem Sims in ihrem Zimmer

und war in Gedanken noch immer im Frühstückscafé und bei Ondrej. Ihr Magen knurrte um Aufmerksamkeit. Sie stellte das Gießkännchen auf das Bücherregal und wollte sich eine Kleinigkeit zu essen holen. Es klopfte an der Tür.

»Komm rein.«

Magdalena warf sich auf das Bett.

»Hey«, protestierte Alena, »das habe ich frisch gemacht.«

»Ja?« Sie zerwühlte das Kopfkissen und sah Alena herausfordernd an. »Ups!«

»Miststück.«

Magdalena lachte und stützte den Kopf auf die Hände. »Erzähl. Wie war es mit Ondrej?«

»Ich hole mir schnell etwas zu essen.« Alena eilte in die Küche, kehrte mit einem Schokopudding zurück und lehnte sich gegen den Schreibtisch. Sie erzählte, während sie die Sahnehaube zerstocherte.

»Und war dieser Jakob wieder blind?«

Alena nickte.

»Wolltest du nicht etwas essen?« Magdalena schmunzelte, mit Blick auf den Pudding.

»Gleich.« Alena stellte ihn neben das Gießkännchen. »Und wie war es mit Petr?«

»Och, wir haben über Eier philosophiert.«

»Ja?«, fragte Alena und sah vor dem inneren Auge, wie Marmelade von Ondrejs Brötchen tropfte. Sie hatte diesen Vanillegeruch in der Nase und liebend gern würde sie den Schlager summen, der in dem Café gespielt worden war.

»Hörst du mir überhaupt zu?«

»So?«

»Ja, so! Und dann hab ich von Petrs Hoden ein Ei abgeschnitten und es gekocht«, erzählte Magdalena.

»Schön«, murmelte Alena und fragte sich, was Ondrej wohl gerade tat und wann sie sich wiedersehen würden.

»Ich hab es seinem Vater serviert. Er hat die Haare von

dem Ei geschoben, das Ei geköpft und weißliche Flüssigkeit lief herunter, die Tischdecke saugte sich voll.«

»Hmhm«, brummte Alena und erschrak, weil sie die Vorlesung nicht verpassen wollte. »Wie spät haben wir?«

Magdalena lachte, stand auf und zupfte sich einen Fussel vom Hemd. »Du hast noch eine Stunde. Hoffentlich bist du da auch so aufmerksam.« Sie verließ das Zimmer.

Alena sammelte die Unterlagen zusammen, der Magen schmerzte. Ihr fiel ein, dass sie sich einen Pudding geholt hatte und sie suchte das Zimmer danach ab. Wo hatte sie ihn nur hingestellt?

☾

Petr ließ die Kupplung kommen, der Gang krächzte, Vlado und er wurden nach vorn geschubst, der Motor starb ab.

»Bist du zu blöd zum Auto fahren?«, giftete Vlado.

Ein zweiter Versuch. Es klappte. Petr fuhr mit bedächtiger Geschwindigkeit die Straße entlang.

»Wie ein Rodeo-Reiter«, sagte Petr, um die Stimmung aufzulockern. Er bemerkte Vlados fragenden Blick und nickte auf eine Biene, die auf der Windschutzscheibe dem Fahrtwind trotzte.

»Pass auf«, stieß Vlado hervor.

Petr riss das Lenkrad nach links. »Das war knapp.« Er sah im Rückspiegel den Fahrradfahrer immer kleiner werden. »Den hab ich glatt übersehen.«

»Konzentrier dich bitte auf die Straße«, erwiderte Vlado gereizt.

»Ja, schon gut. Alena kommt also nicht mit?«

»Siehst du sie irgendwo?«

Petr sparte sich weitere Versuche, die Situation zu entspannen. Er konnte es kaum erwarten, die Fahrt hinter sich zu bringen und trat ein bisschen stärker auf das

Gaspedal.

Nach einer Weile fing Vlado an zu erzählen: »Ich werde zu ihrer Mutter gehen, sobald ich zurück bin.«

Wenn Magdalena davon erfuhr, würde sie wissen, dass Petr sein Versprechen gebrochen hatte.

»Und wozu soll das gut sein?« Er sah zu Vlado hinüber.

»Du sollst dich aufs Fahren konzentrieren.«

»Ja, schon gut«, bemerkte Petr.

»Hab ein bisschen recherchiert. Gibt ja nicht so viele Pejsarovas. In Viska finde ich sie, glaube ich.«

»Und dann?«

»Ich werde ihr ein bisschen auf den Zahn fühlen. Mich interessiert brennend, warum Alena mir so eine Lügengeschichte aufgetischt hat. Könnte spannend werden.«

»Ich denke, das ist keine so gute Idee.«

»Überlass das Denken mir. Achte lieber auf die Straße.«

Petr war es langsam leid, als Sandsack herhalten zu müssen. Mechanisch hörte er Vlado zu und verlor sich mehr und mehr in seinen eigenen Gedanken. Liebend gern wäre er jetzt mit Magdalena zusammen. Vlado interessierte es einen Dreck, was in ihm vorging.

»Halt an!«

Petr stieg alarmiert auf die Bremse und stoppte am Straßenrand. »Was ist denn los?«

»Den Typen dort, den kenne ich.« Vlado deutete auf einen Maler, der vor einer Staffelei unter dem Blätterdach einer uralten Linde stand, mit Blick auf das Industriegebiet.

»Soll ich hupen?«

»Lass mal«, entgegnete er und legte den Gurt ab. »Mit dem habe ich noch eine Rechnung offen.« Er stieg aus dem Auto, ohne die Türe zu schließen und stampfte auf den Maler zu.

Petr sah ihm nach. Jetzt wird es gleich zur Sache gehen,

dachte er, beugte sich hinüber auf den Beifahrersitz und lauschte.

»Was suchst du hier?«, fauchte Vlado. Der Maler wandte sich erschrocken um, drehte sich dann aber wieder seinem Bild zu, als wäre Vlado nur eine Einbildung gewesen. Der holte etwas aus der Hosentasche. Was war das? Ein Messer? Er drückte es dem Maler in den Rücken. »Ich mach dich kalt, wenn du nicht die Fliege machst.«

Petr schluckte. Ist der jetzt komplett verrückt geworden? Petr wollte schon rufen, irgendwas, da hörte er den Maler sagen, dass das kitzelt und Vlado doch bitte damit aufhören soll.

Dass es kitzelt?

Es war kein Messer, sondern ein Feuerzeug. Vlado steckte es zurück, während der Maler sich umdrehte und lächelte. Sie schüttelten sich die Hände.

»Seit wann bist du hier?«, fragte Vlado.

»Bist du mir böse, weil ich mich noch nicht gemeldet hab?«, entgegnete der Maler und legte den Pinsel ab. »Ich wollte dich überraschen.«

»Naja, hättest schon etwas sagen können«, murmelte Vlado.

»Tut mir leid. Unser letztes Telefonat war nicht gerade von Harmonie geprägt.«

»Das Thema lassen wir jetzt lieber, bin in Eile.«

»Ich hab dir dazu was gemalt und mir eine Geschichte ausgedacht.«

»Das da?«, wollte Vlado wissen und betrachtete das Bild. »Nein. Eines mit einem Bergadler.«

Petr beugte sich hinüber zur Beifahrertür, zog sie zu. Er konnte ohnehin nicht folgen, es war anscheinend das Gespräch zweier enger Freunde. Ungeduldig drehte er die Daumen, die Minuten verstrichen, langsam wurde es knapp mit dem Zug. Petr beugte sich über das Armaturenbrett. Der Maler winkte ihm zu. Petr schreckte in den Sitz zurück, es war ihm peinlich, vielleicht wegen der Antipathie, die er diesem Typen gegenüber empfand.

Vlado kam gelaufen, riss die Autotür auf. »Jetzt aber schnell.«

»Wer war das?«, fragte Petr beiläufig und startete den Wagen. Er würgte erneut den Motor ab. Vlado schlug eine Hand vors Gesicht, durch die gespreizten Finger sah er zu dem Maler, der den Daumen hob. Petr tat so, als hätte er das nicht gesehen und fuhr los.

»Das war mein bester Freund. Ondrej. Ein genialer Maler und ein toller Typ. Wenn der lustig ist, packt er seinen Krempel und haut für ein paar Monate ab, einfach so.«

»Und woran malt er gerade?«

»An einem Tautropfen, der sich von der Spitze eines Lindenblattes löst. Zwei rauchende Schornsteintürme spiegeln sich darin.«

»Aha.«

»Es symbolisiert die Angst der Linde vor dem Tod.«

»Na gut.« Mehr wollte Petr gar nicht wissen.

Vlado kratzte an der Fensterscheibe. »Ich hab den Kerl schon seit Jahren nicht mehr gesehen«, sagte er mit nachdenklicher Stimme und erzählte von Ondrej wie von einer Sagengestalt. Es schien, als hätte er vergessen, was ihn zuvor verärgert hatte. Er sprach so bewundernd von diesem Freund, dass in Petr eine Eifersucht aufstieg, die er zu verbergen versuchte, indem er nicht kommentierte, was er hörte. Wahrscheinlich wäre jedes seiner Worte ohnehin in den Lobeshymnen über diesen Typen untergegangen.

Vlado knallte den Kofferraum zu und schulterte die Reisetasche. Er teilte Petr mit, wann er ihn hier wieder abzuholen hatte und verschwand durch die Bahnhofstür.

»Wenigstens für die Fahrt hättest du dich bedanken können«, murmelte Petr und bog in die Straße ein.

Parkende Autos säumten sie bis zur Bahnunterführung, dahinter ragten Industrieschornsteine in den Himmel. Jungs warfen sich auf dem Gehweg einen Ball zu.

»Was soll eigentlich der ganze Mist?« Petr trat auf das Gaspedal. Das Bild seines Vaters, der eine Wodkaflasche umkrallte, türmte sich vor ihm auf. Der Schraubverschluss fiel zu Boden, als Mutter endgültig die Tür hinter sich ins Schloss zog. Dann drängte Vlado vor. Hochmütig streckte er seine Brust heraus. »Petr! Hilf mir mal. Jetzt beeil dich doch. Mach dich nützlich«, rief er. »Was? Du bist auf Ondrej eifersüchtig? Der dumme, fette Petr darf froh sein, wenn wir ihn überhaupt beachten.«

Petr fühlte, dass Vlado von ihm nie so sprechen würde wie von diesem Ondrej.

Eine scheußliche Erinnerung überlappte alle anderen Bilder. Seine Mutter, im heftigen Wortgefecht mit seinem Vater. »Dieser Nichtsnutz! Bricht einfach die Lehre ab. Aus dem Bengel wird nie etwas.«

»Aber wenn es ihm doch nicht gefällt«, entgegnete sie ihm energisch. Nur bruchstückhaft erinnerte sich Petr an den weiteren Verlauf des Streits, dem der Vater ein abruptes Ende gesetzt hatte, indem er Mutter ohrfeigte. Davon sollte sich die Ehe nicht mehr erholen.

Ein Hupen zerriss Petrs Gedankenbilder. Er war auf die Gegenfahrbahn geschlingert. Aus dem Dunkel der Unterführung kam ein Lastwagen mit einem wild gestikulierenden Fahrer gebraust. Petr zog das Lenkrad hart nach rechts, verlor die Kontrolle über den Wagen und stieg mit aller Kraft auf die Bremse. Die Reifen kreischten, der Wagen schlidderte auf einen Brückenpfeiler zu und donnerte gegen den graffitibeschmierten Beton. Petr kippte nach vorn, schlug mit dem Kopf gegen das Lenkrad und fühlte ein warmes Rinnsal die Stirn hinunterlaufen. Ein Zittern ging durch die Brücke, als ein Zug hinüberrauschte, dann verlor er das Bewusstsein.

Alena stieg die Treppen zum ersten Stock hoch, sie würde sich für eine Stunde schlafen legen. Die Schulter tat weh vom langen Tragen der Tasche. Vorlesungen konnten anstrengend sein, Formeln schwirrten in ihrem Kopf herum. Auf den üblichen Stadtbummel hatte sie keine Lust, sie musste sich geradezu zwingen. Es war vier, Vlado also schon nach München unterwegs, erfreulicherweise. Bestimmt hatte er angerufen oder war vorbeigekommen, um sie zum Mitkommen zu überreden.

Eine Asiatin kam ihr im Flur entgegen, grüßte sie in einer fremden Sprache. Alena nickte und kramte die Wohnungsschlüssel aus der Tasche, doch die Tür stand bereits offen. Magdalena prüfte vor dem Garderobenspiegel ihre Haare. Ein Streifen blasser Haut war zwischen Hemd und Jeans zu sehen.

»Ich habe gesehen, dass du kommst«, sagte sie und drehte sich mal auf die eine Seite, mal auf die andere. »Bin auf dem Sprung.«

»Mit Petr verabredet?« Alena drückte die Tür zu.

»Ich will ihn überraschen. Er dürfte Vlado längst abgeliefert haben.«

Vlado. Von dem wollte sie ein paar Tage nichts mehr hören. Sie legte die Schlüssel auf der Garderobe ab. Magdalena roch stark nach *Laura Biagiotti*. Alena drückte sich die Nase zu. »Hast du in dem Zeug gebadet?«

Magdalena lächelte. »Ich kauf dir ein neues, versprochen.«

»Brauchst du nicht. Viel Spaß mit deinem Petr.« Alena zog sich die Schuhe aus.

Magdalena schob das Kinn nach vorn und betrachtete

mit mürrischer Miene den Pickel unterhalb der Nase. »Du blödes Ding hast da nichts verloren. Geh weg.«

Alena zwickte sie in die Taille. »Bin ziemlich kaputt und geh' ein bisschen schlafen.«

»Ach so. Ja, dann.« Wenn Magdalena auf diese Weise lächelte, wusste Alena, dass sie etwas aushecke.

»Was?«

»Ach nichts.«

»Sag schon!«

»Naja. Du gehst schlafen, da kann ich es mir sparen.« Sie streichelte den Pickel mit einer Strähne.

»Was kannst du dir sparen?«

»Dir etwas auszurichten.«

»Von Vlado?«, fragte Alena müde.

»Nein.« Magdalena warf die Strähne zurück und lächelte wieder auf diese neckische Weise.

»Von Ondrej?« Es rutschte Alena einfach so heraus, vielleicht etwas zu erfreut. Sie rieb sich die Nasenspitze.

Magdalena grinste.

»Grins nicht so doof und sag schon, was du mir ausrichten sollst.«

»Er meinte, er werde gegen fünf auf der Brucknerwiese sein. Kennst du den Felsbrocken, der …?«

»Ich kenn die Brucknerwiese, und weiter?«

»Naja.« Magdalena packte die Handtasche und wandte sich zur Tür. »Wenn du Lust hast, sollst du vorbeischauen. Aber du bist müde und willst dich schlafen legen. Außerdem willst du ihn heute bestimmt kein zweites Mal sehen.«

Miststück, dachte Alena, weil Magdalena zwinkerte.

»Ich fahre mit der Straßenbahn, falls du mein Fahrrad haben willst, bedien dich. Muss mich für *Laura Biagiotti* revanchieren«, fügte sie an.

»Magda!«

»Ja?«

»Danke.«

Magdalena hob die Hand mit gedrücktem Daumen. »Viel Glück.« Und zog die Tür hinter sich zu.

Alena trat fest in die Pedale, es war bereits eine Viertelstunde nach fünf. Sie bog von der Straße in einen Feldweg ein, durchquerte ein Waldstück und sah den Felsbrocken, der aussah, als würde er die abschüssige Brucknerwiese hinunterpoltern.

»Ondrej?«

»Ich bin hier.« Er rief von einer Stelle hinter dem Felsen. Sie stellte das Fahrrad ab, hängte sich die Sandalen über die Schulter und schlenderte zu ihm. Die Erde unter dem Gras war warm, und die Halme kitzelten an den Füßen.

Er lag auf einer Decke, mit dem Arm beschattete er die Augen. »Hatte gehofft, dass du kommst.« Er klopfte auf die Stelle neben sich. »Magst dich setzen?«

Sie machte es sich neben ihm bequem und schlang die Arme um die angewinkelten Beine. »Sieh nur.«

Ein Habicht kreiste über einer einsamen Pappel und stürzte blitzschnell zur Erde. Sein Flügelschlag wirbelte Blätter auf, die langsam zur Erde segelten. Er schwang sich mit der Beute über das angrenzende Weizenfeld davon, über einen Zug hinweg.

»Ach«, meinte Ondrej, »das war Jozef.«

»Jaja«, erwiderte Alena und schnippte eine Ameise von ihrem Zeh. Sie legte sich zurück und verschränkte die Hände hinter dem Kopf. Aus den Augenwinkeln beobachtete sie Ondrej. Er sah aus, als würden ihn keine Gedanken beschäftigen, keine Sorgen. Er lag nur da, mit heiterer Miene, und betrachtete den Himmel, die Wolken.

Die Ruhe, die von ihm ausging, beseelte sie und löste die innere Verkrampfung.

»Und jetzt?«, wollte sie wissen.

»Mach die Augen zu und sag mir, was du siehst.«

Hinter ihren geschlossenen Lidern sank der Himmel zu ihr herab. Sie stocherte mit dem Finger im Ozeanblau, Wellen schlugen. Wolken schwappten über die wachsenden Ringe wie wogende Eisberge. Sie erzählte Ondrej davon.

»Siehst du auch schwimmende Flugzeuge?«, fragte er.

»Einen ganzen Schwarm. Und ich sehe die Sonne, die am Meeresgrund leuchtet wie ein Goldstück.« Ihr gefiel dieses Spiel.

»Vertraust du mir?« Seine Worte, nur geflüstert.

Sie sah zu ihm, nickte unmerklich. Er strich ihr über die Nase, die Wange, ohne sie zu berühren und berührte sie doch, irgendwie.

»Warte mal. Ich habe was für dich.« Er raffte sich auf, verschwand hinter dem Felsen und kehrte mit einer Palmlilie zurück. »Die hab ich aus dem Garten des alten Zdenek stibitzt.« Er wollte sie Alena reichen, doch sie drückte die Hand mit der Palmlilie zurück.

»Pfleg' du sie für mich.«

KAPITEL 12

Man sollte es beenden, wenn es am Schönsten ist, das waren seine Worte gewesen. Alena hätte gern länger mit Ondrej zusammengelegen.

Auf dem Weg zur Wohnung fühlte sie sich wacher, als wenn sie geschlafen hätte. Vor der Tür kramte sie in der Tasche nach dem Schlüssel und bemerkte, dass die Fingerspitzen grasgrün waren. Sie roch an ihrem Arm, die Haut war warm vom Sonnenbaden und der Geruch von Ondrej haftete an ihr. Sie schwebte in die Wohnung, geradewegs ins Schlafzimmer. Die Tasche landete auf dem Bett, während Alena sich den Stoffmond schnappte, ihn herzte. Sie tanzte und summte und träumte sich weg. Die Eindrücke der Zeit, die sie mit Ondrej verlebte, waren beschwingend. Es fühlte sich an wie bei Papa, als der bei ihr auf dem Bett gesessen und ihr Märchen erzählt hatte.

Papa. Bei den Gedanken an ihn stockte sie, musste schlucken, dann ließ sie sich mit hängenden Schultern auf dem Bettrand nieder. Und wenn sie eines Tages auch Ondrej verlöre, und er eine neue Leere hinterließe? Würde sie das verkraften? Überleben? Ondrej könnte ihr wichtig werden, lebensgefährlich wichtig. Sie hörte die Wohnungstür.

»Alena? Bist du da?«

»Ich bin in meinem Zimmer.«

Magdalena riss die Tür auf. »Petr hatte einen Unfall.«

Alena stand auf und befürchtete das Schlimmste. »Was ist passiert?«

»Bleib sitzen«, entgegnete Magdalena. »Ihm ist nichts passiert. Das Auto ist halt total im Eimer.«

Alena bemerkte erst jetzt, dass sie den Tröster fest umklammert hielt. Langsam ließ sie locker.

»Ich werde ihn besuchen. Sein Papa bringt mich hin. Bis

später dann.«

Diese blöden Krankenhausbetten!

Petr stützte sich mit dem Ellenbogen ab und krümmte den Rücken. Ein Stich in der Schläfe ließ ihn zusammensinken, er bettete den Kopf auf das Kissen. Mein armer, armer Schädel, dachte er. Sein Zimmergenosse saß mit dem Rücken zu ihm auf dem Bett daneben und verschlang schmatzend seine Rinderroulade.

Gott sei Dank musste er sich das nicht von vorn ansehen. Petr spielte mit dem Deckenzipfel. Papa wird mich umbringen, dachte er. *Ich bin ein Versager und werde es immer bleiben. Wozu bin ich eigentlich hier? Wer mag mich schon? Ich mache alles falsch, einfach alles.*

Petr kniff die Augen zusammen und fächerte sich Luft zu. Er musste diese Gedanken zerstreuen, sonst würden Tränen fließen. Sie wollten ihn für ein paar Tage hierbehalten. Reine Vorsichtsmaßnahme. Spätestens an Vlados Anreisetag würde er raus sein, das hatte ihm der Arzt zugesichert. Ein Trostpflaster.

Sein Zimmergenosse schnäuzte sich unüberhörbar und ließ sich zurückfallen. Das Fett an den Lippen wischte er mit dem Kopfkissen-bezug ab.

Dieses Benehmen erinnerte Petr an seinen Vater, wenn der mal einen zu viel gekippt hatte. Die Krankenschwester meinte, er sei da gewesen.

Wollte mich wohl zur Schnecke machen.

Bei dem Gedanken löste sich eine Träne aus Petrs Augenwinkel.

Ach Scheiße!

Die Tür ging auf, und er wischte sich hastig die Wange

trocken.

Magdalena! Seine Stimmung besserte sich augenblicklich.

»Oh! Entschuldigen Sie. Ich glaube, ich habe mich in der Tür geirrt. Ich wollte eigentlich zu einem gut aussehenden jungen Mann.«

Petr lachte und deutete zu seinem Zimmergenossen. »Dort liegt einer«, formte er tonlos mit dem Mund.

Magdalena trat näher. »Aber der ist nicht jung«, flüsterte sie und legte ihm eine Pralinenschachtel auf den Nachttisch. »Ein kleines Geschenk. Für meinen Möchtegern-Vegetarier.«

»Lieb von dir. Aber woher weißt du davon?«

»Ich war bei deinem Vater. Er hat mich zu einem Tässchen Tee eingeladen und mir erzählt, dass du einen Brückenpfeiler verschieben wolltest, was dir aber nicht gelungen ist.«

Petr mochte sich nicht ausmalen, wie das ausgesehen haben musste. Magdalena im Small Talk mit seinem Vater. »Setz dich doch.« Er tippte auf die Bettkante. »Hat er geschimpft?«

»Geschimpft? Und wie. Er wird dich enterben.«

Petr senkte den Kopf.

»Hey, dein Papa liebt dich. Du hast ihm einen ziemlichen Schrecken eingejagt. Er hat mich sogar hierher gebracht, wollte mich dann aber mit dir allein lassen.«

Petr holte tief Luft und verbot sich die Tränen. Hoffentlich war das die Wahrheit.

»Aber erzähl. Wie geht's dir? Um dein Leben ringst du ja nicht«, fuhr sie fort.

»Der Arzt meinte, ich hätte eine leichte Gehirnerschütterung und wäre ein paar Tage sein Gast.«

»Gehirnerschütterung? Liegt da wirklich kein Irrtum vor?«

Sie legte eine Hand auf seine, sodass es ihm ganz warm

in der Magengegend wurde, und lächelte ihn an.

»Jaja, mach dich nur lustig. Dabei durchleide ich Todesqualen. Ich bin nämlich schwer verletzt. Die Rippen sind gebrochen, die Beine auch. Und das Herz gequetscht.«

»Soso! Schon klar.«

Er zog mit dem Finger eine Linie quer über dem Hals nach. »Und hier wurde meine Kehle durchschnitten. Der Kopf hing aufgeklappt nach hinten. Ich konnte quasi die Blutflecken auf meinem Sitz betrachten. Und weil ich mir im Nacken keinen Muskelkater holen wollte, habe ich mich an den Haaren gepackt, den Kopf wieder nach vorn gezogen, und als der Krankenwagen kam, war er längst wieder angewachsen.«

»Oh«, machte sie und blickte gespielt verwundert.

So schön, dass du da bist, Magda, dachte er. »Mmmh, dem Petr geht es nun aber richtig gut.«

Sie legte die Stirn in Falten. »Darf ich dich etwas fragen?«

»Ich übertreibe niemals, und ich bin sehr realistisch.« Er lächelte.

»Das meine ich nicht.«

»Was dann?«

»Ich frage mich, warum du von dir immer in der dritten Person sprichst?«

Mit der Frage hatte er nicht gerechnet. Vlado hatte ihn deswegen schon blöd angemacht. Petr spielte wieder mit dem Deckenzipfel.

»Warum machst du so ein Gesicht? Hab ich was Falsches gesagt?«

»Ist das ein Problem, wenn ich so spreche?«, wollte er wissen.

»Aber nein. Ganz im Gegenteil. Ich finde es süß. Mich würde nur interessieren, ob es dafür einen Grund gibt.«

»Ich bin kein Schizo, falls du das denkst. Ich mache das, weil ...«

»Ja?«

»Na ja, dann fühle ich mich nicht so einsam.«

Magdalena streichelte seinen Arm, sah ihn an, dann senkte sie den Kopf und flüsterte: »Jetzt hast du doch mich.«

Die Wärme in seiner Magengegend griff auf sein Herz über.

Die Besuchszeit war bald zu Ende. Magdalena wollte die Tür hinter sich zuziehen, da rief Petr noch einmal nach ihr. »Ja?«

»Das hier ist wie Urlaub.« Er machte eine kleine Pause. »Kommst du mich wieder besuchen?«

»Mal sehen.« Die Tür schnappte hinter dem vielsagenden Lächeln zu.

Er legte sich bequem, hörte seinen Zimmergenossen schnarchen, ließ sich davon aber nicht stören. Petr wollte die Pralinenschachtel in die Schublade stecken und bemerkte, dass irgendetwas darin klapperte. Er setzte sich auf, mit der Pralinenschachtel im Schoß, und sah nach. Eine Steinkette und ein Kärtchen waren darin verpackt.

Liebe Magdalena,
ich würde dich gern näher kennenlernen. Vielleicht hast du ja Lust, mit mir auszugehen, ohne Vlado und Alena. Würde mich freuen.
Petr

Es war das Kärtchen, das er für sie in die Rosen gesteckt hatte. Er erinnerte sich, wie widerwillig er die Zeilen verfasst hatte, weil er sich sicher war, dass sie ihn dafür lächerlich machen würde. Damals hätte er nicht gedacht, dass sich die Dinge so entwickeln würden, so angenehm. Aber was wollte sie ihm damit sagen? Er sank zurück, Licht fiel auf das Kärtchen und eine Schrift auf der Rückseite schimmerte hindurch. Er drehte es und las:

Lieber Petr,
ich bin so froh, dass dir nichts passiert ist. Du bist mir wichtig,

weißt du. Seltsam, eigentlich kenne ich dich gar nicht richtig. Aber ich möchte es. Ich möchte mehr von dir erfahren, mir Geschichten aus deinem Leben anhören, daran teilhaben und wissen, was dir auf dem Herzen liegt. Im Grunde will ich wohl dahinterkommen, wer du bist ...

Deine Magdalena

Er dachte an das Haus von dem alten Zdenek, mit den brettervernagelten Fenstern und dem Unkraut im Garten. Petrs Leben fühlte sich so ähnlich an. Bei den Zeilen auf dem Kärtchen war ihm, als würde jemand an der Haustür klopfen.

Natürlich wollte er jemanden an seinem Leben teilhaben lassen, auch wenn er niemals damit gerechnet hätte. Doch was gab es über ihn zu erfahren? Das schlechte Gewissen rief den alten Kopfschmerz und das Schläfenstechen hervor. Er hatte sein Versprechen gebrochen und Vlado von Alenas Mutter erzählt.

Ich Idiot!

Das musste er also verschweigen. Doch was könnte er erzählen? Dass er sie bespitzeln sollte? Dass er Schuld an der Trennung seiner Eltern trug? Dass er ein Niemand war? Ein Taugenichts? Einer, der große Sprüche klopfte, hinter denen sich aber herzlich wenig verbarg? Er hatte nicht einmal den Mut, sich für seine Belange einzusetzen und denjenigen die Stirn zu bieten, die sich darüber lustig machten. Vielmehr gab es doch nicht zu entdecken.

Er grübelte hin und her, die Steinkette in der Hand, und suchte nach Antworten auf ihre Fragen, die sie nicht gleich wieder verschrecken würden. Schließlich wollte er, dass es sich jemand in seinem Leben bequem machte. War Magdalena dieser jemand?

Also würde er die Angelegenheiten mit Vlado verschweigen. Wichtig für ihn waren erst einmal ihr Besuch und der Versuch, einen bleibenden Eindruck zu hinterlassen.

Magdalena kam täglich und blieb, zumindest in seinen Gedanken, bis weit über die Besuchszeiten hinaus.

Alena schob die langstielige Vase mit ihrer Palmlilie ein Stück zur Seite und setzte sich auf die Kante von Ondrejs Schreibkommode. Die Sonne wärmte ihren Rücken, sie rieb ein wenig ihre Beine aneinander, die Füße aber blieben kalt. Ondrej legte neben dem Wasserkocher eine Tageszeitung ab. Er trat einen Schritt zurück und begutachtete den freien Platz neben der Küchenzeile.

»Hier kommt der Tisch hin, dort der eine Stuhl und da der andere.«

Wie unbekümmert er wirkte. Sie spürte seine Lebensleichtigkeit, um die sie ihn so beneidete. Als machten ihm niemals Gedanken zu schaffen, als hätte er keine Sorgen. Seine Welt war so anders als ihre.

»Und dann setze ich mich dort hin, schlage die Beine übereinander und schaue zur Leinwand, einen Cappuccino auf meinem Schoß.«

Sie rang sich ein Lächeln ab und drehte sich dem Fenster zu.

Ein Bauarbeiter gestikulierte mit einer Wurstsemmel vor einem Jungen, dann verschwand er aus dem Blickfeld. Ein Rüttelstampfer war zu hören, auch das Geräusch eines Hydraulikarms, und dass etwas von einem Kipper rutschte.

Alena roch an der Palmlilie und fragte sich, was das mit Ondrej eigentlich war. Sie konnte sich stundenlang damit beschäftigen, auf einer Wiese zu sitzen und die kleinen Wunder um sich herum zu entdecken. Den Zitronenfalter beim Tanz um den Hahnenfuß, das Plätschern eines Bachs, das Spiel des Windes mit den Grashalmen ...

Bei Ondrej fühlte es sich ähnlich an. Auch er schaffte es immer wieder, sie zu verwundern. Wie er mit ihr über einen Feldweg schlenderte, in die Knie ging und einen Stein aufhob, mit dem Finger die Rillen nachfuhr, dabei die Augen schloss. Sie fragte sich, was ihm in solchen Momenten durch den Kopf ging, welches Bild er davon malen würde. Denselben Weg war sie schon mit Vlado gegangen. Er war eingeknickt, als er auf eine Unebenheit trat. Wie er geflucht hatte. Vlado! Den hatte sie fast vergessen. Bald würde er zurückkehren und sie wieder beanspruchen. Was dann?

Eine Planierraupe fuhr am Atelier vorüber, die Schreibkommode zitterte. Alena griff nach der langstieligen Vase. Und wer hält mich, fragte sie sich.

»Alena?«

Sie drehte sich zu Ondrej um. »Hm?«

»Siehst du?«

»Was?«

»Die Palmlilie, ich pflege sie für dich.«

»Sie braucht frisches Wasser.« Sie legte eine kühle Distanz in die Stimme. Die bräuchte sie jetzt auch räumlich zum Gedankenordnen. Alena nahm die Vase mit zur Spüle und spürte, dass es in Ondrej nagte.

»Hast du was?«, fragte er.

»Was soll ich haben?« Das Wasser schoss aus dem Hahn.

»Der Druck ist wohl wieder da«, bemerkte Ondrej, und Alena wünschte, der Druck in ihrem Kopf würde nachlassen.

»Du hast doch was.«

»Mensch, nerv mich nicht mit deiner Fragerei.« Das war ihr einfach herausgerutscht. Alena marschierte zur Schreibkommode und stellte die Vase zurück. Sie rückte sie ein Stück nach vorn und stützte die Hände ab. Es tat ihr leid, dass sie Ondrej so anschnauzen musste. Aber wie sollte sie ihn sonst auf Distanz halten? Sie konnte ihm unmöglich erzählen, was ihr zu schaffen machte, dass er ihr zu viel bedeuten könnte und dass sie das ängstigte. Und dass sie in einer Beziehung steckte und nicht wusste, wie sie es beenden sollte. Alena beobachtete den Jungen von vorhin. Er kniete vor einem älteren Kleinlastwagen und schrieb irgendetwas mit dem Finger auf die verdreckte Schiebetür.

»Lass das«, rief ein Mann von der Baustelle aus.

»Was treiben die da vorn?«, wollte Alena wissen. Als Ondrej nicht reagierte, warf sie einen Blick über die Schulter. Er betrachtete gedankenversunken ihre Tasche, die an der mittig stehenden Säule lehnte.

»Die reißen die Straße auf. Rohrbruch«, murmelte er.

»Tut mir leid, Ondrej. Ich wollte dich nicht anschnauzen. Ich … mir geht's momentan nicht so gut. Komme mit meiner Arbeit nicht nach, und das alles, weil ich nur noch Zeit mit dir verbringe.«

»Aber Alena, ich verlange das doch gar nicht.«

»Und wenn ich es will?«, erwiderte sie. Die Füße wurden immer kälter, aber im Bauch, da wurde ihr warm.

Er lächelte. Sie liebte es, wenn er lächelte. Die Grübchen um seine Mundwinkel. Alles wird gut.

Er ging auf sie zu und stellte sich so dicht vor sie, dass sie seine Körperwärme spüren konnte. Sie drehte ihr Gesicht zur Seite, sein Atem kribbelte an ihrer Wange.

»Ich hab dich lieb«, hauchte er und die Erinnerungen, die er damit hervorrief, ließen sie aufschrecken. Sie drückte sich von ihm weg und ging zu ihrer Tasche. »Welches Datum haben wir?«

»Du bist so komisch.«

»Haben wir heute den Zwanzigsten?«

»Ich glaub schon.«

Sie kramte in der Tasche, um seinen fragenden Blicken

auszuweichen. »Meine Babischka hat übermorgen Geburtstag und ich weiß nicht, was ich ihr schenken soll.«

»Schenk ihr mein Bild, das mit der Socken strickenden Oma auf dem Schaukelstuhl. Erinnerst du dich? Sie ahnt nicht, dass jemand sie erwürgen will. Was hältst du davon?«

Mistkerl! Sie schulterte die Tasche und ging zur Tür, umfasste die Klinke, zögerte aber mit dem Hinausgehen. Das war wohl seine Revanche auf ihre Schnauzerei.

»Tut mir leid. Aber das musste sein«, bemerkte er und sie hörte, wie er auf sie zukam. »Vielleicht findest du ein anderes Bild für sie. Such dir eins aus.«

»Lass mich mit deinen Schmierereien in Ruhe.« Ohne ein weiteres Wort trat sie aus dem Atelier und machte sich auf den Heimweg.

Alena stand vor ihrer Wohnungstür. Die Hände zitterten so stark, dass sie kaum den Schlüssel ins Schloss stecken konnte. Sie musste es beenden, einen Schlussstrich ziehen. Ihr war das zu gefährlich. Er kam ihr so nahe wie nie ein Mensch zuvor. Zu nahe. Er berührte ihr Herz und sie wollte nicht, dass man es berührte. Sie wollte seine Liebe nicht, den Verlust würde sie nicht überleben.

Sie sperrte die Wohnung auf und trat in den Flur. Magdalenas Gesang drang aus dem Bad. Wasser plätscherte. Alena nahm sich vor, sich ihren Kummer nicht anmerken zu lassen. Zu oft schon hatte sie Magdalena damit belastet. Ein Zettel lag neben dem Telefon. Vlado hatte angerufen. Eine Nummer stand dabei, sie sollte zurückrufen.

Alena legte die Tasche ab. Nicht nur wegen der Gefühle musste sie das mit Ondrej beenden. Auch wegen Vlado. Die Dusche wurde abgedreht.

»Ich bin wieder da.«

»Vlado hat angerufen«, gab Magdalena zurück.

»Ich weiß.«

»Wann schenkst du ihm endlich reinen Wein ein?«

Ich darf es mir mit ihm nicht verderben, dachte Alena, griff zum Hörer und wählte die Nummer.

»Alena? Na endlich. Wo warst du denn? Und warum bist du nie da, wenn ich anrufe?«

»Ich ... tut mir leid. Du fehlst mir und hier in der Wohnung kann ich so schlecht die Zeit totschlagen.«

»Du vermisst mich? Frag mal, wie es mir geht. Ich halte es kaum mehr aus. Und übermorgen bleiben uns höchstens zwei Stunden ... abends ... ich muss dann weiter nach Prag für eine Nacht«, ließ er sie wissen.

»Da kann ich nicht. Meine Babischka hat Geburtstag und ich will den Abend mit ihr verbringen.«

»Ich dachte, du vermisst mich? Ist dir deine Oma wichtiger als ich?«

Magdalena kam aus dem Bad und sah sie fragend an. Alena hielt die Sprechmuschel zu. »Was ist?«

»Du vermisst ihn?«, flüsterte Magdalena mit verkniffener Miene. Wasser tropfte von den Haaren.

Alena winkte nur ab. »Wo willst du hin?«, fragte sie Magdalena.

»Was ist denn nun?«, drängelte Vlado.

»Ich besuche Petr«, antwortete Magdalena, ging in ihr Zimmer und hinterließ nasse Abdrücke auf dem Boden.

Alena nahm das Gespräch mit Vlado wieder auf. »Meine Oma ist mir sehr wichtig. Ja. Ich verbringe ohnehin kaum Zeit mit ihr. Ich will wenigstens an ihrem Geburtstag bei ihr sein. Sie hat sonst niemanden.«

»Ist ja schon gut. Dann eben erst in drei Tagen. Obwohl ich es schon jetzt nicht mehr aushalte. Ich freu mich auf dich.«

»Und wie geht's dir so in München?« Alena interessierte sich nicht für die Dinge, die er ihr erzählte. Aber sie wollte ihn in der Leitung halten, bis Magdalena die Wohnung verlassen hatte.

»Ich geh dann mal.« Magdalena winkte zum Abschied. Als die Tür hinter ihr ins Schloss fiel, unterbrach Alena Vlado mitten im Satz. »Du, mir knurrt der Magen, erzähl mir mehr, wenn du wieder da bist.«

»Da habe ich was anderes mit dir vor ...«

Der Gedanke, dass er sie berühren wollte, ließ sie frösteln. »Ja, ja, schon gut. Bis dann.« Sie legte auf und sehnte Ondrej herbei. Es fiel ihr schwer, sich von seinem Leben zu lösen. Aber es half nichts. Je früher, desto verkraftbarer.

Was mach ich nur, grübelte sie. Ihm einen Brief schreiben? Ja, das ist es. Ich kann deine Gefühle nicht erwidern, du bist mir einfach gleichgültig. So etwas in der Art werde ich ihm schreiben, dachte sie. *Er wird mich gehen lassen, ist zu stolz zum Betteln – und dann habe ich es hinter mir.*

Sie nahm Kugelschreiber und Papier und setzte sich an den Küchentisch. Sie zerknüllte die Blätter immer schon nach wenigen Sätzen. Nachdem sich einige Papierknäuel auf dem Tisch verstreut hatten, gab sie auf.

Ich muss es ihm so sagen. Das ist er mir wert, dachte sie und ging zum Telefon, um sich für den nächsten Morgen anzukündigen.

KAPITEL 13

Sie schob die Tür zum Atelier auf, und wie immer stieg ihr der Geruch von Farbe und Lösungsmittel in die Nase. Dieser Duft würde ihr fehlen, und nicht nur das. Aus dem Radio tönten die Verkehrsnachrichten und Ondrej stand mit dem Rücken zu ihr an einem leeren Blatt Papier. Hatte er sie kommen hören? Er neigte den Kopf zur Seite und klopfte den Pinsel gegen das Kinn.

Sie gab der Tür einen etwas kräftigeren Stoß, das Klacken ins Schloss musste er hören, trotz Radio.

»Bin noch am Schmieren«, murmelte er, ohne sich umzusehen.

Er nahm ihr die Bemerkung von gestern also übel. Eitle Künstlerseele. Alena machte sich auf ein anstrengendes Gespräch gefasst, mit Vlado gab es des Öfteren nervenaufreibende Diskussionen, wenn sie mal zickig gewesen war. Da reichte eine einfache Entschuldigung nicht aus. Aber vielleicht war das gerade von Vorteil? Vielleicht kam es zum Streit, und es würde ihr leichter fallen, diesen Kontakt zu beenden?

»Das war nicht so gemeint.«

»Ach? Wie war es denn gemeint?« Er schaute nicht böse, nur distanziert, fragend.

»Ich bin derzeit im Stress. Kopfweh und so. Es tut mir leid.«

Er sah sie eine Weile an, dann legte er den Pinsel ab und summte das Lied mit, das im Radio lief. »Dann ist es vergessen«, sagte er daraufhin. »Hast du schon was für deine Babischka?«

Sie schüttelte nur den Kopf, hatte eine andere Reaktion erwartet.

»Hey, du machst ja immer noch so ein Gesicht.« Er lächelte sie an, sie wich dem Blick aus. Eine Träne sammelte sich in ihrem Innern. Sie hatte gelernt, Gefühle zu verdrängen, zumindest die negativen.

»Alena?«

»Ich will das nicht mehr, das alles.«

»Du willst was nicht mehr?«, fragte er langsam.

Sie bildete sich ein, er würde sie nicht einfach gehen lassen.

Er bohrt nach, immer wieder, und weil sie sich nicht erklären, nicht über ihre Gedanken und Gefühle sprechen möchte, packt er sie am Arm, zieht an ihr, zischt und knurrt und wirft sie schlussendlich raus, weil es außer Kontrolle gerät. So zumindest stellte sie es sich vor und beugte sich unmerklich zurück.

»Es ist vorbei. Ruf mich nicht mehr an und lass mich auch sonst in Frieden.«

Ondrej sah sie entgeistert an, dann schüttelte er leicht den Kopf. »Oh Mann«, schnaufte er. »Ich muss zugeben, dass mich das trifft.«

Sie zuckte mit den Schultern. »Du hast selbst einmal gesagt: Wenn es am Schönsten ist, sollte man gehen.«

»Sehr witzig.« Er ging zur Schreibkommode, schaltete das Radio aus und zog die Palmlilie aus der Vase. Er roch daran. »Und ich nehme an, dass du mir nicht sagen magst, was ich falsch gemacht hab?«

»Nein.«

Er steckte die Palmlilie zurück und stellte sich vor ihr auf, einen Schritt weiter entfernt als zuvor. Sie zwang sich zu dem Gedanken, dass sie in ein paar Minuten ihr altes Leben wiederhaben würde, das vertraute. Er blickte zu Boden, es schien in ihm zu arbeiten. Gleich würde es anstrengend werden, nervige Endlosdiskussionen wie mit Vlado. Doch Ondrej nickte nur. »Gut, du willst das nicht mehr.«

Alenas Herz klopfte so stark gegen die Brust, dass sie

dachte, er müsste es hören. Es war ausgesprochen, und er hatte es akzeptiert, einfach so.

Er ging um sie herum, ohne sie zu berühren und bei dem Geräusch der sich öffnenden Tür musste sie schlucken.

»Wenn du mal wieder den Himmel zu dir heruntersinken lässt, dann denk an mich«, hörte sie ihn sagen.

In der Niederlage zeigt sich deine wahre Größe. Dein Vater wäre stolz auf dich, dachte sie und drehte sich zu ihm um. Mit einem friedlichen Blick sah er sie an. Traurig, aber gefasst. Sie war nur wenige Schritte davon entfernt, sich von den verwirrenden Gefühlen zu lösen, die Angst vor neuer Leere hinter sich zu lassen, in ihr altes Leben zu treten. Sie ging an ihm vorbei, trat auf die Schwelle.

Halt mich! Bitte!

Sie trat einen Schritt hinaus, zitterte, und tat noch einen Schritt. Ihr war, als würde sie den Halt unter den Füßen verlieren, und sie wartete darauf, dass die Tür hinter ihr ins Schloss klackte.

»Die Tür wird für dich offen bleiben«, sagte er, als hätte er ihre Gedanken gelesen.

»Halt mich – bitte«, murmelte sie. Ein Bagger fuhr am Atelier vorbei. Auf der Straßenlaterne landete ein Vogel, dann traten Alena Tränen in die Augen und die Umgebung verschwamm. Sie würde ihn nicht verlassen können, nicht heute. Als sie Ondrej hinter sich fühlte, ließ sie sich zurücksinken. »Halt mich.«

Sie genoss es, von ihm gedrückt zu werden.

»Was spielst du nur für Spiele mit mir?«, flüsterte er.

»Keine Spiele«, entgegnete sie. Sollte sie es doch riskieren und das mit Vlado beenden?

Liebend gern würde sie sich Ondrej öffnen, anvertrauen, doch dafür war es zu spät, war sie zu sehr in Lügen verstrickt, und ewige Liebe konnte auch er nicht garantieren.

»Was hältst du von einem Spaziergang?«, schlug er vor.

Alena war dankbar, dass er nicht weiter bohrte und ihr gefiel die Idee. Vielleicht würde sie das auf andere Gedanken bringen. Heute gehörte der Tag Ondrej, morgen würde sie ein Geschenk für Oma finden, abends mit ihr feiern, und übermorgen einen Schlussstrich unter die Sache mit Vlado ziehen. Das alles nahm sie sich vor, während Ondrej den Pullover wechselte.

Sie schlenderten durch die Stadt, hielten an Schaufenstern und streiften durch Kaufhäuser. Ondrej erzählte von der Stoffsammlung seiner Mutter, und dass er selbst lieber Eindrücke sammelte, von Ländern, den Menschen, der Natur. Dann spazierten sie im Park an dem eingelassenen Schachfeld vorbei. Ein Junge stand neben dem Turm und beobachtete eine gefleckte Katze, die sich am anderen Ende des Spiels nach ihm umdrehte. Er ging in die Knie und versuchte, sie anzulocken.

»Mein König ist längst wieder im Spiel«, murmelte Ondrej.

Alena tat, als wüsste sie nicht, wovon er sprach, als wüsste sie nicht von seinem Geheimnis. »Hm?«

»Ach nichts. Das war nur für mich«, schob er nach.

Sie schlenderten weiter zum See und Alena hoffte, er würde sich bei ihr nie schachmatt fühlen.

»Die Natur ist genauso wenig makellos wie wir Menschen«, erzählte er, wohl um das Thema zu wechseln, und nickte zu einem Maulwurfshügel, der wie ein Muttermal die grüne Haut der Wiese zierte.

Sie ging nicht darauf ein, etwas stand zwischen ihnen, und das wollte aus dem Weg geräumt werden.

»Hm.« Zu mehr war sie nicht in der Lage.

»Alena, erzähl mir, was mit dir los ist, bitte. Mich macht deine Verschwiegenheit fertig.«

Sie verstand ihn, konnte aber nicht aus ihrer Haut.

»Bitte«, sagte sie, »gib mir noch ein bisschen Zeit.« Sie drehte sich nach dem Jungen um. Die Katze war verschwunden. Er trug den Läufer aus dem Spiel.

»Wie du meinst.«

Bald würden sie die Parkbank erreichen, mit Blick auf den See. Dort, wo ihr Martin begegnet war.

»Und woher du die Narbe hast, willst du mir auch nicht verraten?«

Sie drehte die Narbe an der rechten Augenbraue aus seinem Blickfeld. »Erzähl du mir lieber vom Segeln, das ist bestimmt spannender.«

»Dann komm mit.«

Sie setzten sich auf die Bank. Auf der gegenüberliegenden Uferseite ließ ein Mann mit einem Steuerbord ein kleines Boot über das Wasser gleiten.

»Das ist eine andere Welt.« Ondrej knetete seine Hände und seine Augen glitzerten, während er vom Segeln erzählte.

Alena ließ sich von den Worten entführen. Im Geiste sah sie einen finsteren Himmel vom Donner gerührt und den Atlantik, der Wassermassen zusammenwarf. Blitze zuckten. Regen prasselte sintflutartig hernieder. Die Wolken wallten, das Meer wand sich aufgebracht. Und inmitten dieses Schauspiels trieb nussschalengleich das Segelboot von Ondrej und seinen Freunden. Der Wind peitschte auf die Crew ein. Wellenkämme brachen über sie herein. Hektisch rafften sie die Segel. Immer wieder katapultierte eine Welle das Boot fast senkrecht in die Höhe, bis hinauf zu den schwarzen Wolkengebilden, dann fiel es ächzend abwärts, Gischt aufspritzend.

»Ich wäre gern dabei gewesen.«

Ondrej legte eine Hand auf ihr Knie. »Jetzt noch kann ich den Mast knarren hören, spüre den Regen, den Wind und fühle die Hektik an Bord und die Angst, zu kentern.«

Er zog die Hand zurück, hinterließ einen Eismoment, und versank in Gedanken. »Wenn das Meer tost, wird dir erst so richtig bewusst, wie klein und unbedeutend du bist. Das ist sehr reinigend. Man nimmt sich selbst nicht mehr so wichtig. Wenn man an Bord geht und hinaus aufs offene Meer segelt, lässt man die Sorgen zurück. Sie schrumpfen mit dem Festland, bis sie ganz verschwunden sind.«

Tief beeindruckt von der Erzählung saß Alena auf der Bank und wünschte sich, er möge seinen Arm um ihre Schulter legen. »Und wie ging es weiter?«

»Als sich das Meer wieder beruhigt hatte, erzählte uns der Skipper von einem riesengroßen Ungeheuer, halb Fisch, halb Dämon, vom Teufel erschaffen. Am Meeresgrund, genau unter uns, vegetierte es dahin und verschlang ganze Luxusliner, wenn ihm der Magen knurrte. Just in dem Moment tauchte ein Wal auf, ganz in der Nähe. Der mochte vielleicht doppelt so groß sein wie unser Boot. Das, flüsterte der Skipper, war eine Pranke des Ungeheuers. Wir wussten nicht, ob wir lachen oder schreien sollten, so sehr hatte uns das erschreckt.«

»Kannst du dich noch an das erste Segeln erinnern?«

»Ja. Und vor allem an die erste Nacht. Ich hatte es mir auf dem Deck gemütlich gemacht und mir den Tag durch den Kopf gehen lassen. Es war stockdunkel wegen der Wolken. Ich hörte den Wellen zu, die gegen das Boot plätscherten und dem Wind, der über den Atlantik strich. Und plötzlich hörte ich ein Geräusch, ein Planschen. Delfine sprangen vorn am Bug umher. Und sie gaben diese typischen Laute von sich.«

Ondrej ahmte die Laute nach und Alena musste lachen.

»Und als ich mir die Tiere aus der Nähe ansehen wollte, riss die Wolkendecke exakt an der Stelle auf, an der der Mond stand, und kanalisierte seinen Schein.«

Er hielt seine offenen Handflächen parallel im Abstand von einigen Zentimetern zueinander.

»Wir schipperten direkt auf dieser grellen Lichtschneise, im Delfinen-Schlepptau, links und rechts nichts als Schwärze. Das Ganze sah aus, als ob Gott die Tür zum Himmel einen Spalt weit geöffnet hätte. Jeden Augenblick würde er durch den Türspalt hindurchblinzeln, dachte ich mir, und nachschauen, was auf der Welt so passiert. Ich hab vorsichtshalber gewunken.«

Für Petr war die letzte Krankenhausnacht angebrochen. Sein Zimmergenosse murmelte im Schlaf und schnarchte dann wieder, wie er es seit Stunden tat. Im Dunkeln konnte Petr nur die Umrisse erkennen. Er würde ihm fehlen, auch wenn Petr selten mit ihm gesprochen hatte. Petr war, als würde er ihn zurücklassen wie die Erinnerungen an ein Haus mit holzvernagelten Fenstern und einem Garten ohne Blumen.

Er hatte sich Ziele gesetzt. Die abgebrochene Bäckerlehre aufgreifen und zu Ende bringen, das Verhältnis mit seinem Vater gesund pflegen und sich ein vernünftiges Hobby suchen.

Magdalena hatte daran großen Anteil und ihn zu diesen Gedanken aufgemuntert. Sie hatte die Augen nicht verdreht, wie früher andere Menschen, wenn er von seinen Sorgen und Ängsten gesprochen hatte. Früher, bevor er sich verschlossen hatte.

Eine Mischung aus Vorfreude und Angst hielt ihn wach. Was, wenn sein Vater kein Interesse an einem besseren Kontakt hatte? Was, wenn er in seinem Beruf erneut versagte? Und wenn er kein Hobby fand, das ihn begeisterte?

Petr holte aus der Schublade die Steinkette hervor, drückte sie an sich und dachte an Magdalenas Worte: Der Wille zählt.

Und er war willens. Morgen würde er ein erstes Zeichen setzen, indem er ein letztes Mal Vlados Handlanger spielte. Er würde ihn vom Bahnhof nach Hause chauffieren. »... und zeitgleich aus meinem Leben!«, fügte Petr dem Gedanken an und dachte wieder an Magdalena. Es tat ihm leid, dass er sich nach der ersten gemeinsamen Nacht aus dem Bett gestohlen und sie gekränkt hatte.

Er legte die Steinkette zurück und fischte ein Feuerzeug hervor. *Die Kunst besteht darin, den Finger nicht zu schnell über das Flämmchen zu streichen, aber auch nicht zu langsam, denn das könnte schmerzhaft werden.*

Er wischte mit dem Finger über das Feuer, nicht zu schnell und nicht zu langsam, so wie es Magdalena beim Italiener gesagt hatte. Er betrachtete im Lichtschein die gerußte Haut und hatte den Geschmack der Pizza Calzone im Mund.

Ondrej saß vor dem Schreibtisch und warf einen Blick über die Schulter zum Radiowecker. Es war bereits drei Uhr nachts. Papierknäuel lagen vor ihm verstreut, er hatte sich mögliche Gründe notiert, warum Alena ihn verlassen wollte. Das Rätsel schien unlösbar. Viele stimmungsvolle, unvergessliche Momente hatten sie erlebt und mit einem Mal wäre es fast beendet gewesen. Er musste sie zur Rede stellen, zu viel stand für ihn auf dem Spiel, sein Herz. Die Müdigkeit lag schwer auf seinen Lidern, kaum konnte er die Augen offen halten.

Er entblätterte sich von der Jeans, dem T-Shirt und schleppte sich zum Bett. Eine Reisetasche schaute darunter hervor, er trat sie zurück. Das Abschiedsgeschenk seiner spanischen Freunde klirrte darin. Schnapsgläser und Schnapsflasche. Der Fernet-Branca war davon bestimmt nicht zu Bruch gegangen.

Ondrej knipste das Licht aus und mit der Frage, ob Alena nicht doch falsche Spiele mit ihm spielte, legte er sich hin.

Albträume zerhackten seinen Schlaf, sodass er nicht mehr schlafen wollte und im Bett liegen blieb, bis die Morgensonne in der Gürtelschnalle der Jeans reflektierte. Alena musste schlüssig erklären, warum sie sich so komisch verhielt, ansonsten würde er dem ein Ende setzen. Er hatte genug von Ungewissheiten.

Zähne putzen, duschen, dann Alena anrufen, sich mit ihr verabreden und ein klärendes Gespräch führen.

Er hatte das Badetuch um die Hüften geschlagen und noch feuchtes Haar, konnte aber nicht länger mit dem Anruf warten. Sie hielt ihn in der Leitung, verabschiedete sich von Magdalena.

»Muss sie in eine Vorlesung?«

»Sie holt ihren Freund vom Krankenhaus ab«, erwiderte Alena.

»Der, der gegen einen Brückenpfeiler gedonnert ist?«

»Ja.«

Ondrej achtete auf den Klang ihrer Stimme. Es war offensichtlich, dass sie ihn auf Distanz hielt. Er wartete, weil er hoffte, sie würde von sich aus zu erzählen beginnen.

»Alles wieder in Ordnung bei dir?«

Sie zögerte.

»Alena?«

»Ja?«

»Können wir uns treffen?«

»Ich muss endlich das Geschenk besorgen und für den Abend noch was vorbereiten«, sagte sie nach einer Weile.

»Es ist mir aber wichtig. Um zehn bei mir?«

»Das schaffe ich nicht. Um die Zeit bin ich auf dem Marktplatz.«

»Dann warte ich um zehn am Votavo-Platz auf dich. Wäre schön, wenn du kommst. Es ist mir wirklich wichtig.«

Ondrej stand vor dem Kundero-Weg-Straßenschild und tippte dagegen, bis die Domglocken verstummten. Vogeldreck klebte an dem »u« des Schriftzugs. Er wandte sich um und warf einen Blick zum Torbogen, dort, wo Alena durchkommen musste. Auf eine Taube, die zwischen den Straßenbahnschienen nach Nahrung pickte, kickte er ein paar Kieselsteine. Dann ging er hin und her, die Minuten verstrichen, aber Alena war nicht zu sehen. Sie würde nicht kommen, dessen war er sich langsam sicher. Sein Magen zog sich zusammen.

Eine Straßenbahn verscheuchte die Taube, aus dem Abteil winkte ein Mädchen. Da endlich tauchte Alena auf. Sie sah nach links und nach rechts und überquerte die Straße mit flotten Schritten. Verschämt lächelnd kam sie auf ihn zu, strich eine widerspenstige Strähne hinter das Ohr und blieb vor ihm stehen. »Hab eben ein Geschäft entdeckt, wo ich bestimmt was finden werde. Hallo Ondrej.« Sie gab ihm einen Kuss auf die Wange.

»Hallo«, murmelte er. Über Geburtstagsgeschenke für Omas wollte er nicht wirklich sprechen. »Backst du ihr auch einen Kuchen?«

»Ich will sie nicht ins Grab bringen.« Alena räusperte sich.

»Gehen wir ein Stück?«

Ein Tourist kam ihnen entgegen, um seinen Hals hing ein Fotoapparat. Er stierte Alena an, bis er an ihnen vorbeispaziert war.

»Mich wundert, dass der kein Bild von dir geknipst hat.«

Sie reagierte nicht auf die Bemerkung, vielleicht weil sie

die Gaffer gewohnt war, und spielte mit der Reißverschlusslasche. »Du willst mit mir über gestern reden?«

»Ja.«

»Aber ich kann nicht.«

Er hielt sie am Arm fest, sie blieben stehen. »Alena«, seufzte er. Sie stand mit dem Rücken zur Straße, sah ihn an. Er wollte sie nicht unter Druck setzen, denn er fürchtete, sein Misstrauen könnte sie nerven und dem Kontakt die Leichtigkeit stehlen. Er sah an ihr vorbei, sah auf den Mofafahrer, der am Pflaster entlangtuckerte und einen Schlenker um die Taube machte, sah sie dann wieder an.

»Ich hab heute Nacht ziemlich mies geschlafen.«

Nun wich sie seinem Blick aus, als ob er in ihren Augen etwas lesen konnte, was ihm nicht gefiel.

»Mich macht diese Ungewissheit fertig.«

Sie schwieg ihn weiter an.

»Und sag jetzt nicht, dass du nicht weißt, wovon ich spreche.«

»Ich kann es mir denken«, murmelte sie.

»Du musst es mir erklären, damit ich es verstehen kann.«

Sie nickte unmerklich und rieb über ihre Nasenspitze.

»Warum wolltest du gestern alles beenden?« Er strich über ihren Arm. »Erklär es mir.«

Sie trat einen Schritt von ihm weg und drehte ihm den Rücken zu. Er stellte sich hinter sie, ohne sie zu berühren und hauchte ihr Gänsehaut auf den Nacken. »Hallo? Ist da jemand?«

Sie griff hinter sich, fasste seine Hände und zog sie nach vorn um ihren Bauch. Er gab nach und umarmte sie.

»Frag nicht weiter nach«, flüsterte sie. »Vertrau mir, bitte.«

KAPITEL 14

»Soll ich an der Brücke vorbeifahren, damit du die verbeulte Mauer sehen kannst?« Magdalena schaltete einen Gang hoch und drehte dann Olympic leiser.

»Wenn ich nachher Vlado vom Bahnhof abhole, sehe ich es ja.« Petr gurtete sich an, die Papiertüte mit den zwei Wurstsemmeln wäre fast von seinem Schoß gefallen. »Und Papa hat dir einfach so den Benz geliehen?«

»Ich hab mit ihm geschlafen.«

»Ha, ha!«

»Fährt sich gut, der Schlitten«, lobte Magdalena. »Und sogar mit CD-Anlage.«

»Olympic mag ich nicht besonders.« Er drückte den Radioknopf. »Worüber redet ihr eigentlich so?« Er strich über die Steinkette um sein Handgelenk und hörte Magdalena zu. Er achtete auf den Klang ihrer Stimme, der ihm so vertraut war, den er so lieb gewonnen hatte.

Sie bog in den Kundero-Weg ein. Gute zwei Minuten, dann bin ich endlich wieder daheim, dachte er. »Magdalena?«

»Hm?«

»Ich muss dir was sagen.«

»Ja?« Zögerlich stupste sie ihn mit dieser Frage an.

»Du hast mir doch mal erzählt, was Alena über dich gesagt hat ... dass du dem Richtigen das Leben wohnlich gestalten wirst oder so ...«

»Und weiter?«

»Ich weiß nicht, ob ich für dich der Richtige bin, aber ich fühle mich durch dich bei mir wieder zu Hause.« Er sah halb zu ihr hinüber, bekam ihr Lächeln mit und freute sich. Aus den Augenwinkeln nahm er eine Schwarzhaarige wahr. Alena? Das war sie doch. Mit einem Typen im Arm. War das nicht Ondrej?

»Sieh mal!« Magdalena deutete auf die andere Seite. Eine Taube saß auf dem Sitz eines Mofas, der Junge davor fütterte sie mit Krümeln.

»Ja … schön …« Er sah nach hinten, sah zurück. Es waren Alena und dieser Ondrej. Sie küssten sich.

»Was hast du?«

»Hm?«

»Nach wem hältst du Ausschau?«

»Ach, nach niemandem.« Petr setzte sich wieder bequem hin und versank in Gedanken.

Der beste Freund von Vlado mit Alena, dessen Zukünftiger. Über diese Nachricht würde er nicht erfreut sein. Dann kann ich ja Ondrejs Rolle übernehmen, dachte Petr und mampfte eine Wurstsemmel.

»Du hast doch was … bist plötzlich so anders.«

Petr winkte ab. »Ich hab nur noch nicht gefrühstückt.«

Magdalena schaltete einen Gang zurück und legte eine Hand auf sein Knie. »War übrigens sehr schön, was du vorhin gesagt hast. Hat mich ungemein gefreut.«

Petr erzählte seinem Vater, dass er Magdalena zu Hause absetzen würde, verschwieg aber den Abstecher zum Bahnhof.

Er parkte auf dem Bahnhofsvorplatz, legte eine CD ein, R. E. M., und sah auf die Uhr neben dem Drehzahlmesser. Eigentlich müsste Vlado längst herausgekommen sein, überlegte Petr, sah auf die andere Straßenseite und entdeckte ihn in einer Telefonzelle. *Mensch, beeil dich, ich will hier keine Wurzeln schlagen.*

Er strich ein paar Brösel vom Beifahrersitz, angelte ein Feuerzeug aus der Hosentasche und versengte die Härchen an den Fingerrücken. Dann wollte er den Rückspiegel einstellen, der verrutschte aber, weil Petr zusammenzuckte. *Magdalena! Mit einem Kinderwagen?* Er warf einen Blick über seine Schulter. Nein. Das war sie nicht. Diese zierliche Blondine sah ihr sehr ähnlich, aber Petr hatte sich getäuscht. Jetzt war ihm ganz grummelig im Magen. Sie hatte vorhin nur kurz die Hand auf sein Knie gelegt und doch war es mehr. Er konnte Vlado nicht mehr helfen und er wollte es auch nicht. *Losing my religion* lief aus der CD-Anlage und die Blondine passierte Petrs Auto. Er sah ihr nach und stellte sich vor, wie Magdalena mit ihm zusammen einen Kinderwagen durch die Gegend schob, sein Baby, ein Mädchen. Dagmar würde es heißen, vielleicht. Wie seine Mutter. In Gedanken schob er das Deckchen zur Seite und hob Dagmar in die Luft. Hui! Mit großen, blauen Augen lächelte sie ihn an. Der Kopf wackelte. Er drückte das Baby an die Brust, legte seinen Zeigefinger in das Händchen und schaukelte es im Arm.

»Hey! Träumst du?« Vlado klopfte aufs Autodach, und Petr fiel das Feuerzeug aus der Hand. »Aufwachen.« Vlado verstaute die Reisetasche im Kofferraum und stieg ein. »Wem gehört der Benz?«

»Meinem Vater.«

»Und du nutzt ihn als Müllhalde?« Er schaute in Richtung seiner Füße. Petr beugte sich zu ihm hinüber. Vlado meinte die zerknüllte Papiertüte von den zwei Wurstsemmeln. »Alena hat mir erzählt, was passiert ist. Jetzt geht's dir hoffentlich wieder besser.«

Petr nickte nur, weil er am Klang der Stimme hörte, dass es Vlado nicht sonderlich interessierte.

»Hey, wonach stinkt es hier?«

Petr zeigte die Hand mit den angeschwärzten Fingerrücken.

»Du bist doch krank.« Vlado kurbelte das Seitenfenster hinunter und fächerte die Luft hinaus. »Und was hörst du hier für einen Käse?« Vlado stellte *Man on the moon* ab, holte dann eine Schatulle aus der Hosentasche hervor und klappte sie auf. Zum Vorschein kam ein Gelbgoldring mit Brillanten. »Sieh mal her. Der ist für Alena.«

»Darf ich ihn mal nehmen?«

Petr hielt den Ring nah vor die Augen. So einen würde er Magdalena auch gern schenken. Sollte er Alena nicht doch verraten? Vlado würde es ohnehin erfahren. Und wenn er es durch ihn erfahren würde, behielt er sich die Chancen offen, Vlados bester Freund zu werden. Der Schlüssel zu mehr Einfluss. Aber was würde Magdalena dazu sagen? Sie musste es ja nicht erfahren.

»Was bedeutet die 585 im Ring?«

»Bis ich dir das erkläre …« Vlado schnappte sich den Ring.

»Das Teil muss ein Vermögen gekostet haben.«

»Haben meine Alten spendiert. Ich habe ihnen das Passbild von Alena gezeigt. Sie waren begeistert.« Vlado steckte den Ring zurück in die Schatulle und schnallte sich an. »Ich muss nachher weiter nach Prag.«

»Dann fahre ich dich jetzt nach Hause.« Petr startete den Wagen.

»Nein, mein Lieber. Die Fahrt geht nach Viska.«

»Viska? Zu Alenas Mutter?«

»Hab eben mit ihr telefoniert.«

»Aha … Kein Geld für ein Taxi?«

»Jetzt stell dich nicht so an.«

»Na toll«, seufzte Petr. Sein Vater würde sich Sorgen machen.

»Hey«, sagte Vlado, »sieht ja schwul aus.« Er meinte das Steinarmband.

»Hat Magda mir geschenkt.« Petr überlegte tatsächlich, ob er es abstreifen sollte, dann entschloss er sich dagegen. Vlado musste es ja nicht gefallen.

»Demnächst schenkt sie dir Lippenstift.«

»Was soll das? Musst du dich immer über andere lustig

machen?« Petr legte den ersten Gang ein. So ein blöder Arsch, dachte er. *Halt einfach die Fresse!* Am liebsten hätte er Vlado hinausgeworfen.

»Du magst die Zicke, hab ich recht?« Vlado steckte die Schatulle zurück in die Hosentasche und grinste selbstzufrieden.

»Ist das ein Problem für dich?«

»Nein, nein.« Vlado lachte. »Mich wundert nur, mit welch einfachen Mitteln dich das Knochengestell glücklich machen kann.«

»Dafür geht mir meine Freundin auch nicht fremd«, raunzte Petr und bemerkte, wie Vlado aufhorchte.

»Wie meinst du das?«

Petr erkannte, dass er damit etwas angedeutet hatte, und verkrampfte sich.

»Petr?«

»Ich ... nein.«

»Wie, was nein?«

»Ich hab das nur so gesagt.«

Vlado packte Petrs Arm. »Freundchen, ich bin nicht blöd. Was wolltest du mir damit sagen? Dass Alena fremdgeht?«

Petr verstrickte sich, indem er schwieg.

Vlado trieb seine Fingernägel in Petrs Arm.

»Aua!«

»Nun red' schon«, zischte Vlado.

»Na gut.« Petr stellte den Motor ab und erzählte, was er wusste. Er hielt Ausschau nach der Blondine mit dem Kind, doch sie war nicht mehr zu sehen.

»Gnade dir Gott, wenn du mir Schwachsinn erzählst.« Vlado ballte die Hände zu Fäusten, und Petr hörte, wie Vlado die Papiertüte gegen die Fußmatte presste.

»Ondrej und Alena standen am Torbogen zum Marktplatz und küssten sich. Glaub' es oder lass es bleiben.«

Vlado hämmerte gegen das Handschuhfach, die darin verstauten CDs klimperten. »Verdammt, ich bring sie um! Mit meinem besten Freund.«

»Und was nun? Soll ich dich immer noch zu ihrer Mutter fahren?«

»Ja«, murrte Vlado nach einer Weile und kurbelte das Seitenfenster wieder nach oben.

Petr setzte aus der Parklücke.

Vlado wies den Weg, sonst herrschte die Fahrt über Stille. Das mit Ondrej würde er später regeln, falls es da etwas zu regeln gab und sich Petr nicht geirrt hatte.

Die Straße führte durch einen Mischwald, dann an Feldern vorbei bis zu jenem Dorf, in dem Alenas Mutter, Hedvika Pejsarova, lebte. Die Strecke war holprig, die Fahrbahnmarkierungen verwaschen. Äste lagen verstreut herum, und später verschmutzte Kuhmist den Asphalt.

Vlado würde die Frau am Friedhof treffen, der eingebettet in dem Dorf zu Füßen der Kirche lag. Er bat Petr, auf dem Parkplatz neben einer Hecke zu halten.

»Du wartest hier«, murmelte Vlado, knöpfte das Jackett zu und stieg aus. Er sah den Pfarrer, der sich an der Pforte mit einem buckligen Mann unterhielt, und marschierte zum Friedhofseingang.

Die Tür quietschte in den Angeln und für eine ältere, freundlich lächelnde Dame hielt er sie auf.

»Danke, junger Mann.«

»Sagen Sie, wo finde ich Frau Pejsarova?«

Das Lächeln verlor sich. »Was wollen Sie denn von der? Na ja, geht mich nichts an. Dort hinten, neben der Holzbank bei der Birke.« Sie nickte zum Ende des

Friedhofs und ging ihres Weges.

Vlado ging zwischen Grabsteinen hindurch, um den Weg abzukürzen, und wäre beinahe in Hundekot getreten. Alenas Mutter kniete vor einem Grab, zupfte Unkraut und brachte eine Schale mit Blumen in Position. Sie trug unter der schwarzen Weste einen Rollkragenpullover.

Bei dem Wetter ...

»Frau Pejsarova?« Vlado trat neben die Frau, sein Schatten fiel auf sie. »Frau Pejsarova?«

Als wäre er gar nicht da, zupfte sie weiter, und Vlado fiel auf, dass sie die Arbeit mit einer gewissen Anspannung verrichtete. Ob es an ihm lag? Er sah sich nach dem Pfarrer um. Der stand allein am Treppenaufgang zur Pforte und beobachtete ihn. Der Blick auf den Grabstein entlockte Vlado ein Stirnrunzeln.

Familie Pejsar
Karel   28.03.1957 – 19.01.1996
Milan   18.01.1979 – 19.01.1996

Wer war Milan? Alena hatte keine Geschwister, oder war auch das gelogen? »Frau Pejsarova? Ich will Sie nicht lange ...«

»Was wollen Sie?«, unterbrach sie ihn, ohne aufzusehen.

»Wir haben vorhin telefoniert. Erinnern Sie sich? Sie sagten, dass Sie hier zu finden sind.«

»Und? Was wollen Sie?«

»Ich will mit Ihnen über Alena reden.«

»So?« Sie zog den Kragen des Pullovers ein bisschen höher. »Was hat das Flittchen denn ausgefressen?«

»Flittchen?«

Sie schaute auf. Wie verbittert ihre Augen waren. Und dieser feindliche Blick.

»Frau Pejsarova, ich habe Ihre Tochter sehr gern und ...«
»Interessiert mich nicht.«

Die hat doch einen Schaden, dachte Vlado.

Sie spritzte mit den Fingern Weihwasser auf das Grab, bekreuzigte sich. Dann stand sie auf und klopfte die Erde von den Knien.

»Klingt nicht so, als hätten Sie das beste Verhältnis zu Alena.«

»Dieses Miststück hat mir mein Leben zerstört.«

»Bitte? Und warum so aggressiv? Setzten wir uns dort auf die Bank.«

»Wozu?«

»Vielleicht kann ich vermitteln.«

Sie schob die Finger unter den Kragen und rieb sich den Hals.

»Vermitteln? Ich würde sie umbringen, hätte ich die Gelegenheit dazu. Aber wie Sie wollen, setzen wir uns. Die Wahrheit über diesen Teufel wird Ihnen nicht gefallen, und ich hoffe, dass Sie es Alenas Freunden erzählen. Sie soll in Einsamkeit verrecken.«

Mal sehen, dachte er.

Sie setzten sich auf die Bank, die von einer Birke beschattet wurde.

»Nun erzählen Sie, ich bin ganz bei Ihnen.«

Sie betrachtete ihre Hand, braun vom Unkrautjäten, und die Fingernägel, unter denen sich Erde gesammelt hatte.

»Ich erinnere mich, als wäre es gestern gewesen. Milan feierte an diesem Tag seinen siebzehnten Geburtstag.«

»Wer ist Milan?«

»Mein Sohn! Unterbrechen Sie mich nicht, und hören Sie genau zu!«

KAPITEL 15

Hedvika ordnete die Zeitung am Küchentisch und warf das zerrissene Geschenkpapier in den Abfalleimer. Sie stützte sich an der Spüle ab, vor ihr die Kuchenteller mit Resten von der Nusssahne und die Tassen mit den roten Teerändern. Im Dämmerlicht stand sie dort, minutenlang, und hatte keine Lust, das Geschirr zu spülen. Sie sah zum Küchenfenster hinaus. Ein Traktor tuckerte über die schneebedeckte Straße ins Dorf. Sie hörte einen Ruf, beugte sich vor und blickte hinunter in den Garten.

Der Nachbarjunge mit den roten Handschuhen tauchte hinter dem Tannenstamm hervor und warf einen Schneeball nach Milan, der hinter einem Schneemann in Deckung ging. Hedvika wollte an das Fenster klopfen, ihren Sohn warnen. *Pass auf! Der Schlitten hinter dir!* Sie hatte Sorge, er könnte darüber stolpern und sich verletzen. Doch da jagte Milan hinter der Deckung hervor und Hedvika zog die Hand zurück. Die Jungs rangelten sich, Milan erbeutete einen Handschuh, den er für den Nachbarjungen unerreichbar auf dem Schneemannkopf platzierte. Die Karottennase landete im Schnee. Milan vergnügte sich, was Hedvika ein Lächeln abrang.

Die Geburtstagsfeier hätte sie gern anders gestaltet, weniger bedrückend. Nach der Sache mit dem Kerzenlicht war ihr aber nicht mehr nach sorgloser Fröhlichkeit. Sie erinnerte sich an frühere Geburtstage, an schönere, dabei streichelte sie über den Hals und fühlte nur raue Stellen. Ein Bild blitzte auf, wie sie sich am Boden neben der Spüle wälzte und sich das unzähmbare Feuer durch den Rollkragenpullover fraß. Und Alena saß am Küchentisch, als ginge sie das gar nichts an. Hässliche Narben waren an Hedvikas Hals und Brust zurückgeblieben, ihr Selbstbewusstsein in Rauch aufgegangen. Sie glaubte, ihrem

Mann so nicht mehr gefallen zu können.

»Hedvika? Warum stehst du im Dunkeln?«

Karel kam zur Tür herein und machte Licht, wodurch sich Hedvikas Gesicht im Fensterglas spiegelte. Für ihre hübsche Nase und die fein geschwungenen Augenbrauen hatte sie keinen Blick, wohl aber für die grauen Haare, die ihr an der vordersten Ponysträhne wuchsen, für die Falten um die Mundwinkel und für den entstellten Hals natürlich.

Karel stöhnte, und sie drehte sich zu ihm um. »Eins der fünf Tortenstücke war wohl zu viel.« Er atmete kräftig durch und setzte sich. »Da passt heute nichts mehr rein«, sagte er und rieb sich den Bauch.

Er schlug die Zeitung auf, ohne den Blick von seiner Frau zu nehmen.

Sie schenkte ihm ein gequältes Lächeln.

»Jetzt mach nicht so ein Gesicht. Du wirst sehen: Morgen auf dem Ball gehen wir fein tanzen. Das wird dir guttun.«

Sie stieß sich von der Spüle ab und strich über seine Schulter, bevor sie die Küche verließ. »Ich schau, was ich zum Anziehen finde.«

Der Weg zum Schlafzimmer führte durch das Wohnzimmer. Alena saß auf dem Sofa und starrte auf das gläserne Reh, das sie in Händen hielt. Vor ihr der Teller mit einem unberührten Stück Geburtstagstorte.

Hedvika bemerkte die makellose Fraulichkeit der Tochter und fühlte Argwohn und Eifersucht.

»Iss endlich auf«, schalt sie ein wenig lauter als beabsichtigt. »Und dann spül das Geschirr ab. Mach dich endlich nützlich.«

Auf ihrem Bett lag eine Bluse mit umgekrempeltem Ärmel, unter der ein Kleiderbügel hervorlugte, und ein silberner Gürtel. Hedvika durchwühlte den Kleiderschrank und fand das Kleid, das sie von Karel vor Jahren geschenkt bekommen, aber nie getragen hatte, weil es eine Nummer zu klein war.

Hochgeschlossen, wie es war, würde es den Hals noch am besten verdecken. Sie zwängte sich in das Kleid. »Karel!«, rief sie.

Der Wandspiegel zeigte eine recht schlanke Frau mit blasser Haut und erloschenen Augen, die verbissen versuchte, den Reißverschluss zu schließen.

»Karel, kommst du mal schnell?« Eine schwarze Locke hüpfte mit jeder der ruckartigen Bewegungen vor ihren Augen. »Karel?«

»Ich komme gleich.«

Sie hielt den Atem an und zerrte mit einem Ruck den Reißverschluss zu. *Endlich!* Es zwickte an der Seite, war aber zu ertragen. Sie warf die Locke zurück, musterte sich von allen Seiten, und als sie feststellte, dass der entstellte Hals nicht zu erkennen war, fühlte sie sich nicht mehr ganz so hässlich. Ein schwarzes Etwas krabbelte auf sie zu. *Eine Spinne!*

Wie sehr sie diese Viecher hasste!

Sie machte einen Schritt zur Seite und bückte sich nach einem Pantoffel. *Ratsch! Das Kleid!*

Sie schoss geradewegs aus der gebeugten Haltung hoch, doch es war zu spät. Ein klaffender Riss lief an der Naht entlang. »Oh nein!«

Wie eine Besessene schlug sie auf die Spinne ein, bis das Tier halb am Boden, halb an der Schuhsohle klebte. »Danke, Karel. Du bist schon ein toller Mann.« Sie schlüpfte aus dem Kleid und pfefferte es in die Ecke.

Bald wusste sie, warum Karel nicht zu Hilfe gekommen war. Er saß neben Alena auf dem Sofa und sie hatte den Kopf gegen seine Brust gedrückt, heulte kaum hörbar. Die Nusssahne lag noch immer unberührt auf dem Teller.

»Alena«, donnerte Hedvika, »hab ich dir nicht gesagt, dass du aufessen und abspülen sollst?«

Karel warf ihr um Verständnis bittende Blicke zu, die sie ignorierte.

»Papa«, flüsterte Alena, »geh morgen nicht auf den Ball. Ich hab vor der Nacht so viel Angst.«

»Kommt gar nicht infrage«, warf Hedvika ein. »Werde erwachsen!«

Karel mied den Blickkontakt zu seiner Frau und streichelte Alenas Haar. »Du musst keine Angst haben. Ein Engel wacht vor deiner Zimmertür und passt auf, dass dir nichts passiert.«

»Alena«, knurrte Hedvika und klopfte mit der Faust gegen den Türrahmen. »Hörst du schlecht?«

»Na komm«, meinte Karel, »wir essen jetzt die Torte gemeinsam, okay?« Und im Flüsterton fügte er an: »So schlecht schmeckt die nicht, hab selbst fünf Stück gegessen.«

Im Fernsehen liefen die Spätnachrichten.

»Prag versinkt im Schnee. Und nun zum Sport: Viktoria Smutkov verstärkt sich mit ungarischem Nationalspieler.«

Im Morgenmantel saß Hedvika auf dem Sessel und strickte an einer Weste. Sie senkte die Hände und sah zu dem neunarmigen Kronleuchter auf, an dem zwei Lichter defekt waren.

»Mir tut der Bauch weh«, jammerte Karel, der auf der Couch lag und mit den Fingern gegen den Magen drückte. Eine grüne Decke hatte er um seine angezogenen Beine gewickelt.

»Selbst schuld.« Hedvika packte den Häkelkorb, stellte ihn auf die Lehne des Sessels und legte Weste und Strickzeug hinein. »Wolltest du nicht die Birnen wechseln?«

»Muss erst neue besorgen. Mensch! Ich bin vielleicht

voll.« Er stöhnte.

»Bei dem, was du heute alles gegessen hast, ist das kein Wunder.« Sie platzierte den Häkelkorb im Sessel. »Kommst du nach den Nachrichten?«

»Will mir noch die Sondersendung ansehen über Brückner.«

»Was ist mit ihm?«

»Hast es nicht im Radio gehört? Unseren lieben Außenminister haben sie mit ein paar Kilo Heroin erwischt.«

»Das gibt's doch nicht!«

»Was?«

»Ich hab davon geträumt.«

Karel sah zu ihr und zog eine Augenbraue hoch. »Hast du letztens nicht schon was geträumt, was auch eintraf?«

»Die Fehlgeburt unserer Nachbarin.« Sie beugte sich zu ihm hinunter und gab ihm einen Kuss auf die Stirn. »Ach, egal. Gute Nacht.«

»Hey«, rief er ihr nach, »du könntest von den nächsten Lottozahlen träumen.«

»Ich werde mich bemühen, Schatz.«

Sie zog sich das Nachthemd über und legte sich schlafen.

Alena stand vor dem Nachttisch und stellte das Bild zurück, das Papa zeigte, mit ihr als Baby auf dem Arm. Sie packte den Stoffmond, wandte sich dem Fenster zu und drückte ihn gegen die eisbeschlagene Glasscheibe, bis sie ein Guckloch frei geschmolzen hatte. Vom Giebel hing ein Eiszapfen und auf der Tanne vor dem Haus saß eine dunkle Gestalt mit ausgebreiteten Schwingen. Alena ließ den Tröster fallen, legte die Kleider daneben ab und schlüpfte nackt unter die Decke.

Die Tür ging auf, Licht fiel in das Zimmer. Sie schloss die Augen und stellte sich schlafend. Papa kam herein, kam auf sie zu, rückte die Decke zurecht und gab ihr einen Kuss auf die Wange. Sie schreckte hoch und umfasste seinen Nacken. »Komm zu mir ins Bett.«

Er löste sich aus der Umklammerung, trat zwei Schritte zurück und schüttelte nur den Kopf, bevor er sich zum Gehen umwandte.

»Papa«, rief sie, als er an der Tür stand, »zeigst du mir, wie man Liebe macht?«

Er drehte sich um, sah zum Fenster. Ein Mondauge schielte ins Zimmer. Papa atmete schwer, auf seiner Stirn perlte Schweiß. Sie schob die Decke von sich, streichelte ihren Bauch, streichelte tiefer zwischen den Beinen. »Bitte, Papa. Zeig mir, wie man Liebe macht.«

Er horchte an der Tür, zog sie einen Spalt weit auf. Der Flügel eines Engels war auf dem Teppichläufer zu sehen und eine größer werdende Blutlache. Karel schloss die Tür und öffnete den Hosenbund seiner Jeans, während er auf das Bett zutrat.

Hedvika kämpfte sich aus dem Traum. Sie hörte ihren Atem, das Herz, und wischte sich über die Stirn. An den Fingern klebte Schweiß. *Alena verführt Karel – absurd.*

Aus der Schublade des Nachttisches kramte sie die Beruhigungs-tabletten und schluckte zwei Stück.

Durch einen Spalt in den Rollläden schimmerte Mondlicht. Hedvika tastete nach ihrem Mann – und fasste nur auf ein kühles Laken. Sie streckte sich hinüber auf die andere Seite und drehte seinen Wecker so, dass sie die Anzeige sehen konnte. Es war kurz nach Mitternacht.

Leise Stimmen drangen an ihr Ohr. »Das war die Sondersendung über die Absetzung unseres Außenministers. Nachfolgend nun der Film ...«

»Karel?« Hedvika rückte das Kissen zurecht, drückte das Gesicht hinein und zog die Decke hoch. Er würde jeden

Augenblick den Fernseher abstellen und ins Bett kommen. Hin und her wälzte sie sich, Minute um Minute verging, doch die Stimmen verstummten nicht und das Bett neben ihr blieb leer. »Karel?«

Sie schob die Decke beiseite, richtete sich auf der Bettkante auf und zog das Nachthemd über die Knie. Wahrscheinlich war er auf dem Sofa eingenickt. Sie legte sich den Morgenmantel um die Schultern und trat aus dem Zimmer.

Der Fernseher warf verzerrte Lichter auf das Sofa mit der zerwühlten Decke. Hedvika entdeckte ein Stück von der Nusssahne am Fuß des Couchtisches. Wo war Karel? Vielleicht auf dem Klo oder in der Küche.

Sie schlurfte durch das Wohnzimmer, knipste das Flurlicht an und zuckte zusammen.

»Mama!« Ihr Sohn stand vor Alenas Zimmertür und starrte sie an, während er am Stoff seiner Shorts kratzte. Er hatte sein T-Shirt verkehrt herum angezogen.

»Milan, was machst du da?«

»Ich … ich wollte nur ins Bad und … und da hab ich sie gehört! Papa und …«

Sie packte ihn an den Schultern. »Was hast du gehört?«

Eines seiner Augenlider zitterte, seine Unterlippe bebte, doch er brachte kein Wort hervor. Sie ließ von ihm ab und öffnete die Kinderzimmertür.

Karel stand vor Alenas Bett und nestelte an seinem Hosenbund.

»Was ist hier los?«, entfuhr es ihr.

»Hedvika, ich …«

»Dieses Schwein!«, schnaufte Milan mit erstickter Stimme.

Vlado öffnete den Knopf seines Jacketts und schnappte nach frischer Luft. Auf wen hatte er sich da eingelassen? Sollte er das mit Alena glauben? Eine Lolita? Er konnte es sich nicht vorstellen. Wirklich nicht? Die Zwölfjährigen kokettierten doch heutzutage mit ihren Reizen. Zudem war Alena als Lügnerin entlarvt worden. Dass sie etwas Berechnendes an sich hatte, dazu dieses Kaltblütige, Emotionslose in ihrem Blick, passte ins Bild. Und wenn die Mutter sicher war, dass es so gewesen sein musste und nicht anders, warum sollte er das nicht glauben? Sie hatte ja sogar Träume, die sich bewahrheiteten.

Die Hände der Frau zitterten, er fühlte sich wie versteinert. »Was passierte dann?«

»Milan und mein Mann starben in jener Nacht.«

»Und wie?«

»Gehen Sie!« Sie hustete, kratzte sich am Hals. Der Kragen ver-rutschte und Vlado konnte das braune Narbengeflecht sehen. Ein bitterer Geschmack lag ihm auf der Zunge.

»Wie starben die beiden?«

Sie stand auf, zog die Weste fest um den Körper und entfernte sich einige Schritte.

»Frau Pejsarova?«

»Diese verdammten Dreckskötzer!« Sie hob einen Fuß, stampfte ein paar Mal auf und strich schließlich die Schuhsohle an einer marmornen Grabumrandung ab.

Hinter den Hecken tauchte Petrs Kopf auf. Er hob den Arm, tippte auf eine imaginäre Armbanduhr und bedeutete Vlado, dass es langsam an der Zeit wäre, die Rückfahrt anzutreten.

»Frau Pejsarova!«

Alenas Mutter war auf dem Weg in die Kirche und blieb am dritten Grabstein stehen.

Vlado überlegte, ob er ihr nachgehen sollte, da drehte sie

sich um und kam entschlossenen Schrittes auf halber Strecke zurück.

»Richten Sie Alena aus, ich werde dafür sorgen, dass sie ihre gerechte Strafe bekommen wird.«

KAPITEL 16

Ondrej legte das Schneideskalpell neben der Palmlilie auf der Kommode ab und sah zum Fenster hinaus. Er dachte an das Frühstück im Café Petrowka und es wurde ihm warm im Bauch. Alena hatte sich am Orangensaft verschluckt, als er ihr gesagt hatte, dass er sie gut leiden konnte und Verlegenheitsrosa war ihr in die Wangen gestiegen.

Die Sonne schob sich stückweise über einen Wolkenberg, er musste blinzeln, drehte sich um und blickte zur Zeichenstaffelei. Er könnte etwas für Alena malen. Ein Bild mit warmen Farben, das würde zu ihr passen. Aber welches Motiv?

Ondrej spannte ein Blatt ein, dann kurbelte er die Rollladen ein Stück weit herunter.

Ein Mopedfahrer brauste an der Fensterfront des Ateliers vorüber und an der Straßenlaterne gegenüber lehnte ein Zeitung lesender Mann. Manchmal störte es Ondrej, dass man von draußen Einblick in seine Arbeit hatte. Dann träumte er davon, in das Dachgeschoss zu ziehen. Er rückte die Zeichenstaffelei vom Fenster weg, nur ein wenig, wegen des Lichts, ging hinüber zur Küchenzeile und füllte den Wasserkocher.

Auf der Ablage lag der Zeitungsausschnitt mit der Annonce »Alte Essgruppe billig abzugeben«. 300 Kronen hatte die Dame mit der Perserkatze auf dem Arm verlangt. Mehr hätte Ondrej auch nicht gezahlt bei der Qualität. Den wackligen Tisch und die beiden Stühle platzierte er neben der Küchenzeile in die Ecke und schob Bierdeckel unter ein Tischbein. An den Brandlöchern in dem Stoffbezug der Stühle störte er sich nicht.

Welches Bild könnte er aus dem Weiß schälen?

Aus dem Hängeschrank holte er die Dose mit dem

Cappuccinopulver und eine schwarze Kaffeetasse. Während er das Pulver auf den Teelöffel häufte und es in die Tasse klopfte, dachte er an den Spaziergang mit Alena. Warum distanzierte sie sich, je mehr sie empfand? Bestimmt hatte es mit der Narbe zu tun.

Er könnte eine Nuss malen, mit dem Titel »Schwer zu knacken«.

Ihr Vater war im Fluss eingebrochen, die Mutter hatte sich erhängt. Alena hatte keine Geschwister, anscheinend nur Magdalena und ihre Babischka. Das war alles, was er von ihr wusste. Seit wann sie Waise war, hatte er sie nicht nur einmal gefragt. Wie sehr sie ihre Eltern geliebt, und ob sie den Schmerz schon verarbeitet hatte – darüber schwieg sie sich aus. Sie wollte Ärztin werden, ansonsten gab es keine Zukunftspläne, sagte sie zumindest.

Jemand klopfte gegen das Fenster, energisch, als wäre es aus Panzerglas. Vlado.

Diesen Blick kannte Ondrej nur zu gut. *Extrem schlecht gelaunt, der Herr.*

»Ist offen. Komm rein!« Er holte eine zweite Kaffeetasse aus dem Hängeschrank, stellte sie auf den Tisch und freute sich, dass Vlado ihn besuchen kam, schließlich hatten sie sich eine Menge zu erzählen.

Er hörte, wie Vlado die Tür ins Schloss warf, etwas fester als nötig. Musste das sein? Seine Krawatte war verrutscht, an seinem Sakkoärmel hingen Grashalme.

»Na? Wie war es in Deutschland?«

»Ging so. Bin etwas im Stress. Muss gleich nach Prag zu einem Geschäftspartner meines Vaters. Morgen bin ich wieder hier.«

»Und sonst alles okay bei dir?«

Vlado kippte den Stuhl und beäugte ihn von der Seite. »Kann ich mich da gefahrlos hinsetzen?«

»Mein Gott, ich hab keinen Papa, der mir eine

Tischgruppe aus Massivholz hätte spendieren können.«

»Fängst du schon wieder damit an?«

Der musste gerade reden. Verbreitet hier schlechte Laune, reißt seine Witze und spielt den Empfindlichen, dachte Ondrej und versuchte, die Situation mit einem »war nicht so gemeint« zu entschärfen. Er kippte ein paar gehäufte Teelöffel Cappuccinopulver in die Tasse und schenkte heißes Wasser ein.

»Zucker?«

»Nein. Setz dich, ich muss mit dir reden.«

Sehr freundlich.

»Gleich. Ich hab was für dich.« Ondrej stellte den Wasserkocher zurück und wollte zum Regal, zum Bergadler. »Ein Bild und eine Gesch…«

»Bleib da!«, knurrte Vlado und starrte auf die Kaffeetasse, die er umklammert hielt.

Ondrej blieb kurz stehen und warf ihm einen warnenden Blick zu. »Na, dann eben nicht.«

Er nahm gegenüber Platz, nippte an der Tasse und wischte sich den Schaum von den Lippen. Vlado stierte vor sich hin.

»Und? Was hast du?«

»Es geht um meine Freundin … sie … ich glaube, sie trifft sich mit einem anderen. Hab ich vor einer Stunde erfahren. Erinnerst du dich an Petr? Den Mops, der mich zum Bahnhof gefahren hat?« Vlado nahm die Kaffeetasse und setzte zum Trinken an.

»Der hat was mit ihr?«

»Ach, Schwachsinn.« Er ließ die Tasse zurückfallen. Ein Cappuccino-tropfen floss die Seite hinab. »Der hat gesehen, wie sie den anderen küsste.«

»Ach du Scheiße!« Ondrej wusste nur zu gut, wie es sich anfühlte, wenn Vertrauen missbraucht wurde.

»Ich könnte kotzen, wenn ich daran denke.« Vlado

verwischte den Cappuccinotropfen auf dem Tisch, sein Finger zitterte.

»Liebt sie dich?«

»Verdammt, was soll diese Fragerei? Natürlich liebt sie mich.« Vlado stand auf, der Stuhl kippte um, er ließ ihn liegen und lutschte den Finger ab. Dann ging er zur Fensterfront und lehnte sich an die Kommode, vor sich das Schneideskalpell. Er lockerte den Hemdkragen und seufzte.

Ondrej verschränkte die Arme. Vlado war unberechenbar, wenn er litt, da gingen gern Tassen zu Bruch oder Fensterscheiben. Ihm fiel auf, dass an Vlados Schuhen Erde klebte und sie am Boden braune Abdrücke hinterließen.

Na super, ganz toll. Aber er schreit gleich, wenn man bei ihm mit den Schuhen durch die Wohnung latscht. Ondrej überlegte, wie er ihn loswerden könnte. In dem Zustand war mit Vlado ohnehin nicht zu reden.

»Und? Wie geht's dir?«, wollte Vlado wissen. Das Desinteresse in der Stimme stachelte Ondrej an. Am liebsten hätte er Vlado entgegengeschleudert, dass er sich verliebt hatte und dass Vlado sein Verhalten mal überdenken sollte. Grundlos ging sie ihm sicher nicht fremd, aber sich zu hinterfragen, das war nicht Vlados Ding.

»Mir geht's eigentlich ganz gut.«

»Ah ja, ich vergaß, weil du die Scheißfrauen satthast und auch den Scheißkummer, den sie dir bereiten können.«

»Langsam übertreibst du es. Hey? Was hast du vor?«

Vlado stampfte zu der Zeichenstaffelei und griff sich einen Pinsel. Er tunkte ihn in die braune Farbe und zog einen Kreis, dann einige Striche. »Ich male einen Roulettetisch, sieht man das nicht?« Mit roter Farbe malte er am inneren Kreisrand in regelmäßigen Abständen rote

Kästchen und füllte die Zwischenräume mit schwarzen Kästchen.

»Ja ... wirklich ... detailgenau ...«, spottete Ondrej und war nah dran, ihn vor die Tür zu setzen. Das Blatt war für Alena reserviert. Zudem waren Aquarellpapier und Farbe nicht gerade billig. Er drehte Vlado den Rücken zu. »Mach doch, was du willst«, murmelte er.

Vlado packte seine Schulter und drehte Ondrej in Richtung Bild. »Sieh es dir an! Ist das nicht wunderbar? Die Liebe spielt Roulette, doch wir beide setzen immer auf die falsche Zahl!« Er zog den Geldbeutel aus der hinteren Hosentasche und fingerte ein Passfoto aus einem Seitenfach. »Und das wäre der Preis gewesen!«

Er legte das Bild umgedreht auf seine Handfläche und knallte es auf den Tisch, so fest, dass die Kaffeetasse umkippte und sich der Cappuccino über Ondrejs Hose ergoss.

»Spinnst du? Ich hab die Jeans erst ...« Ondrej sah auf das Foto und nahm es in die Hand. Die Frau auf dem Bild sah Alena verdammt ähnlich. Er hielt das Bild näher und entdeckte eine feine Narbe an der rechten Augenbraue. *Alena!*

»Das ist deine Freundin?«, fragte er überrascht.

»Na? Ist das nicht 'ne Augenweide? Und sie schreit beim Vögeln.«

»Halt die Klappe!« Er stieß Vlado mit dem Ellenbogen in die Seite. Jeden Moment würde er den Cappuccino herausspeien, so elend fühlte er sich plötzlich.

»Och, was hast du denn? Herzbeschwerden?«

»Ich wusste nicht, dass sie mit dir zusammen ist.«

»Aber jetzt weißt du es. Gib das Bild zurück.«

Ondrej zögerte einen Moment, dann warf er es auf den Tisch. Vlado steckte es in den Geldbeutel und ging einige Schritte zur Tür. »Geh ihr in Zukunft aus dem Weg, um unserer Freundschaft willen.«

»Ganz bestimmt«, meinte Ondrej mit viel Ironie in der Stimme.

»Was hast du gesagt?« Vlado blieb stehen, warf einen Blick zurück über die Schulter. »Ist das ein Problem für dich?«

Ondrej stellte die umgekippte Kaffeetasse auf und ging zur Küchenzeile.

»Ich rede mit dir«, knurrte Vlado.

Mit einem nassen Lappen wischte Ondrej die Tischplatte sauber.

»Ondrej! Hörst du schlecht?«

Er bückte sich unter den Tisch und säuberte den Boden. Aus den Augenwinkeln sah er Vlado auf sich zukommen. Der trat den umgekippten Stuhl zur Seite und baute sich vor ihm auf. »Finger weg von Alena!«

»Ich werde mit ihr reden.« Ondrej wollte zur Spüle, den Lappen aus-wringen, da packte Vlado seinen Oberarm.

»Lass mich los!« Ondrej riss sich aus dem Griff und warf aus Reflex den Lappen nach Vlado. Bei dem Blick wusste er, dass Vlado ihm eine verpassen würde. Drei schnelle Schritte, dann war Vlado bei ihm und versetzte ihm einen Faustschlag in den Bauch, sodass es ihn zur Seite drehte. Noch ein Schlag, dieses Mal mit dem Fuß in den Rücken. Ondrej stolperte nach vorn und stieß gegen die Schreibkommode. Die Vase mit der Palmlilie kippte um, er packte das Schneideskalpell. »Hau bloß ab!«

»Scheiße, Mann! Ondrej!«

»Hau ab!«

»Na gut. Dann erzähle ich dir eben ein wenig über das Fräulein, mal sehen, ob du dir danach immer noch ihre Märchengeschichten anhören möchtest.«

Ondrej lehnte am Kleiderschrank, die Hände in den Hosentaschen vergraben. Er stand dort im Dunkeln und schlug mit dem Hinterkopf gegen die Wand. Ich bin so blöd, so blöd, dachte er und schlug wieder den Kopf an die Mauer. Er hätte es sich denken können. *Diese falsche Schlange!* Und Vlado konnte ihn auch kreuzweise. Er entschloss sich, wieder abzuhauen, Richtung Spanien.

Regen trommelte gegen das Fenster, in Rinnsalen lief er die Glasscheibe hinab. Und dieses Wetter hatte er auch satt! Ondrej erkannte nur die Silhouette des Bettes.

Er holte die Reisetasche hervor, fand den Fernet-Branca und in dem Seitenfach die Schnapsgläser.

»Zum Wohl!«

Ein Donner grollte. Ondrej stürzte den Schnaps hinunter und schüttelte sich. Der Likör brannte in der Kehle. Er schenkte nach. »Das Leben ist schön!«, verkündete er lautstark, prostete den Deckenspots zu – »Auf euch!« – und spülte den Fernet im Mund, gurgelte, schluckte.

Einer geht noch. Ein warmes Gefühl flutete seinen Bauch, während er sich einschenkte. Er musste husten. *Ach verdammt!* Er stellte das volle Schnapsglas auf den Nachttisch, auch die Flasche, und legte sich ins Bett, mitsamt den Schuhen.

Der bittere Geschmack verursachte ihm Übelkeit. Nie mehr würde er Alena in den Arm nehmen, mit ihr frühstücken, spazieren gehen und sich von ihr inspirieren lassen. *Alena!* Er drehte sich auf den Bauch und heulte in das Kissen.

»Mit ihrem Vater hat sie es getrieben. Ondrej, wenn du mir nicht glaubst, dann besuch' ihre Mutter.«

»Die ist tot«, hatte er Vlado entgegengeschrien.

»Du kapierst es nicht! Alena lügt wie gedruckt. Hat sie dir dieselbe Story erzählt wie mir? Dass sich ihre Mutter erhängt hat und sie Einzelkind ist? Alles gelogen! Ihre Mutter lebt, und einen Bruder hatte sie auch.«

Ondrej stieg aus dem Bett und schleppte sich zum Fenster. Wie hatte er sich nur so täuschen können?

Der Regenschauer sprenkelte das sich in den Pfützen spiegelnde Laternenlicht davon. Ein Mann lief über die Straße, den Mantel über den Kopf gezogen und fand Schutz unter einer flatternden Markise.

Ondrej drückte die Stirn gegen das kalte Glas, bis es knackte. Alena hatte ihren Vater ins Bett gelockt, Ondrej mochte es nicht glauben. Ihretwegen waren Menschen gestorben. Sie spielte falsche Spiele, mit ihm, mit Vlado, und mogelte sich mit Lügen durchs Leben. Das waren keine Missverständnisse. Zu viel sprach gegen sie.

Er sackte auf den Holzboden, verkroch sich in eine Ecke und schluchzte sich in den Schlaf.

Er schreckte hoch. Was war passiert? Eine Straßenbahn zuckelte am Haus vorbei. Er ballte die klebrigen Hände, öffnete sie. Ein volles Schnapsglas und der Fernet-Branca standen auf dem Nachttisch. Seine Jeans war mit Cappuccino besudelt und seine Schuhe hatte er auch noch an. Nein, kein Traum. Der Nacken tat ihm weh, ebenso der Gedanke an Alena. Er zog sich am Heizkörper hoch und stützte sich am Fenstersims ab. Auf der Markise hatte sich Wasser gesammelt, es reflektierte das Sonnenlicht.

Ondrej hauchte gegen die Handfläche und roch an seinem Atem. Er schnüffelte an der Armbeuge und rümpfte die Nase. Sie waren für den Abend verabredet, Alena und er. Gottlob, die Zeit würde genügen, um sich zu sammeln. Duschen, Wohnung aufräumen, Atelier putzen. Und dann mit Alena reden. Er wollte ihr nicht einfach absagen, egal, ob es Vlado passte oder nicht. Er wollte sie sehen, ein letztes Mal und es würdevoll beenden.

KAPITEL 17

Petr legte den Rasierer in den Spiegelschrank zurück. *Das mit Magda hast du ganz wunderbar gemacht, Petr, ich beglückwünsche dich,* dachte er und spülte das Becken von den Bartstoppeln sauber. *Spionierst sie aus und verliebst dich dabei, wie selten dämlich muss man sein?*

Seine schmutzige Kleidung lag verstreut auf dem Teppichboden, er sammelte sie ein und warf sie in den Wäschekorb, während er hin und her überlegte, wie er Magdalena seinen Verrat gestehen sollte. Oder sollte er es ihr verschweigen? Ihm fiel ein, dass er das Kärtchen aus dem Rosenstrauß in die Hosentasche gesteckt hatte. Er fand es auf dem Boden des Wäschekorbs, strich die Wollfusel ab und las noch einmal ihre Worte, bevor er es in den Geldbeutel steckte. Das, was darauf zu lesen war, war ein Grund mehr, ihr nichts zu verheimlichen.

Er füllte den Zahnputzbecher mit Wasser, goss den Igelkaktus am Fenstersims und dachte an Magdalena, wie sie bei ihm am Krankenbett gesessen und mit einem Tomatenfleck auf ihrer Jeans geschimpft hatte. »Du hast da gar nichts zu suchen, du blöder Fleck.«

»Ich hab hier auch einen Fleck.« Er hatte die Decke angehoben und zu dem braunen Soßenklecks genickt. »Heute gab's Gulasch«, hatte er erklärt und geschmunzelt.

Petr stellte den Becher zurück und betrachtete sein Spiegelbild. Er versuchte, ein Büschel Haare bis zu seiner Nase zu ziehen, so wie Magda es immer tat, doch es war natürlich zu kurz. Petr seufzte und stieß sich vom Waschbecken ab. Er kramte ein Fotoalbum aus der Kommode, setzte sich auf das Bett und blätterte die Seiten durch. Ein Foto zeigte ihn als Fünfjährigen mit einem Spielzeuggewehr in der Hand und einem erlegten Wildschwein zu seinen Füßen. Was sie wohl dazu sagen würde? »Ein entfernter Verwandter von dir?« Oder vielleicht: »Da kannst du mal sehen, was passiert, wenn sich jemand wie du im Wald herumtreibt.«

Er klappte das Album zu.

Als er aufgewacht war, hatte er lange auf seine Zimmertür gestarrt und gehofft, dass sie jeden Moment aufgehen und Magdalena hereinkommen würde. Danach hatte er bei ihr angerufen und von seiner Sehnsucht erzählt. Es tat ihm gut, dass sie sich darüber freute und auch, dass sie seine Bedrückung spürte und mit ihm darüber sprechen wollte. »Es kann später Nachmittag werden. Petr, ist das okay für dich?«

»Natürlich! Ich back uns etwas Leckeres.«

Oh je! Der Kuchen! Er eilte mit dem Album aus dem Zimmer, hinunter in die Küche.

Petr stülpte den Marmorkuchen auf die Glasplatte und beugte sich vor. Er hielt das Gesicht so nah, dass er die Wärme des Kuchens auf der Haut fühlen konnte, und roch daran.

Ein Eckstückchen war in der Form kleben geblieben. *Mist.* Er schabte es mit einem Löffel heraus und legte es an den Rand des Glastellers. Wie lange hatte er keinen Kuchen mehr gebacken, fragte er sich, während er einen Krümel von der Nasenspitze wischte.

Im Flur knarrte es. »Was duftet hier so gut?« Sein Vater steckte den Kopf zur Tür herein und erspähte den Kuchen.

»Was ist? Was schaust du so?«

»Kann man da ein Stück haben?«

»Meinetwegen.« Petr schnitt den Rand an und wollte einen Dessertteller aus dem Schrank holen.

»Lass nur, das geht schon so.« Der Vater nahm das Kuchenstück und stibitzte sich das Eckstückchen. »Diese Magdalena tut dir gut«, sagte er und ging zum Tisch, auf dem das Album lag.

»Spar dir deine blöden Kommentare. Ich weiß, sie ist schüchtern und dürr. Die Antifrau schlechthin.« Petr angelte sich eine gelbe Schüssel aus einem Unterschrank und rührte Puderzucker mit Milch an. Musste Papa ihn jetzt nerven?

»Wie die Zeit vergeht«, hörte er den Vater sagen und warf einen Blick über die Schulter.

»Hey, lass das! Du bröselst alles voll!«

Der Vater blätterte weiter in dem Album, in der anderen Hand das angebissene Kuchenstück.

Petr schob die Schüssel mit der Kuchenglasur beiseite und eilte zum Tisch. Er drückte den Vater weg und klappte das Album zu.

»Ich geh ja schon.«

Petr kehrte zur Küchenzeile zurück, packte die Kanne und füllte Wasser ein.

»Sie erinnert mich an deine Mutter.« Der Vater stopfte den übrigen Kuchen in den Mund und murmelte: »Ich hoffe, dass du Magdalenas würdig bist. Ich war es deiner Mutter nicht. Mach nicht dieselben Fehler wie ich.«

Dann verließ er die Küche. Petr sah ihm nach und es tat ihm leid, dass er ihn so angeraunzt hatte. Wasser plätscherte über den Behälterrand in die Spüle, dann klingelte es an der Tür. *Magdalena?*

Die beige Weste stand ihr gut, der Pferdeschwanz sowieso. Wie gern würde er die Arme um sie schlingen, mit seinen Küssen ihren Atem stehlen. »Hallo Magda, schön, dass du da bist.« Er schob die Tür weit auf und bat sie herein.

»Hallo Petr!« Sie kramte eine Tafel Haselnussschokolade aus der Handtasche und reichte sie ihm. »Für deinen Papa.«

»Danke. Kommst du? Ich muss den Kuchen noch glasieren.«

»Hm! Gut riechen tut es ja schon.«

Kaum waren sie in der Küche angekommen, entdeckte Magdalena das Album auf dem Küchentisch. »Darf ich mir das ansehen?«

»Genau darum liegt es dort.«

Sie hängte Tasche und Weste über die Stuhllehne und setzte sich. Während er den Marmorkuchen bepinselte und den Tisch deckte, kommentierte sie ab und an die Fotos. »Du warst mal Schiedsrichter?«

»Nur ein Spiel.«

»Und das hier, ist das eine Ex?«

»Nur eine Cousine.«

»Eine Cousine, soso. Und wer ist das hier?«

Petr warf einen flüchtigen Blick auf das Bild der älteren Frau mit den roten Locken. Er legte dem Gedeck Kaffeelöffel und das Kuchenmesser bei, hängte Teebeutel in die Tassen und setzte sich.

»Deine Mutter?«

»Ja, das ist sie.«

Magdalena streichelte seine Hand. »Sie ist hübsch. Du vermisst sie sehr, hm?«

Petr stand auf, holte das heiße Wasser und schenkte ein. »Lass uns über etwas anderes reden.« Er schnitt für Magdalena und sich zwei Stücke Kuchen zum Tee. Während sie aßen und tranken, plauderten sie über Belanglosigkeiten. Magdalena nahm einen letzten Schluck, dann stand sie auf und setzte sich auf seinen Schoß. »Nun erzähl mal. Was ist mit dir los? Fehlt dir dein liebreizender Zimmernachbar?«

Ich glaube, ich lass das lieber und halte einfach meine Klappe, dachte er und senkte den Kopf. Sie hob sein Kinn an, sodass er ihr in die Augen sehen musste. »Was ist mit dir?«, hakte sie nach.

Da musst du durch, Petr Kuklov.

»Als du mich gestern nach Hause gefahren hast, hab ich

Alena mit Ondrej gesehen, am Torbogen zum Marktplatz.«

»Du kennst Ondrej?«

»Nicht wirklich.« Er ließ den Kopf hängen, rieb sich die Nasenspitze.

»Und?«

»Und ich ... ich hab es Vlado erzählt.«

»Spinnst du?« Sie glitt von seinem Schoß und wandte ihm den Rücken zu. »Mist, verdammter!«

»Er war außer sich vor Wut«, bemerkte er.

»Das hättest du dir denken können!« Sie ging zur Spüle, nahm die gelbe Schüssel und murmelte etwas von Dummheit.

»Es war keine bloße Dummheit«, nuschelte er.

»Nein? Es war keine Dummheit? Was war es dann?«, fragte sie langsam und starrte ihn an.

Petr, sag es ruhig, jetzt ist es ohnehin egal. Sie wird dich verlassen, du Versager.

»Petr? Was war es dann?« Sie legte die Schüssel zurück, ohne den Blick von ihm zu nehmen.

»Es war ausgemacht, dass ich ein Auge auf Alena werfe und ihm berichte, wenn sich etwas tut. Und dich habe ich dazu benutzt.«

»Und mich hast du dazu benutzt?«

Er spürte, dass sie den Tränen nahe war. Er war es auch. Bitte verzeih mir, dachte er, wagte aber nicht, etwas zu sagen.

Sie nahm ihre Weste an sich, die Tasche, dann ging sie zur Tür. Sie wartete einen Augenblick. »Naja, jetzt ist mein Leben um eine herzerfrischende Anekdote reicher. Leb wohl!«, sagte sie und verließ die Küche. Er horchte ihr nach, dem Knarren des Holzbodens im Flur, dem Quietschen der Haustür. *Kämpfe! Kämpfe um sie!* Petr sprang auf und lief ihr nach. Am Gartentor fing er sie ab. »Bitte Magda, komm zurück und lass es dir erklären.«

»Was gibt es da noch zu erklären?«

»Bitte!«

Sie setzten sich am Küchentisch einander gegenüber. Die Wanduhr zeigte sieben. Petr legte das Album beiseite, dann erzählte er nach und nach die ganze Geschichte. Von seiner Idee mit dem Überfall, von Vlados Idee mit ihr, Magdalena, und dass er, Petr, sich anfangs nicht so sehr dafür begeistern konnte, weil er vor einer Blamage Angst hatte. Er erzählte von seiner Eifersucht auf die Freundschaft von Ondrej und Vlado und von dem Besuch bei Alenas Mutter. Petr musste sich anstrengen, um die Wanduhr noch entziffern zu können, als er endlich mit Beichten fertig war.

Sein Vater kam zur Tür herein und machte Licht. »Warum sitzt ihr im Dunkeln?«

Erst jetzt erkannte Petr, dass Magdalena geweint hatte. Sie strich sich über die Wange und begrüßte seinen Vater.

»Sollte Petr Scheiße gebaut haben, dann …«

»Papa, bitte!«

»Schon okay, Herr Kuklov.«

»Magdalena, ich bin Bohuslav. Aber ich störe euch nicht länger. Und die Schokolade neben dem Telefon?«

»Die ist von Magda für dich. Lass uns bitte allein«, erwiderte Petr.

Nachdem der Vater die Tür zugezogen hatte, wandte sich Petr an Magdalena, die den Kopf gesenkt hielt. »Verzeihst du mir?«

Sie spielte an einem Knopf ihres Hemdes.

»Ich schwöre dir, dass ich dir nie wieder etwas vormachen werde. Und meine Versprechen werde ich nie wieder brechen.«

»Ich mag dich viel zu sehr, als dass ich dich verlassen würde.« Sie lächelte ihn an, blinzelte.

Gott sei Dank, dachte er und stand auf, nahm sie bei der

211

Hand und zog sie hoch. Er drückte sie und drehte sich mit ihr. »Du machst mich so glücklich.«

»Schon gut, schon gut«, sagte sie gequält. »Mir wird schwindelig.«

»Entschuldige«, erwiderte er. »Ich bin einfach nur … froh. Aber du schaust so. Bist du mir wirklich nicht böse?«

»Ich mache mir um Alena Sorgen. Ich glaube, dass sie gerade bei Ondrej ist. Und wenn Vlado gestern bei ihm war – ich weiß nicht, was der ihm erzählt hat.«

»Das wollte ich noch fragen. Nachdem wir bei Alenas Mutter waren, murmelte Vlado etwas von ekelhafter Vaterliebe und solchen Sachen. Weißt du darüber Bescheid?«

»Das geht nur Alena etwas an.« Magdalena löste sich von Petr und rieb sich die Stirn.

»Hat sie der Vater missbraucht?«

»Kann ich kurz telefonieren?«

Petr setzte sich, während Magdalena im Flur stand, und er hoffte, dass alles gut ging. Kurze Zeit später kam sie wieder in die Küche. »Sie ist nicht daheim.«

Sie kniff die Augen zusammen und dachte nach, dann sah sie Petr kritisch an. »Wenn du es wirklich ernst mit mir meinst, dann kannst du mir das jetzt beweisen. Ich erzähle dir von Alenas Kindheit. Und du gehst anschließend zu Vlado und überzeugst ihn, dass er sich Alena aus dem Kopf schlagen soll.«

Petr borgte sich den Mercedes und brachte Magdalena nach Hause. »Bis nachher«, meinte er.

Sie drückte sich zu ihm auf die Fahrerseite und küsste ihn. »Lass dir von Vlado ja nichts bieten.«

»Ich verhau ihn, wenn es nötig ist.« Petr lachte verhalten.

Sie knuffte in seine Seite. »Ich verlasse mich auf dich.« Dann stieg sie aus dem Auto und blieb am Gehsteig stehen.

Er legte den Gang ein, der Motor erstarb. »Na, das kann ja heiter werden«, murmelte er, startete den Wagen erneut und machte sich auf den Weg zu Vlado. Liebesbeweis für Magdalena.

☾

Ondrej schob die Stühle unter den Tisch. Braune Flecken waren auf dem Stoffbezug zurückgeblieben. Die Tassen standen gespült im Regal, das Schneideskalpell hatte er weggeräumt, den Boden gewischt, die Palmlilie in den Abfall geworfen. Das Blatt mit Vlados Roulettetisch nahm er aber nicht von der Zeichenstaffelei. Er sah auf seine Armbanduhr. Es war drei Minuten vor neun. Er musste sich ablenken, die Gedanken an Alena zerbröseln und schnäuzte sich die Nase. Da ging sie im Licht der Straßenlampe an der Fensterfront entlang, ohne einen Blick ins Atelier zu werfen. Sie trug eine weiße Blusenjacke, darunter ein rotes Bandeau. Ihr Halstuch wehte gegen das Handtäschchen, das sie über der Schulter hängen hatte. War das ein Kissen in ihrer Hand? Sie verschwand aus seinem Blickfeld. Wenige Sekunden noch, dann würde sie vor ihm stehen. Er steckte das Taschentuch in die Hosentasche. Noch einmal kräftig durchatmen und schnell die Kaffeetassen im Schrank sortieren, sich mit einer sinnlosen Aufgabe beschäftigen. Gestern, nach dem Parkspaziergang, hatte er es kaum erwarten können, sie wieder zu sehen. Jetzt wäre er froh, hätte er dieses letzte Treffen schon hinter sich gebracht.

Als er die Tür hörte, sah er sich um und warf ihr einen bösen Blick zu.

»Hallo Ondrej.« Sie drückte das Kissen gegen ihren Bauch, ihr Lächeln verlor sich.

»Hallo«, murrte er, widmete sich wieder den Tassen und brachte die Henkel in gleiche Ausrichtung.

»Ondrej? Stimmt was nicht?«

»Alles bestens.« Er machte die Schranktür zu, stützte sich auf dem Rand der Spüle ab und konzentrierte sich auf einen Teelöffel, der zwischen den Schaumresten lag.

»Ich hab etwas für dich.«

»Interessiert mich nicht.« Es tat ihm leid, dass er sie anfauchen musste, aber er wollte sie seine Wut spüren lassen, wollte sich nicht verstellen.

Sekunden verstrichen. Jetzt schweigt sie, typisch, dachte Ondrej. Aber nun wusste er ja, warum sie nie etwas von sich erzählt hatte. Immer schön die Fassade aufrechterhalten.

Der Schaum zerfiel, ohne dass ein Wort gesprochen wurde. Das könnte er für sie malen: Eine eingestürzte Mauer, und um einen herumliegenden Ziegelstein liegt die abgetrennte Zunge einer Schlange.

»Spielst du gern Roulette?« Er drehte sich zu ihr um. Sie hielt den Kopf gesenkt, sah auf. Täuschte er sich oder schimmerten Tränen in ihren Augen? *Die üblichen Spielchen.*

»Was meinst du?«

»Vergiss es.«

Sie hielt ihm das Kissen entgegen. Es war aufwendig bestickt. »Das ist für deine Mama. Du hast mir mal erzählt, dass sie solche Sachen sammelt.«

Wie er sich darüber gefreut hätte zu anderen Zeiten. Er musste hier raus. Schließlich würde Vlado aufkreuzen, sobald er aus Prag zurückgekehrt war.

Warum diese Lügerei? Er stieß sich von der Küchenzeile ab, packte das Kissen ohne ein Wort des Dankes und ging mit festen Schritten aus dem Atelier.

Ondrej führte sie aus der beleuchteten Stadt und im

Mondlichtdunkel über die Brücknerwiese am Weizenfeld entlang Richtung Bahndamm. Sie spazierten nebeneinander her, ohne zu sprechen. Er hoffte, dass er unterwegs den Menschenhass loswerden würde, damit er es ohne böse Worte beenden konnte. Doch die Eindrücke der letzten Tage und die Gewissheit, dass er wieder auf jemand hereingefallen war, stachelten ihn an. Immer öfter ertappte er sich bei dem Gedanken, ihr auf den Kopf zuzusagen, dass sie eine verdammte Intrigantin war, eine widerliche Schlampe, die sogar für ihren Papa die Beine breitmachte. Anspucken könnte er sie oder mehr noch: sie ohrfeigen.

Alena wollte seine Hand nehmen, er entzog sich, vergrößerte den Abstand zu ihr. Er beobachtete aus den Augenwinkeln, wie sie ihre Hand für einen Moment gegen die Tasche drückte, versteifte.

Als sie den Bahndamm erreichten, wünschte er sich einen Zug herbei, um diesem seinen Leben ein Ende zu bereiten, dann müsste er sich nicht länger demütigen lassen. Er bückte sich nach einem Stein und warf ihn auf das Gleis, Eisen klirrte.

Die fußballfeldgroße Wiese zwischen Trasse und Getreidefeld endete an einem nebelverhangenen Wald. Löwenzahn und Gänseblümchen überall. Der Mond über den Wipfeln war nah, man konnte seine Krater sehen. Diesen Weg wollte er gehen. Bis zum Schatten der Bäume würde er Alena führen und dann darauf drängen, endlich das Schweigen zu brechen.

Er ließ das Kissen lieblos gegen sein Bein schlackern. Sie reagierte nicht. Er pfiff ein Lied, absichtlich falsch, doch Alena ließ sich nicht provozieren. Wenige Meter noch. Er steckte seine Rechte in die Hosentasche, zerdrückte das Taschentuch, um ein bisschen Wut abzubauen. Aber wollte er das? Sollte sie nicht seinen ganzen Hass zu spüren bekommen? Er warf das Taschentuch vor sich ins Gras, trat darauf. Endlich reagierte sie und blieb stehen. Er ging noch einige Schritte, bis er im Schatten des Waldes stand und der Mond durch die Baumwipfel verästelt wurde.

Komm, sprich mit mir!

Er fuhr die Verzierungen des Kissens nach und vermied es, sich umzudrehen. Er hatte jede Linie und jeden Schnörkel nachgefahren, doch Alena blieb still.

Es knackte im Unterholz, die Bewegung eines Schattens. Ondrej trat erschrocken einen Schritt zurück und schärfte den Blick. War da was? Nein, da war nichts. Er hatte sich getäuscht, ganz sicher.

Alena? War sie überhaupt noch da? Schnell drehte er sich um und war erleichtert, dass sie sich nicht von der Stelle gerührt hatte. Sie spielte mit den Enden ihres Halstuchs, mit Blick auf das Taschentuch am Boden.

»Alena …«

Sie hob den Kopf, sah aber zur Seite. Ihre Mundwinkel zitterten.

»Warum fragst du nicht, was mir zu schaffen macht?«

»Das hab ich doch.«

Das stimmte, und er hatte sie schroff angefahren. Es tat ihm leid, überraschenderweise. Aber vielleicht war sie das nicht auf dem Passfoto, vielleicht gab es jemanden, der so ähnlich aussah, der auch Alena hieß. Vielleicht war die Narbe auf dem Bild keine Narbe, sondern ein Schatten, ein Fleck. Und vielleicht war die Erde eine Scheibe.

Er hasste sich dafür, dass er immer nur auf das Gute im Menschen hoffte und schnaubte auf Alena zu. Mit Kraft drückte er das Kissen gegen ihren Bauch. »Ich will das nicht. Nicht von dir.«

Sie schlang die Arme um das Kissen. »Du tust mir weh.«

»Ah ja? Das tut mir aber leid.«

Wieder schwieg sie ihn an.

»Und? Wie war die Feier gestern? Hast du deiner Babischka was Anständiges gekauft? Keine Schmierereien?«

»Ich hab mich dafür entschuldigt.«

»Wofür?«

»Ondrej. Bitte. Was ist mit dir?«

»Weißt du was? Ich hab einen besten Freund, der kann dich vielleicht aufklären. Vlado Krupicka.«

Sie ließ das Kissen fallen und starrte Ondrej an. Ihr stand ein wenig der Mund offen, die Unterlippe zitterte.

»Er ist nur derzeit etwas schlecht gelaunt. Ihm passt es nicht, dass ich seine Freundin geküsst habe.«

»Ondrej, ich ...«

»Weißt du zufällig einen Rat, wie ich das zurechtbiegen könnte? Ich meine, das ist etwas heikel, findest du nicht?«

»Ihr kennt euch?«

Ach, schlecht gelaufen, was?

Sie fasste seinen Arm, die Tasche rutschte ihr von der Schulter, er entriss sich dem Griff, drehte sich weg, hin zum Bahndamm und bückte sich nach einem Gänseblümchen.

»Ist doch hoffentlich kein Problem für dich?« Ondrej zupfte die weißen Blütenblätter erst einzeln, dann in Büscheln aus, bis nur mehr die gelbe Blüte übrig blieb.

»Ich wollte das mit Vlado längst beenden.«

Wie satt er diese Lügen hatte. »Natürlich wolltest du das.«

»Ich kann verstehen, wenn du ...«

»Spar es dir«, zischte er. »Vor zwei Tagen hast du ihm am Telefon noch erzählt, wie sehr du ihn vermisst.«

»Das hab ich ganz anders ...«

»Ja? Aber natürlich!« Er musste sich zurücknehmen, Haltung bewahren.

Das mit Vlado war so etwas wie eine Zweckgemeinschaft, die sie längst beenden wollte, so ihr

Erklärungsversuch. Sie empfand nichts für ihn, benutzte ihn, um Ruhe vor den anderen zu haben.

»Du, Ondrej, bist mir wichtig. Bei dir ist alles so anders, schöner. Da lerne ich neue Seiten an mir kennen.«

»Deine alten Seiten sind dir wohl zu ...« Er führte den Satz nicht weiter aus, wollte nicht demütigend werden. Dennoch wollte er sich kein zweites Mal für dumm verkaufen lassen.

Sie wollte sich nach dem Kissen bücken, er trat darauf. »Lass das liegen.«

»Du glaubst mir nicht«, murmelte sie und hielt die Augen mit der Hand bedeckt, vielleicht aus Scham.

»Ich glaub dir kein Stück. Weil du so dermaßen verlogen bist, dass es mich schüttelt.« Er trat einen Schritt zurück, und wie auf dem Kissen hatte er wohl einen Fußabdruck auf ihrer Seele hinterlassen, das war ihr anzusehen. Es tat ihm nicht einmal mehr leid. Diesem unsäglichen Theater musste ein Ende gesetzt werden und so erzählte er ihr, was er von Vlado erfahren hatte und dass sie ihre Mutter für tot erklärt hatte, obwohl diese quicklebendig in Viska wohnte.

»Für mich ist sie tot ... ist sie tot ...«, stammelte sie und hielt sich den Bauch, als lägen seine Worte unverdaulich in ihrem Magen.

»Du hast deinen Papa ins Bett gelockt«, warf er ihr vor. »Das ist doch krank!«

Die Tränenspuren auf ihren Wangen schimmerten im Mondlicht. »Das sind die Lügen meiner Mutter.«

»Hast du nicht einmal jetzt die Größe, aufrichtig und ehrlich zu sein?«

»Ich habe meinen Papa nicht verführt. Ich habe ihn nicht verführt.«

»Mach doch, was du willst.« Er stampfte an ihr vorbei, wollte sie einfach stehen lassen und war schon einige Meter weit entfernt, als er sie seinen Namen flüstern hörte.

»Was willst du noch?«

»Willst du wissen, warum ich das mache?«

»Ich habe definitiv keine Lust mehr auf irgendeine Lügengeschichte.«

Sie atmete hörbar durch und sagte dann: »Ich schwöre dir auf alles, was mir heilig ist, dass ich dir die Wahrheit erzählen werde.«

»Da bin ich aber gespannt.« Ondrej kehrte zurück und blieb vor ihr stehen, die Arme hielt er verschränkt. »Ich höre.«

KAPITEL 18

Milan stand mit dem Rücken zu Alena am Fenster ihres Kinderzimmers. Er hielt seinen Arm vor die Augen und begann zu zählen. Sie wandte sich um, da entdeckte sie auf dem Dielenboden ihr selbst gemaltes Werk. Es sollte sie mit ihren acht Jahren zeigen, Hand in Hand mit Milan. Sie hatte es gegen das eingerahmte Foto auf dem Nachttisch gelehnt, und es war wohl heruntergefallen. Zum Aufheben war jetzt keine Zeit.

»Aber nicht schummeln!«

»... fünf ... sechs ...«

Sie eilte aus dem Zimmer und wäre fast auf Milans T-Shirt ausgerutscht. Auf dem Flur schimmerten nasse Fußtapsen, die Badtür stand einen Spalt weit offen. Alena würde sich nachher darum kümmern, jetzt war Verstecken angesagt. In der Küche standen die Stühle quer zum Tisch. Alena rückte sich so geräuschlos wie möglich den Weg zur Speisekammer frei, hörte Milan »Ich komme!« rufen und zog die Tür hinter sich zu. Stockdunkel war es, aber Alena hatte keine Furcht. Sie strich sich durch das handtuchtrockene Haar und lauschte.

Nach wenigen Minuten hörte sie die Küchentür knarren. Stühle wurden verrückt.

»Alena, ich finde dich, ich finde dich«, schnaubte eine dunkle Stimme. Etwas polterte gegen die Schränke. »Gleich hab ich dich, dann fresse ich dich«, grollte die Stimme, näher kommend.

Alena knitterte mit den Fingern das Nachthemd, als sie das Kratzen und Grollen am Holzrahmen hörte. *Ein Werwolf!* Seit sie sich einmal im Wohnzimmer versteckt und in einem Film gesehen hatte, wie ein Mann sich in ein solches Ungeheuer verwandelte, verfolgte sie dieses Bild.

Bestimmt hat mich die Bestie gerochen, dachte sie. Ihre

Zähne klapperten, da wurde die Tür aufgerissen. Sie schrie!

Es war nur Milan, Gott sei Dank.

»Ruhe jetzt!«, rief die Mutter aus dem Wohnzimmer. »Sonst setzt es was!«

Alena kicherte hinter vorgehaltener Hand.

Milan hob die Schultern und legte den Kopf schief. »Du weißt, dass Mama das nicht mag.«

Sie sprang in seine Arme: »Spielen wir noch mal? Bitte! Bitte!«

»Ist doch schon so spät.« Er strich ihr die schwarzen Haare aus dem Gesicht. »Morgen spielen wir wieder, ja?«

»Na gut«, seufzte sie und legte den Kopf auf seine Schulter. »Ich hab dich lieb, Milan.«

»Ich dich auch, Prinzessin. Und wenn du ganz artig bist«, raunte er verhalten gepresst in ihr Ohr, »werde ich dir ein neues Spiel zeigen.«

»Au ja!«

Nachdem Alena ihm Gute Nacht gewünscht hatte, wischte sie mit seinem herumliegenden T-Shirt den Flur trocken und warf es in den Wäschekorb. Sie hüpfte ins Wohnzimmer und ließ sich von der Mutter drücken. Auf Papas Schultern ritt sie ins Kinderzimmer. Er kniete vor dem Bett nieder und zog darunter einen Stoffmond hervor.

»Der ist für dich, weil du immer so brav bist.«

»Danke, Papa! Der ist wunderschön!« Sie knuddelte den Stoffmond und freute sich des Lebens.

Papa deckte sie zu und drückte ihr einen Gutenacht-Kuss auf die Stirn. »Jetzt sprechen wir unser Nachtgebet, und dann erzähle ich dir ein Märchen. Das habe ich mir für dich ausgedacht«, sagte er über sie gebeugt, »vorausgesetzt, du willst es hören.«

Sie nickte eifrig. Nachdem sie gebetet hatten, warf sie dem Kruzifix einen Handkuss zu und schloss die Augen.

»Es war einmal eine Prinzessin, die im Himmel wohnte.

Ihr Vater war der König des Lichts, und er herrschte auf einem goldenen Thron. Sein Wolkenpalast war hell erleuchtet und hatte einen riesengroßen Saal mit dicken Säulen.

Eines Tages ließ er seine Tochter zu sich bitten. Schon bald kam sie angelaufen und summte ein fröhliches Lied. Sie hielt etwas hinter dem Rücken verborgen.

Der König erhob sich vom Thron, zupfte an seinem weißen Kinnbart, nahm die Krone vom Kopf und ging mit dem Zepter die Treppen hinunter, seiner Tochter entgegen. ›Was hast du hinter deinem Rücken versteckt, Kleines?‹

Sie trat lächelnd zurück, als er mit seinen Blicken neugierig zu suchen begann. ›Mach die Augen zu, dann zeige ich es dir!‹

›Aber‹, entgegnete der König schmunzelnd, ›wie soll ich es dann sehen?‹

Die Prinzessin zog eine Augenbraue hoch und dachte nach. ›Mit deiner Fantasie!‹, antwortete sie vergnügt.

Er lächelte amüsiert und machte die gütigen Augen zu. Etwas Warmes drückte sich gegen seine Brust.

›Was siehst du nun?‹, wollte die Prinzessin wissen.

›Ich sehe, wie du durch die Himmellandschaft tollst. Du springst und tanzt und summst dabei ein Lied. Du bückst dich nach Sternenstaub und lässt ihn durch deine Finger rieseln. Da weckt ein Klageruf dein Interesse. Besorgt umkreist du eine aufgebauschte Wolke und entdeckst den Phönix Gennadij. Seine Klaue hat sich in einem schwarzen Spalt verfangen. Du befreist ihn und als Dank schenkt er dir das Kostbarste, was er besitzt.‹ Der König öffnete die Augen und lächelte wissend, als er auf die Hände der Prinzessin sah. ›Ein Stückchen Sonne!‹

Die Prinzessin machte große Augen. ›Was du alles kannst‹, sagte sie erstaunt und betrachtete nachdenklich den Schatz. ›Du, Papa‹, murmelte sie, ›ist dieser Gennadij ein verzauberter Vogel?‹

›Er ist zauberhaft schön, findest du nicht?‹

Sie sah den Phönix im Geiste vor sich: Er hatte regenbogenfarbene Augen, und seine schwarz gefiederten Schwingen waren mit Gold umrandet. Nachdem er sich emporgeschwungen hatte, war er im nächsten Moment verschwunden.

›Ja, zauberhaft schön‹, murmelte sie, gebannt von seiner Aura.

›Aber das ist natürlich nicht alles‹, fuhr der Vater fort. ›Er fliegt schneller als der Wind. Sieh her!‹ Er deutete auf seine Augen. ›Gennadij legt innerhalb eines Wimpernschlages die Strecke eines Gedankens zurück. Er denkt sich an die Orte, die er mit seinen Augen sehen kann.‹

›Das ist aber schnell.‹ Sie machte große Augen. ›Deshalb war er so plötzlich verschwunden.‹

Das Stückchen Sonne fühlte sich sogleich um einiges kostbarer an.

›Und nun pass auf!‹, sagte der König, schwang sein Zepter einmal hin und her, klopfte auf das Stückchen Sonne und zauberte es fort.

Ungläubig starrte die Prinzessin auf die leeren Hände. ›Wo ist es hin?‹

›Mach die Augen zu, dann zeig ich es dir!‹

Sie kniff die Augen fest zusammen. ›Oh!‹, sagte sie entzückt, legte sich eine Hand auf die Brust und atmete tief durch. ›Es ist in meinem Herzen!‹

›Nun bist du die Sonnenprinzessin.‹

Er führte seine Tochter zum Thron und kniete sich vor ihre Füße.

›Es ist an der Zeit, dir Verantwortung zu übertragen. Du wirst zukünftig das Sonnenland regieren.‹ Es bedrückte ihn, sie aus seiner Obhut entlassen zu müssen.

Sie aber sprang auf und herzte ihren Vater. ›Danke, danke‹, juchzte sie.

Das Sonnenland war ein Paradies, in dem es niemals Nacht werden sollte. Im endlosen Sonnenschein flossen die saubersten Flüsse, gediehen die buntesten Blumen und die prächtigsten Wälder. Man atmete die klarste Luft und beobachtete, wie Bären, Rehe und Hasen friedlich miteinander lebten.

Einige Tage später durchstreifte die Sonnenprinzessin ihr neues Reich. Sie streichelte über das Fell eines Wolfes, schlichtete den Streit zweier übermütiger Widderböcke und beobachtete eine Tigerspinne beim Bau ihres Netzes. Die Prinzessin hüpfte auf saftigen Wiesen umher und wurde von Schmetterlingen umtanzt, als ein Raunen sie zusammen-zucken ließ. Die unheilvolle Nacht war auferstanden, und ihre abgrund-tiefe Schwärze erhob sich am Horizont. Es war, als würde die Finsternis, alles Himmelblau verschlingend, unaufhaltsam wachsen. Wallende Schwärze zog über die Prinzessin hinweg, schluckte bald den letzten Sonnenstrahl und übergoss das Land mit Schatten.

Einzig das Stückchen Sonne in ihrem Herzen schimmerte im Dunkel. Sie hörte Tiere röcheln, die qualvoll erstickten. Schmetterlinge waren abgestürzt, schlugen verzweifelt mit den Flügeln und versanken mit dem Gras in moorigem Grund. Die Wälder ließen Blätter fallen und beugten saftlos ihre Äste. Flüsse versiegten im Schlamm.«

Alena war eingeschlafen, noch bevor der Vater sein Märchen zu Ende erzählen konnte. Der Boden gab nach. Sie sah auf ihre Füße. Langsam versanken sie in dunkler Erde. Abgerissene Schmetterlingsflügel überall. Die kahle Tanne vor ihr neigte sich, schien umzufallen. Schimmel befiel die Rinde in Sekundenschnelle. Dort vorn ragte ein

Widderkopf aus dem Schlick, das Tier schnappte nach Luft, versank weiter, bis nur mehr die Hörner zu sehen waren, dann nichts mehr. Alena war bis zu den Knien eingesunken, da knurrte etwas hinter ihr. Sie sah über ihre Schulter. Ein Werwolf harrte auf einer Felsenplatte aus. Als sich seine gelben Augen mit den ihren kreuzten, schreckte sie aus dem Traum.

Sie tastete nach dem Stoffmond und drückte ihn gegen den Bauch. Sie widerstand dem Impuls, sich in Papas Bett zu kuscheln, weil sie die Schelte der Mutter fürchtete.

Die Umrisse des Kruzifixes waren zu erkennen und Alena fühlte sich beschützt. Langsam rückte sie das Kopfkissen zurecht und bettete den Kopf darauf. Sie sah zum Fenster und horchte, ob vielleicht der Wind am Haus vorbeirauschte.

Stille. Alena drückte die Nase in den Stoffmond und roch an seinem Fell. Mit einem Lächeln schloss sie die Augen.

Dann hörte sie ein Geräusch. Als wäre jemand im Flur gegen das Telefon gestoßen. *Papa?* Die Klinke wurde langsam niedergedrückt, und die Tür gab quietschend nach. Ein großer Schatten kam herein, die Tür wurde wieder zugeschoben, ein leises Klicken war zu hören. Alena fühlte ihren Pulsschlag bis zum Hals. »Papa?«, flüsterte sie ins Dunkel.

Der Dielenboden knarrte, schleichende Schritte. Alena vergrub sich unter der Decke und rieb sich den Bauch. Sie wollte sich von dem quälenden Kribbeln in der Magengegend lösen.

»Ich finde dich, ich finde dich«, hörte sie eine Stimme murmeln. »Gleich hab ich dich, dann fresse ich dich.« Die Decke wurde angehoben. »Hab keine Angst. Ich bin es – Milan.«

»Du hast mich erschreckt«, flüsterte sie und fühlte, wie das Magenkribbeln den ganzen Körper ergriff. Die

Erleichterung, die Alena sonst empfand, wenn Milan sie beim Versteckspiel gefunden hatte, war nicht zu spüren. Seine Augen schienen hungrig und denen des Werwolfes aus dem Traum erschreckend ähnlich. Sie drehte sich auf die Seite und hoffte, dass er sie in Ruhe ließ.

»Rutsch mal ein Stück.« Er kroch zu ihr unter die Decke und rückte näher an sie heran. »Jetzt zeig ich dir dieses neue Spiel. Ich hab's dir versprochen.«

»Bitte nicht«, erwiderte sie und drückte den Stoffmond fest an sich. »Ich will nicht spielen.«

»Vertrau mir. Das ist ein schönes Spiel«, hauchte er ihr zu und drückte sich gegen ihren Rücken. Sein Kuss auf ihre Schulter hinterließ ein unangenehmes Gefühl. Sie spürte seine Hand auf ihrem Bauch, bald unter dem Stoffmond, den sie an ihre Brust gepresst hielt.

»Milan ...« Vergeblich versuchte sie, sich von ihm wegzudrücken.

»Du musst still sein. Sonst wird der Papa wach, und er hat doch seinen Schlaf so bitter nötig. Oder willst du, dass Mama deswegen mit dir schimpft? Du weißt, wie böse sie werden kann. Also sei ruhig!« Sein Atem brannte wie Feuer in ihrem Nacken. »Glaub mir: Es ist ein Spiel, das du mögen wirst.«

Ihr war, als wären ihm zahllose Hände gewachsen.

»Bitte geh«, flüsterte sie, zog die Beine an und die Schultern ein.

»Alena«, keuchte er, »du hast mich doch lieb. Und ich spiele auch immer mit dir. Also sei ein stilles, braves Mädchen.« Er küsste und streichelte sie überall. »Du wirst sehen, es ist kinderleicht. Denk an etwas Schönes und erzähl niemanden davon«, raunte er.

»Bitte, Milan. Ich ...!«

Er drückte ihren Oberkörper so fest, dass es ihr wehtat.

»Halt den Mund«, knurrte er leise. »Wenn uns die Mama

hört, schlägt sie dich windelweich. Wir spielen jetzt. Ansonsten brauchst dich nie mehr bei mir blicken lassen. Und wehe, du petzt, dann passiert Schreckliches.«

Etwas Kaltes kribbelte auf Alenas Stirn, Angstschweiß.

Er schlug ihr den Stoffmond aus dem Arm. »Der stört nur. Und nun sei ein braves Kind.«

»Milan ...«

»Schscht!«

Sie sah dem Tröster nach, der am Heizkörper unter dem Fenstersims liegen blieb, dann kniff sie die Augen zusammen und schlüpfte in die Rolle der Sonnenprinzessin, auf ein gutes Ende hoffend.

Die Sterne waren zu goldenen Nägeln geschmolzen und hielten den Himmel, wie mit einer schwarzen Eisenplatte verschlagen. Die Prinzessin hielt Ausschau nach ihrem Vater, dem König des Lichts. Sie stand knöcheltief im Morast. Die Bäume um sie herum verloren letzte welke Blätter und faulten zusehends. Da fühlte sie im Nacken das Böse nahen. Die Prinzessin sah sich um und begegnete dem Blick eines Werwolfs, der sich ihr auf wenige Meter genähert hatte und sie als Beute fixierte. Schwammige Augen leuchteten auf. Er drückte seinen Körper auf die Hinterpfoten, stieß kehlige Laute aus und jagte los, auf die Prinzessin zu. Sie wandte sich zur Flucht, doch die Bestie hatte sie bereits erreicht, mit einem Sprung auf den Rücken zu Fall gebracht. Der Werwolf drückte die Prinzessin mit seinem Gewicht tief in den Schmutz und riss ihr die Kleider vom Leib. Speichel tropfte aus dem Maul, dann jagte er seine Fangzähne in ihren Unterleib. Sie spürte einen scharfen Schmerz, fühlte, wie alle Lebensfreude aus der Kinderseele wich.

Da leuchtete es am Firmament. Ein Retter nahte!

»Ich komme«, hörte das Mädchen ihn keuchen.

»Prinzessin, ich komme gleich!«

Er hatte die Sonne an der Leine und zog sie hinter sich her. Schon bald fühlte sich die Prinzessin vom warmen Licht durchflutet.

Alena kroch aus dem Bett, quälte sich zum Stoffmond, und erst mit ihm an der Brust holte sie Luft. Sie sah sich nach Milan um, der längst den Raum verlassen hatte. Neben dem Bettpfosten lag das Bild von ihr und Milan.

Sie rupfte es in winzige Stücke und ihr war, als läge ihre Haut wie ein Schmutzfilm auf ihrem Körper. Sie schlich ins Badezimmer und versuchte, sich von verwirrenden Gefühlen reinzuwaschen. Sie rieb die Seife an sich, bis nur mehr wenig davon übrig war. Handtuch und Waschlappen versteckte sie tief unter dem Berg Schmutzwäsche im Korb. Im Spiegel sah sie ein fremdes Gesicht. Rote Flecken an Wangen und Hals. Ein Mensch blickte sie an, dessen Lippen zusammengepresst waren. Eine Marionette, ohne Gefühl, mit leeren Augen. Sie rang nach Luft, löste sich für einen Moment von dem Entsetzen, das ihr die Kehle schnürte.

Unter der Höhlung ihrer Bettdecke suchte sie Zuflucht. Ihr Unterleib brannte. Sie kämpfte sich in den Schlaf. Schreckte aus Träumen hoch. Vergrub ihre Finger im Stoffmond, presste ihn an sich und brannte am Rande von Wachen und Träumen lichterloh. Es war nichts geschehen. Nichts, nichts, nichts!

KAPITEL 19

Ondrej schämte sich für das, was er über sie gedacht und was er ihr vorgeworfen hatte und rieb ihre Schulter. Alena wich zurück, nahm die Hände vor die Augen und wandte sich um.

Beenge sie jetzt bloß nicht, dachte er und knibbelte an seiner Unterlippe, obwohl er sie liebend gern in den Arm genommen hätte.

Milan, dieses Schwein! Ondrej drückte die Schuhspitze so fest in das Gras, dass etwas Wasser aus der Erde quoll. Doch was hatte der Vater Jahre später bei ihr im Zimmer gewollt? Hatte er sie etwa auch missbraucht? Ondrej erinnerte sich an einen Bericht, demzufolge ein Taxifahrer nachts ein verstörtes Mädchen aufgenommen hatte, und nachdem der Mann erfuhr, dass es vor wenigen Minuten missbraucht worden war, lenkte er den Wagen in ein Waldstück und vergewaltigte das Mädchen ebenfalls. War es bei Alena ähnlich gewesen? Der Vater kam Milan auf die Schliche – und fühlte sich dadurch angeregt? Das würde auch Milans Wutanfall erklären. Der Vater schnappte dem Sohn »die Beute« weg, Reviergehabe.

Sollte Ondrej Alena danach fragen?

Er hörte, wie sie weinte. Vielleicht würde er nachhaken, wenn sie sich beruhigt hatte. Bestimmt gab es auch dafür eine Erklärung, an eine Lolita-Situation glaubte er nicht mehr. Er sah sich nach dem Kissen um. Am Rande des Waldschattens knickte es einen Löwenzahn um.

Alenas Geschenk für seine Mutter, wie achtlos er damit umgegangen war. Er eilte hin, hob es auf und strich die Grashalme von der Verzierung. Wie unrecht er Alena getan hatte. Er musste es wiedergutmachen, irgendwie.

»Es tut mir leid«, murmelte er.

Der Wind frischte auf, im Wald knackte ein Ast,

rauschten die Baumkronen, nach und nach verschleierten Wolken den Mond. Aus der Ferne rollte ein Zug heran. Ondrej nahm kein Schluchzen mehr wahr.

»Alena, ich muss dich noch was fragen.« Er wartete darauf, dass sie nachhakte, und als er nichts hörte, sah er zur Seite, spähte aus den Augenwinkeln nach ihr. Der Lichtstrahl der nahenden Lokomotive kämpfte sich durch die Dunkelheit.

»Alena?« Er drehte sich um, und als er sie entdeckte, fiel ihm vor Schreck das Kissen aus der Hand. Sie ging auf den Schienen.

»Alena!«, schrie er, so laut er konnte und rannte los. »Alena! Nicht!« Doch er verlor den Halt auf dem glitschigen Boden, schlingerte und schlug so hart auf der Wiese auf, dass Punkte vor seinen Augen tanzten.

☽

Alena stieß sich den Zeh an einer Holzschwelle und geriet ins Stolpern. Gerade noch fing sie sich. Das Handtäschchen war ihr von der Schulter gerutscht. Sie warf es neben die Schienen, zupfte ihr rotes Bandeau zurecht und knöpfte die Blusenjacke zu.

Ich hätte schreien sollen, dann wäre Papa noch am Leben. Alles meine Schuld, dachte Alena und bemerkte eine weiße Plastiktüte, die sich in einigen Metern Entfernung im Gleis verfangen hatte. Ein immer größer werdender Lichtpunkt kam auf sie zu, und Magdalena kam ihr in den Sinn, wie sie eine Schnute zog und mit einer Haarsträhne die Nasenspitze kitzelte. Dann musste Alena an Babischka denken, an die Feier und den leckeren Gemüsesalat, den sie gestern nur halb und vorhin fertig gegessen hatte.

»Alena!«, rief Ondrej hinter ihr. Sie schloss für einen

Moment die Augen und hatte ihn vor sich. Seinen nachdenklichen Blick, wenn er vor der Zeichenstaffelei stand, mit dem Pinsel gegen sein Kinn klopfte. Bald würde er ein berühmter Maler sein, dessen war sie sich sicher.

Der Lichtpunkt war zu einer kleinen Sonne angewachsen. Eine Sonne mit quietschendem Schrei. Das Zittern der Gleise griff auf Alena über. Um die Angst zu vertreiben, summte sie das Lied, das Magdalena sang, wenn sie glücklich war.

Alena breitete die Arme aus und erinnerte sich an die erste Begegnung mit Ondrej, vor Wochen im Park, an das Kartenspiel ohne Könige, an den Jungen, der das Bild ausrollte und an das Geheimnis.

»Schachmatt«, flüsterte sie dem Zug entgegen.

☾

Nur wenige Sekunden noch, dann würde Alena in Stücke gerissen werden. Ondrej sah es vor sich: Alena schleudert auf die Gleise, die Räder trennen ihr die Arme ab, ihr Körper zerfetzt.

»Alena!«, rief er und drückte sich mit den Händen hoch. »Alena!« Ihr Name kratzte in seiner Kehle.

Sie reagierte nicht, stand wie in Stein gegossen mit ausgebreiteten Armen auf dem Gleis. Er raffte sich auf die Beine und rannte, so schnell er konnte.

Unzählige Waggons trieben die schrillende Lok auf Alena zu, trotz blockierender Räder. Ein Gefühl sagte Ondrej, dass sie nicht mehr zu retten war, doch er wollte es versuchen. Sollte es ihn doch gleich mit erwischen, es war ihm egal. Mit einem Satz sprang er auf den Schotter, der Zug zerriss eine Plastiktüte, wenige Holzschwellen vor Alena. Sie wandte sich nach Ondrej um, sah ihn erschrocken an, wollte etwas sagen. Scheinwerferlicht blendete ihn. Er stürzte sich auf Alena, erwischte sie am Arm und riss sie mit auf die andere Seite. Die Lok schnappte ins Leere und jagte vorbei.

Sie stolperten, fielen den Schotter hinab und kamen auf der Wiese zum Liegen. Nässe drang durch Ondrejs Pullover, kühlte seine Haut. Er sah die Waggons vorüberrauschen, in einem Abteil flackerte das Licht. Umrisse von Fahrgästen waren zu sehen, manche hatten das Gesicht ans Fenster gedrückt.

Der Zug glitt vorüber und mit ihm schrumpften die Rücklichter ins Dunkel. Weiße Plastikfetzen strichen neben dem Gleis an Alenas Handtasche vorbei, der Wind trieb sie fort. Ondrej wischte sich mit dem Arm übers Gesicht und atmete kräftig durch. »Hast du den Zug nicht gesehen?«

Ihr Auflachen ging in Weinen über.

Er sah noch einmal den Zug auf sich zukommen, in Zeitlupe. Das Scheinwerferlicht, die Zugschnauze, hörte das Schrillen. Langsam wurde Ondrej klar, dass er nur knapp dem Tod entronnen war. Hände, Körper, sein Herz, alles zitterte.

Alena sagte etwas zu ihm, doch er konnte es nicht einordnen.

Wolken schoben sich vor den Mond, dämmten das Licht und Alena redete auf ihn ein, minuten-, vielleicht stundenlang. Längst hatte er vergessen, was er sie noch fragen wollte.

Alena half ihm hoch. »Ich bring dich zu mir«, sagte sie, und er, noch schockbenommen, wankte hin und her.

»Ich muss das Kissen holen. Und deine Tasche liegt auch noch da.«

»Ich hole mir das schon.«

Aber er ließ nicht mit sich reden. Er wankte den Schotter hoch, schnappte sich ihre Tasche und lief weiter zu dem Kissen. Doch das, was er dort sah, konnte er sich nicht erklären.

Das Kissen lag aufgeschlitzt auf der Wiese und die Flaumfüllung war umhergestreut worden. Alena kam Ondrej hinterher. »Was ist?«

»Ich weiß auch nicht.« Er sah sich um, konnte aber im Schwarz nur die Umrisse des Waldes erkennen, dann sammelte er ein, was von dem Kissen übrig geblieben war.

Alena zog ihn am Arm. »Komm schon. Wir müssen hier weg.«

Magdalena lag in ihrem Bett und schaute Petr zu, wie er im Halbdunkel das Puzzlebild an der Wand musterte. »Wie schimpft sich das?«, wollte er wissen und ziepte an der Kruste an seiner Oberlippe.

»Wangenkuss.«

»Und weil der Frosch nicht auf den Mund geküsst wurde, hat er sich als halber Prinz entpuppt.«

»Da geht's mir mit dir so ähnlich.« Sie lächelte ihn an.

»Ha, ha.«

»Jetzt komm schon, Teddybär. Mir ist kalt.«

Er zog seinen Pullover aus, die Cordhose, und kuschelte sich zu ihr unter die Decke. »Da fehlen aber zwei Puzzleteile.«

»Drei. Hab ich verschusselt«, murmelte sie und spielte mit seinem Brusthaar.

»Soso, stell dir vor, an mir würden drei Teile fehlen.«

Sie konnte nicht lachen, weil ihr die Sorge um Alena schwer in den Gedanken lag. Magdalena hatte Petr von dem Missbrauch erzählen müssen, hoffentlich nahm Alena ihr das nicht übel. Doch welche andere Möglichkeit war ihr geblieben? Den bösen Gerüchten von Alenas Mutter musste die Wahrheit entgegengestellt werden. Und

Magdalena hatte Petr mit diesem Wissen zu Vlado geschickt. Auch wenn er sich bei ihm eine blutige Nase geholt hatte, hatte er erreicht, was Magdalena bezwecken wollte: Den Gerüchten den Nährboden entziehen. Doch wo war Alena? Wie würde Vlado reagieren? Und Ondrej?

»Hey«, meinte Petr, »es wird alles gut. Soll ich eine CD einlegen?«

»Nein. Dann höre ich nicht, wenn Alena kommt.«

»Versuch, ein bisschen zu schlafen, ich bleib wach und weck dich, wenn ich was höre.«

Sie sah zu ihm auf und rang sich ein Lächeln ab. »Lieb von dir. Aber ich bringe so oder so kein Auge zu.« Sie streichelte über die Kruste an seiner Oberlippe. »Mein kleiner, furchtloser Held.« Dann bettete sie den Kopf auf seine Brust und malte sich aus, wie sich das bei Vlado abgespielt haben musste:

Vlado bog mit dem 407er Peugeot in die Hofeinfahrt ein, heimgekehrt von dem Geschäftstermin.

Petr stieg aus Papas Benz und wollte mit Vlado reden.

»Ich muss zu Ondrej. Alena war nicht daheim. Wenn sie bei ihm ist, kann sie was erleben.«

»Es dauert nicht lange.« Petr folgte ihm ins Wohnzimmer und schaute Vlado zu, wie der im Gehen Sakko und Hemd auszog und beides auf die Couch feuerte.

»Komm! Sprich! Ich hab nicht ewig Zeit.«

Während Petr erzählte, was damals wirklich geschehen war, blieb Vlado reglos vor dem Kleiderschrank stehen.

»Alena hat mit Ondrej ihre Liebe gefunden. Sie hat ein bisschen Glück verdient. Tu es um unserer Freundschaft willen und lass die beiden in Frieden.«

»Was fällt dir ein?« Vlado kam auf ihn zugestürmt und boxte Petr zu Boden. Fast wäre er mit dem Hinterkopf gegen die Katzenstatue geschlagen. Vlado bewarf Petr mit der Schatulle, woraufhin sie aufging und der Ring sich auf dem Berberteppich ausdrehte. »Kannst du fressen!«

»Du blödes, selbstgerechtes Machoschwein«, murmelte Petr, kniete sich auf und wischte sich das Blut von der Nase. Er drückte sich am Tisch hoch und schenkte dem mit geballten Fäusten vor ihm stehenden Vlado verachtende Blicke. Dann drehte er ihm den Rücken zu und ging langsam zur Tür.

»Freundschaft willst du mit mir haben? In den Rücken fällst du mir. Ein feiner Freund bist du. Dieses Knochengestell hat dich aufgewiegelt. Stimmt's? Was findest du eigentlich an der?«, rief Vlado.

Petr fasste nach dem Türgriff, wandte sich zu ihm um und deutete zu der Katzenstatue. »Erinnerst du dich an das, was du von dem Holzding gesagt hast? *Kennst du das nicht, dass dir etwas die Sinne vernebelt? Es scheint nach außen hässlich – doch irgendwas fesselt dich daran. Es liegt in irgend so einer Ahnung*«, wiederholte Petr die damaligen Worte. »Durch Magdalena kenne ich nun dieses Gefühl.« Dann trat er aus dem Wohnzimmer, und bevor er die Tür hinter sich ins Schloss klacken ließ, sah er im Augenwinkel, wie Vlado die Katzenstatue packte und sie Richtung Vitrine warf. Glas schepperte, Trophäen polterten zu Boden.

Petr fuhr erschrocken hoch. »Hast du das eben gehört?«

Magdalena horchte. »Die Wohnungstür?«

»Nein, vor dem Haus.«

Sie tastete auf dem Nachttisch nach dem Knopf der Lampe und machte Licht. Dann stieg sie aus dem Bett, zog sich das Hemd über und schlich zum Fenster.

»Da schlagen sich welche.«

Magdalena schlüpfte in die Jeans und warf Petr die Cordhose zu. »Komm! Schnell! Wir müssen da runter.«

Sie rannten die Treppen hinunter und stürzten ins Freie. Magdalena blieb abrupt stehen, sah Petr hinterher und starrte auf Ondrej, der vor den Stufen lag. Aus seinem Kopf sickerte Blut. Es breitete sich auf dem Asphalt aus und rötete herumliegenden Federflaum. Der Wind spielte mit einem weinroten Halstuch, wirbelte es vom Gehsteig hinaus auf die Straße, bis eine Pfütze den Stoff tränkte. Von Alena fehlte jede Spur.

Magdalena tastete nach dem Geländer.

»Los, Magda, ruf einen Krankenwagen. Und die Polizei!«

»Das war Vlado«, brachte sie hervor. »Er hat Alena entführt!«

Petr zog sich den Pullover aus. »Oder einer seiner Schläger.« Er brachte Ondrej in eine stabile Lage und presste den Pullover auf die Kopfwunde.

»Ist er tot?« Magdalena hatte Mühe, ihre Tränen zurückzuhalten.

»Nein, ist er nicht. Nun mach' schon. Hol Hilfe!«

☾

Den Schlafsack hielt Havel fest an sich gedrückt, die Wodkaflasche sowieso. Hier in dieser Seitengasse war ein guter Platz für die Nacht. Der Container dort würde ihn vor dem Wind schützen. Er wischte einige Steinchen beiseite und legte den Schlafsack ab. Das Pflaster würde ihm trotzdem eine harte Nacht bereiten. Ihm war kalt und sein Magen knurrte. Ein Schluck Wodka half ein wenig gegen die Kälte, dann lehnte er die Flasche neben dem Schlafsack an die Gassenmauer.

Im Container fand er allerlei nützliche Sachen: ein paar Zeitungen, Kleidungsstücke und einen angebissenen Apfel, den er gierig verschlang. Mit dem Kerngehäuse zielte er auf eine Pfütze, traf aber nicht. Er warf die Zeitungen auf seinen Schlafplatz, dann den Pullover und die zerrissene Jeans. Die Wodkaflasche kippte um, gut, dass er sie fest verschraubt hatte.

Das Papier zerknüllte er und legte es mitsamt der Kleidung unter den Schlafsack, Matratze Eigenbau. Er stellte sich vor, in einem Himmelbett zu liegen und prostete den Sternen zu. Da hörte er Schritte näher kommen. Sie hallten von den Wänden. Er kratzte seinen Bart, und schon kam ein stämmiger Kerl um die Ecke gelaufen, keuchend. Eine Frau hing über seiner Schulter wie ein lebloses Bündel. Seine Schritte zerplatschten die Pfützen. Havel wollte etwas rufen, da fiel ihm das Messer auf, dass der Mann seitlich in einem Halfter stecken hatte. Havel zog den Kopf ein, und als der Mann vorübergelaufen war, sah er ihnen hinterher, bis sie verschwunden waren.

Geht mich nichts an, dachte er, prostete nochmals den Sternen zu und legte sich wieder bequem.

☾

Petr saß auf der Rückbank eines Polizeiautos. Das Steinarmband hatte einige Spritzer Blut abbekommen. Er rieb es an der Hose sauber, während die Polizistin den Rückwärtsgang einlegte und zurücksetzte.

»Das Kickbox-Center kennen wir, und dort wohnt auch dieser Vlado, sagten Sie?«, wollte der Polizist auf der Beifahrerseite wissen. Petr nickte und sah aus dem Fenster zu Magdalena. Ein Sanitäter stand bei ihr, seine Hand auf ihrer Schulter, und redete auf sie ein. Seine Kollegen hievten Ondrej auf einer Trage in den Rettungswagen. Das Polizeiauto wendete und Petr schaute auf die Straße vor sich. Die Kruste an der Oberlippe kitzelte, er rieb sachte darüber.

Häuser huschten an ihm vorüber, bläuliche Lichter flimmerten aus manchen Fenstern. Die Polizisten wechselten Worte, die Petr nicht realisierte. Und wenn er Vlado Unrecht tat? Wenn jemand anderes Alena entführt hatte?

»Herr Kuklov?«

Petr schreckte aus den Gedanken. »Ja?«

»Wie ist das passiert?« Der Polizist tippte auf seinen Schnauzer, in dem sich ein Wollfussel verfangen hatte, und nickte auf Petrs Oberlippe.

»Ach das, das ist nicht der Rede wert. Aber sagen Sie: Wenn es Vlado nicht war, wer dann? Nicht, dass er Schwierigkeiten bekommt.«

Der Polizist setzte sich wieder gerade und blickte nach vorn. »Machen Sie sich keine Sorgen. Ihre Vermutung ist lediglich ein Hinweis, dem wir nachgehen müssen. In zehn Minuten wissen wir Genaueres.«

KAPITEL 20

Vlado lag im schaumlosen Wasser, seit Stunden. Ihm war kalt, und doch konnte er sich nicht aufraffen, aus der Wanne zu steigen. Er sah Ondrej vor sich und wie sie in einem Café saßen, sich die Karte schnappten und rätselten, was der Gegenüber für ein Getränk im Auge hatte. Und fast immer errieten sie die Gedanken des anderen. Jahre waren seitdem vergangen, Jahre, die sie entfremdet hatten, die sich Vlado von sich selbst entfremdet hatte.

Er betrachtete die gewellte Haut an den Händen und dachte über das nach, was ihm Petr erzählt hatte. Alena war als Kind missbraucht worden, von ihrem Bruder. Klar, dass sie den verleugnete. Und Vlado hatte ihrer bescheuerten Mutter den Lolita-Blödsinn geglaubt.

Alena hatte mit Ondrej das Glück gefunden. Es schmerzte, wenn er daran dachte und doch würde er lernen müssen, damit zu leben. Welche andere Möglichkeit blieb ihm denn sonst? Er konnte Alena nicht zwingen, bei ihm zu bleiben. Sie liebte ihn nicht, hatte ihn nie geliebt, das war ihm jetzt klar geworden. Und nach all dem, was geschehen war, würde sie ihn auch nie lieben lernen. Zudem wollte er Ondrej nicht als Freund verlieren, wenn er nach all dem überhaupt noch sein Freund war. Vlado beobachtete, wie sich am Wasserhahn ein Tropfen sammelte, auf sein Knie platschte und fragte sich, ob er nicht doch um Alena kämpfen sollte. Er könnte ihr von Ondrejs schlechten Seiten erzählen und ihn in ein anderes Licht rücken, vielleicht mit einer Lüge. *Verdammt!* Er klopfte sich gegen die Stirn, diese Gedanken waren widerlich.

Du blödes, selbstgerechtes Machoschwein! Petr hatte nicht unrecht, auch das musste er sich eingestehen. Ihn schüttelte es, wobei Wasser aus der Wanne schwappte und auf den Fliesenboden plätscherte. Wie er sich ekelte vor dem, was aus ihm geworden war. Sein lieber Papa hatte daran großen Anteil. Bei dem zählte nur das Geld. Geld war etwas Handfestes, da konnte man gern Werte zertreten, es mit der Ehrlichkeit nicht so genau nehmen, so wurde es Vlado vorgelebt, eingebläut.

Er stieg aus der Wanne und trocknete sich mit der getragenen Jeans ab. Es war weit nach Mitternacht, ob er Ondrej jetzt noch anrufen und sich mit ihm aussprechen sollte?

Und wenn Alena bei ihm war? Der Gedanke stach im Herzen, und ihm wurde schlecht davon. Verlieren war nicht seine Stärke.

Es half nichts, da musste er durch. Ondrej konnte sie glücklich machen, und er würde dem nicht im Weg stehen, das nahm er sich vor.

Er stapfte ins Schlafzimmer, kramte aus dem Schrank etwas zum Anziehen und trat sich einen Glassplitter in den Zeh. Mit den Klamotten auf dem Arm sank er auf das Sofa und betrachtete den hervorquellenden Blutstropfen.

Lag sein Leben in Scherben wie die Vitrine? Die Trophäen hatten nichts abbekommen, die Holzkatze war vielleicht ein bisschen verkratzt. Es war nicht alles verloren. Da entdeckte er zwischen den Scherben die Schatulle und den Ring.

Vlado zog sich an, sammelte Alenas Geschenk auf und spielte damit.

Als Scheinwerfer durch das Schlafzimmer schwenkten, steckte er den Ring ein. Er hörte, wie ein Auto die Geschwindigkeit verringerte und vor dem Haus stehen blieb. Wer könnte das um diese Zeit sein? Er ging zum Fenster und schob die Vorhänge beiseite.

Die Polizei!

Petr stieg aus und begleitete zwei Polizisten zur Eingangstür. Hatte er ihn etwa angezeigt wegen der

Schläge? Warum erst jetzt?

Vlado ließ es zweimal klingeln, dann machte er auf.

Schnell stellte sich heraus, dass er nichts mit dem Überfall und der Entführung zu tun hatte. »Ich komme mit, vielleicht kann ich helfen.«

Die Polizisten hatten nichts dagegen, und so machten sie sich auf die Suche nach Alena.

Es war Vlado unangenehm, dass er neben Petr auf der Rückbank saß und der ihn ignorierte. »Tut es noch weh?«

Petr sah zu ihm, Vlado tippte auf seine Oberlippe, Petr murmelte ein »Nein« und wandte sich wieder ab.

Der Funk rauschte, die Polizistin forderte Verstärkung an. Vlado sah auf Petrs Steinarmband und erinnerte sich, wie er Magdalenas Geschenk abgewertet und sich über Petrs Freundin lustig gemacht hatte. Er holte den Ring hervor und hielt ihn Petr vor die Nase.

»Ich hab keinen Hunger.«

»Schenk ihn Magdalena.«

»Ach? Soll die ihn ›fressen‹, damit sie was auf die Knochen bekommt?« Petr schaute wieder zum Fenster hinaus, während der Polizist seine Kollegen am Funk anwies.

»Hey, es war wirklich nicht so gemeint.« Als Petr nicht reagierte, stupste Vlado ihn in die Seite. »Jetzt nimm schon. Du musst ihr ja nicht auf die Nase binden, dass er von mir ist.«

»Nein«, murmelte Petr, »behalt dein Zeug.«

Vlado kurbelte das Fenster einen Spalt weit herunter. »Dann werfe ich ihn hinaus.«

Petr sah herüber und zuckte mit den Schultern. »Mir egal.«

»Hey, Petr, ich weiß, dass ich Mist gebaut hab. Es tut mir ehrlich leid. Ich werde mich bessern, versprochen. Nimm den Ring, um unserer Freundschaft willen, sozusagen als kleine Entschuldigung.«

Petr zögerte einen Moment, Vlado drückte ihm den Ring in die Hand. »Er wird nicht passen.«

»Ich hab da einen Kumpel, der kann ihn verkleinern.«

Petr überlegte, dann steckte er den Ring ein. »Danke«, murmelte er.

Vlado ertappte sich bei dem Gedanken, dass er sich wünschte, Alena möge diese Entführung nicht überleben, und ihm wurde erneut bewusst, welch langen Weg er noch vor sich hatte zu einem besseren Menschen. »Und Ondrej ist nicht so schlimm verletzt, sagst du?«

»Oberflächliche Kopfverletzung.« Petr gab noch immer nur knappe Antworten, sah weiter zum Fenster hinaus und Vlado merkte, wie viel ihm diese Freundschaft bedeutete. Mehr als ihm bisher bewusst gewesen war.

»Aber wenn ihr nicht dazugekommen wärt?«

»Dann hätte es schlimm enden können.«

Vlado überlegte einen Moment, dann hielt er ihm die Hand entgegen. Petr blickte etwas irritiert.

»Wenn ich einmal in Lebensgefahr sein sollte«, sagte Vlado, »dann hoffe ich darauf, dass du in der Nähe bist.«

Petr lächelte und schüttelte zögerlich Vlados Hand. Petrs Gesichtsausdruck erinnerte Vlado an den Vortag. Daran, wie Petr im Auto gesessen hatte, am Bahnhofsvorplatz. Er hatte ein gutes Herz, und Vlado tat es leid, dass er ihn nur ausgenutzt hatte, und Petr ihn zudem nach Viska hatte chauffieren müssen.

Plötzlich fiel Vlado ein, was er Alena hätte ausrichten sollen: *Dass sie ihre gerechte Strafe bekommen wird.*

Natürlich! Die Mutter hatte ihre Finger im Spiel!

»Ich hab da einen Verdacht.« Und so erzählte Vlado von dem Gespräch mit Alenas Mutter.

Alena hielt die Augen geschlossen, alles drehte sich. Schmerzen überall. War die Nase gebrochen? Etwas drückte gegen den Bauch und sie hing mit dem Kopf nach unten, der mit jeder Bewegung gegen etwas Weiches wippte. Das Blut rauschte in den Ohren. Sie spürte die Beine nicht. Waren sie taub, eingeschlafen? Sie blinzelte und kniff die Augen zusammen, woraufhin es in den Schläfen stach. *Wo bin ich?* Wieder blinzelte sie und erkannte eine Gesäßtasche, dann ein kariertes Hemd, das auf ihrer Nasenhöhe mit Blut befleckt war. Jemand trug sie auf der Schulter, und sie spürte seinen Arm um ihre Kniekehlen. Das feuchte Pflaster rauschte unter ihr davon. *Ondrej?* Nein, sein Bein war verdreht, er konnte ja kaum gehen.

Da, an der Seite, ein Messer! Flaumfedern klebten daran. Und Blut?

Was war passiert? Sie hatte Ondrej gestützt. Bei der Treppe zum Wohnheim hörte sie schnelle Schritte hinter sich. Sie drehte sich um, und bevor sie den Angreifer erkennen konnte, hatte er sie bewusstlos geschlagen.

»Ondrej«, murmelte sie. Was war mit ihm?

Der Entführer blieb stehen. »Ondrej?«, schnaufte er.

Woher kannte sie nur diese Stimme? »Lass mich runter!« Sie ballte die Hände zu Fäusten, so gut es ging, und klopfte kraftlos gegen seinen Rücken.

»Du blöde Schlampe!« Diese Stimme ... woher? Und wenn sie das Messer zu fassen bekäme?

»Du verarschst mich nicht noch einmal.« Er lief weiter.

»Lass mich!« Ihre Arme baumelten umher, als wären die Sehnen durchschnitten worden. Sie spannte den Nacken an und zog den Kopf hoch, um nicht immerzu mit der Nase gegen seinen Rücken zu schlagen. Du elendes Schwein, dachte sie und zappelte leicht mit den Beinen, das

Gefühl kehrte zurück, und etwas Kraft, auch in die Hände. Sie fasste nach dem Messer. Doch bevor sie es in den Griff bekam, ließ er sie von der Schulter rutschen. Sie setzte am Asphalt auf, ihre Beine gaben nach und sie sackte auf die Knie. Zwischen ihren Händen lag ein Kieselstein. Ein Blick zur Seite, auf seine Turnschuhe. Das Rot war verdreckt und ausgebleicht, Grashalme hingen daran. Sie sah weiter zu ihm auf. Die alte Hose mit den Harzflecken kam ihr bekannt vor. Ein ausgeleiertes Hemd, und schon wusste sie, wer er war, noch bevor sie ihm ins Gesicht gesehen hatte: Martin. Der Förstergehilfe.

Sie erinnerte sich an seinen einparfümierten Brief, an den Traum, den er damit hervorgerufen hatte, an die Situation im Park, wo sie auf Vlados Schoß gesessen und Martin vor der Bank gestanden hatte, bis ihn Vlado davonjagte.

Er sah sie an, hasserfüllt. Seine Nasenflügel bebten, und seine Locken standen ihm wirr vor den Augen. Sie strich über ihre Oberlippe und zuckte schmerzgerührt zusammen.

»Was hab ich dir getan?«, wimmerte sie und starrte auf den Finger mit den getrockneten Blutresten. »Was willst du?«

»Was ich will?« Er trat ihr in die Seite, dass sie umkippte und mit dem Rücken gegen die Mauer stieß. Sie stöhnte auf, fasste nach dem Kieselstein und warf ihn gegen sein Bein. Er stampfte ihr auf die Taille.

»Hör auf damit!« Sie rollte sich zusammen, während sie das Gefühl hatte, sich jeden Moment übergeben zu müssen. Er ging einen Schritt zurück, holte mit dem Fuß aus und trat ihr in die Seite, zweimal, dann verlor sie das Bewusstsein.

Havel schlich die Seitengasse entlang, konnte nicht sagen, was ihn eigentlich trieb. Neugier? Das Gewissen? Was konnte er schon tun?

Von Weitem sah er die türkisfarbene Brücke.

Dass sie die in der Nacht so ausleuchten? Dafür haben sie Geld, und unsereins muss sich allein durchs Leben schlagen, dachte er, als er eine Stimme hörte.

»Du blöde Schlampe!«

Havel ging langsamer. Da waren sie, da vorn. Er konnte die Umrisse des Mannes ausmachen und blieb stehen. Die Frau lag auf dem Boden, und er trat auf sie ein.

Der spinnt doch, der bringt sie noch um. Was soll ich machen? Warum musste ich ihnen auch nachgehen, ich Trottel?

Wieder trat der Verrückte in die Seite der Frau, die sich nicht regte. War sie tot?

Hör auf, wollte Havel schreien, aber das könnte böse enden für ihn. Er duckte sich, ging drei Schritte rückwärts.

Ein Kieselstein schleifte unter seinen Schuhen. Der Verrückte blickte in seine Richtung. Jetzt bloß keine Bewegung. Havel schluckte. Gott sei Dank, er hatte ihn nicht gesehen.

Der Mann zog die Frau hoch, packte sie auf seine Schulter und ging weiter Richtung Brücke.

Das mit dem Verfolgen spare ich mir, dachte Havel. Die Polizei verständigen, das wäre das Gescheiteste. *Aber die glauben mir kein Wort.*

Havel knabberte an seinen Fingernägeln und spuckte den Dreckgeschmack gegen die Gassenmauer. *Ach Scheiße Mann, es ist mir egal, es hätte mir vorhin schon egal sein müssen. Die Welt ist schlecht und ich kann es nicht ändern, basta.*

Er schlenderte zurück zu seinem Lumpenhimmelbett und wollte im Gehen die Gedanken abschütteln, das Ganze vergessen.

Die Papierknäuel lagen verstreut, ein Spiel des Windes,

und, was noch ärgerlicher war: Die Wodkaflasche war wieder umgekippt. Die Hälfte aus dem schlecht verschraubten Verschluss gesickert. *Na toll!* Havel trat gegen den Container, da wischte blaues Licht am Stahl und der Mauer vorüber, und noch einmal. Er sah sich um. Ein Polizeiwagen stand am Ende der Gasse und ein Mann kam auf ihn zugelaufen, der nicht aussah wie ein Polizist.

»Hey, du da!«
»Wer sind Sie? Was wollen Sie von mir?«
»Eine Frau ist entführt worden!«

☾

Alena lag auf dem Boden, bäuchlings. Der Schmerz pochte im Kopf und im Bauch. Kühle Luft kitzelte ihre Stirn, auch den Hals. Es rauschte unter ihr. Quälend langsam öffnete sie die Augen, es dauerte, bis sie sich an das Licht gewöhnten. Die Welt drehte sich, Alena wusste nicht, wo oben und unten war, dann ließ der Schwindel nach. Sie lag auf Holzbohlen mit fingerdicken Spalten. Alena konnte durch die Schlitze einen Fluss erkennen, die Apolena, und dass sich Laternenlicht im Wasserstrom reflektierte. Ein Krampf im Daumen, Alena spreizte die Finger. Splitt rieb an ihrer Haut, brannte. Was war passiert? Alena sah auf, starrte auf das Geländer und entdeckte einen Kaugummi, der an dem Stahl klebte. In der Ferne heulte eine Polizeisirene. Dann hörte Alena ein Geräusch am Ende der Brücke. Da! Eine Gestalt. *Martin?* Er kam schnell näher. Sie legte den Kopf ab und stellte sich bewusstlos. Der Brückenboden vibrierte unter seinen Schritten.

»Komm jetzt! Steh endlich auf!«

Alena wagte nicht, sich zu bewegen. Er blieb vor ihr stehen, sie konnte es am Knirschen des Splitts hören.

»Hörst du schlecht?« Er trat ihr auf die Finger, nicht mit

dem ganzen Gewicht, und sie schrie.

»Steh auf!«

Alena hob langsam den Kopf. Er fühlte sich an, als wäre er mit kiloschweren Gedanken gefüllt.

»Was hast du vor?«

»Das fragst du noch?« Er ging in die Hocke, seine Knochen knackten. Alena drehte sich weg, da spürte sie seine Hand in ihren Haaren. Er riss ihren Kopf hoch, drehte ihr Gesicht zu sich. Fauliger Atem schlug ihr entgegen. Wie er sie anstierte. Der Hass in seinen Augen. Sie fragte sich, was sie ihm nur angetan hatte.

Alena wandte den Blick ab und sah an ihm vorbei. Die Polizeisirenen kamen näher.

»Schau mich an«, spie er ihr regelrecht zu. Speicheltröpfchen kribbelten an ihren Wangen. »Und präg dir mein Gesicht gut ein.« Er zog den Griff fester und Alena konnte spüren, wie sich Haare von der Kopfhaut lösten. Sie musste die Zähne zusammenbeißen. Tränen trieben ihr in die Augen. »Bitte … hör auf damit …«

»Ja. Winsle nur!« Er ließ los, und Alena spannte die Nackenmuskeln an, mit letzter Kraft, konnte so verhindern, dass sie ungebremst mit dem Kinn aufschlug. Sie zog den Arm zurück, bettete den Kopf darauf und hoffte, dass die Polizei nach ihr suchen würde.

»Steh auf«, knurrte Martin und stieß mit der Schuhspitze gegen ihre Schulter.

»Ich hab dir doch …«

»Halt die Fresse, Schlampe!«

Alena wollte sich aufraffen, aber es ging nicht. Kein Gefühl im Körper, keine Kraft.

»Hörst du schlecht? Aufstehen!«

»Bitte tu mir nichts.«

»Hattest du Mitleid, als ich fast ersoffen wäre?«

»Was meinst du?«

»Ach, leck mich!«

»Martin, du ...« Alena musste husten, etwas kam die Speiseröhre hoch, sie schluckte es zurück. »... du machst es nur noch schlimmer.«

»Um so besser!« Er trat ihr in die Seite, heftig. Wieder kam etwas hoch, wellenartig. Alena erbrach die halb verdauten Gemüsenudeln und spuckte den bitteren Geschmack auf die zerkauten Erbsen. Bevor sie den Kopf ins Erbrochene sinken lassen musste, packte er sie unter den Achseln und zog sie hoch. Sollte sie ihm das Messer entreißen und in seinen Bauch rammen? Nein. Ihn mit dem Messer bedrohen, auf Distanz halten? Ihr fehlte die Kraft. Sie konnte sich nicht einmal auf den Beinen halten. Er lehnte sie an das Geländer, der Kaugummi verfing sich in ihren Haaren.

»Alles hätte ich für dich getan. Alles! Aber du hurst durch die Gegend und demütigst mich. Über meinen Brief hast du dich bestimmt lustig gemacht.«

»Martin, bitte. Ich ...«

»Halt die Fresse, hab ich gesagt.« Er presste sie an das Geländer. Eine Sprosse drückte gegen ihre schmerzenden Rippen, sie biss sich auf die Lippen, unterdrückte den Schrei. In einiger Entfernung kreiselte blaues Licht durch die Dunkelheit, begleitet von dem Sirenengeheul. Er fuhr ihr mit einer Hand zwischen die Beine und hob sie an. Sie presste die Schenkel um seinen Arm, ihre Füße verloren den Halt. Sie um-klammerte das Geländer, wollte sich wehren, erfolglos. Sie wollte leben. Mit Ondrej! Sie schlug mit dem Fuß aus, traf Martin, vielleicht am Oberschenkel. Er gab keinen Ton von sich, als hätte er es gar nicht registriert. Wieder schlug sie aus, so fest es ging, und zappelte ein wenig.

»Denkst du, das hilft dir was? Bist doch nicht so schlau.« Er lachte und schob sie noch ein Stück weiter hoch. Gleich würde er sie übers Geländer werfen. Es war ihr nun egal, sie wollte nur noch Ruhe haben. Sie sah auf den Felsen, der aus der Apolena ragte, und entschwand in ihre Märchenwelt, wie damals, bei Milan.

Martins Gebrabbel holte sie aus ihren Gedanken zurück. Er murmelte etwas von Ondrej, dass er ihm den Kopf eingeschlagen hatte, mit Freude, und er daran bestimmt verrecken würde.

Ondrej? Tot? Ihre Muskeln spannten sich. Von Hassgefühlen angepeitscht schlug sie mit dem Ellenbogen nach hinten, und traf Martin ins Gesicht.

Er stöhnte auf, ließ etwas lockerer. Sie konnte den Polizeiwagen erkennen, der angebraust kam, da versetzte ihr Martin einen Schlag in den Rücken. Sie steckte es weg, wand sich um ihn und bekam sein Messer zu fassen. Er ließ sie los, sie kam zum Stehen, wischte mit dem Messer nach ihm und streifte seinen Oberarm.

»Du Biest!« Er setzte drei Schritte zur Seite.

»Komm mir ja nicht mehr zu nahe!« Von Bauchschmerzen gebeugt stand sie da und hielt das Messer hoch erhoben.

Martin hielt sich die Wunde zu, Blut quoll zwischen den Fingern hervor und er starrte auf einen Fleck am Boden hinter Alena. Darauf würde sie nicht hereinfallen.

Sie behielt ihn im Auge. Die Polizei war gleich da. Noch ein paar Sekunden.

Er sah sie an, sie konnte förmlich spüren, wie es in ihm rumorte.

»Bleib ja, wo du bist!« Sie trat zurück, da brüllte er sie an, stampfte einen schnellen Schritt nach vorn. Erschrocken setzte sie nach hinten, rutschte auf dem Erbrochenen aus und kam auf dem Rücken zum Liegen. Das Messer fiel ihr aus der Hand und blieb mit der Klinge in einer Spalte stecken.

Reifen knirschten, Autotüren wurden zugeschlagen.

»Hände hoch!«, rief ein Mann und Alena sah auf Martin. Er rannte an ihr vorbei zu dem Messer. Sie fasste nach seinem Fuß, wollte ihn zu Fall bringen.

Vergeblich.

»Bleiben Sie stehen!«, rief der Polizist.

Alena versuchte, aufzustehen. Es ging nicht. Sie sah Martin, wie er zum Messer stürzte.

»Ich will Ihre Hände sehen!« Schritte näherten sich. Es ist vorbei, dachte sie, es ist vorbei. Da drehte sich Martin zu ihr um, mit dem Messer in der Hand. Sie nahm verschwommen wahr, dass er sich zu ihr rollte. Ein Schuss ertönte, das Stahlgeländer klirrte. Martin war über ihr, Licht reflektierte an der Klinge, die über ihrer Brust schwebte. Ein zweiter Schuss, er stöhnte auf, während Blut in ihr Gesicht spritzte. Martins Oberkörper wankte, dann ließ er sich auf Alena fallen und drückte mit seinem Gewicht das Messer in ihre Brust.

KAPITEL 21

Alena fühlte sich wolkenleicht und sah sich einem schreienden Baby gegenüber in einem dunklen Zimmer. Sie wusste im nächsten Moment, dass sie das Baby war, keine fünf Wochen alt und dass das Leben an ihr nun vorüberzog.

Die Tür ging auf. Ihr Papa kam herein und nahm das Baby aus der Wiege. »Alena, mein kleiner Engel, hab keine Angst«, flüsterte er, und es hörte auf zu schreien. Er drehte sich mit dem Baby, dann stand er auf einer Wiese.

»Einen Schritt nach links!«, rief die Mutter und knipste mit dem Fotoapparat das Bild, das eingerahmt auf Alenas Nachttisch stand. Sie lehnte eine Zeichnung dagegen, die sie mit ihren acht Jahren zeigte, Hand in Hand mit ihrem Bruder.

Fließendes Wasser war zu hören. »Komm schon, sonst ist der Schaum alle«, rief Milan.

Sie schlüpfte aus seinem schwarz-gelben Lieblingsshirt und ließ es im Flur zurück. Er stand vor dem Spiegel und knackte einen Pickel. Sie plumpste ins Wasser.

»Hey«, sagte er, »nicht so stürmisch.« Er ging vor der Wanne in die Knie, formte aus dem Schaum eine Kugel und legte sie auf Alenas Kopf. »Für meine Prinzessin!«

Sie juchzte und sah ihn mit großen Augen an. »Spielen wir noch Verstecken?«

»Ist doch schon so spät.«

»Bitte, bitte!«

»Na gut.«

»Juhu!«

Er schrubbte sie ab, dann stieg sie aus der Wanne und ließ sich von ihm mit einem Handtuch trocken rubbeln.

Sie hob den Badteppich mit der Zehenspitze. »Hier drunter verstecke ich mich.«

»Zieh dir erst etwas über«, sagte Milan lächelnd und beugte sich zur ihr hinunter.

Sie küsste seine Wange und hastete aus dem Bad.

»Ich bin so weit«, rief sie, fischte das Nachthemd unter der Bettdecke hervor und zog es sich an. Die Zeichnung rutschte von dem eingerahmten Foto und blieb auf dem Teppich neben einem der Bettpfosten liegen. Milan ließ sich von ihr mit dem Gesicht zur Wand in die hinterste Ecke postieren.

Die Tür fiel ins Schloss, er begann zu zählen: »... neunzehn, zwanzig. Ich komme!«

Mit gespielt tiefer Stimme und Furcht einflößendem Schnauben näherte er sich ihren Lieblingsverstecken. »Alena, ich finde dich, ich finde dich!«

Er stampfte in sein Zimmer, schnüffelte in die Luft und ahmte das Grollen eines ausgehungerten Wolfes nach. »Gleich hab ich dich, dann fress ich dich.«

In seinem Kleiderschrank war sie nicht zu finden, nicht unter seinem Bett und auch nicht im Bad. Aus dem Wäschekorb hingen Klamotten, der Schaum in der Wanne knisterte. Milan blieb vor dem beschlagenen Spiegel stehen. Er wischte sein Spiegelbild frei.

»Alena!«, brummte er und schnitt sich selbst Grimassen. »Gleich hab ich dich, dann fress ich dich«, grollte er. »Alena, Alena.« Seine Stimme wurde weicher, sein Blick nachdenklicher. »Alena«, flüsterte er, drückte die Nase an den Spiegel und starrte in seine Augen.

»Alena«, hauchte er. Sein Atem beschlug die Scheibe. Er befeuchtete die Lippen und küsste das Glas.

Die Tür zum Wohnzimmer zog er einen Spalt weit auf. Papa lag auf der Couch und mampfte Chips. Die Mutter strickte an Socken.

»Hat sie sich hier versteckt? Oder bei euch im Schlafzimmer?«

»Hier ist sie nicht durchgekommen«, sagte der Vater.

Die Mutter schnaufte einmal kräftig durch, ließ die Hände mit den Stricksachen in den Schoß sinken und deutete in die Küche. »Sie gehört schon längst ins Bett.«

Milan pirschte ins Esszimmer, verrückte Stühle, klopfte gegen die Schrankwände. »Gleich hab ich dich, dann fress ich dich.«

Vor der Speisekammer blieb er stehen. »Alena, ich finde dich, ich finde dich!«, schnaubte er und kratzte am Holzrahmen. »Gleich hab ich dich, dann fresse ich dich.«

Er riss die Tür auf. Alena drückte beide Arme gegen die Brust, wich zurück, ein Aufschrei.

»Ruhe jetzt!«, rief die Mutter, und Alena versuchte, mit der Hand das Kichern zu dämpfen. Milan drückte sie, dann hüpfte Alena ins Wohnzimmer und ritt auf Papas Schultern ins Kinderzimmer, während Milan unbeobachtet an der Tür lauschte.

Papa überraschte sie mit einem Stoffmond, den er unter ihrem Bett versteckt hatte. Sie drückte ihn an sich und lauschte seiner Geschichte von der Sonnenprinzessin, bis sie die Augen nicht mehr offen halten konnte. Er löschte das Licht und zog die Tür leise hinter sich zu.

Alena schreckte aus dem Schlaf. Die Klinke wurde niedergedrückt. Milan schlich herein und schlüpfte zu ihr unter die Decke.

»Bitte nicht.«

»Jetzt hab dich nicht so.« Er hielt sie an den Handgelenken fest, presste stoßweise Luft aus seinem Mund, dann ließ er von ihr ab, und sie blieb allein zurück.

Sie löste sich aus dem Bett und schlich ins Bad, verrieb die Seife am Körper. Dann kleidete sich Alena an, setzte sich in die Küche und stierte vor sich hin. Immer wieder, Endlosschleife.

Auf dem Tisch lag die Tageszeitung, brannte eine Kerze.

»Hörst du schlecht? Alena? Such mir den Artikel heraus.« Die Mutter ließ die Tasse in das Spülwasser fallen, rieb sich die Hände an ihrem Rollkragen-pullover ab. »Na gut, dann suche ich ihn mir selbst.« Sie beugte sich über die Kerze zur Zeitung. Der Pullover fing Feuer. Geschrei.

Papa schlug mit einem Lappen auf die Flammen ein. Der Arzt nahm die Mutter mit, Papa begleitete sie. Am Küchenboden blieb der halb verbrannte Pullover zurück, während Milan Alena ins Kinderzimmer zerrte. »Jetzt sind wir ungestört.«

Sie robbte aus dem Bett, drückte den Rücken fest gegen die Heizkörperrippen und den Stoffmond an die Brust. Sie biss auf die Unterlippe. Blut sammelte sich an ihrem Kinn zu einem großen Tropfen, der auf den Dielenboden platschte, als sie aufstand und ins Bad schlich.

Sie rieb eine Seife an der Haut klein und setzte sich im Nachthemd vor das Fenster. Die Sonne ging auf, ging unter, auf, unter. Jemand klopfte an die Tür. Mutter. »Magst du Milan nicht zum Geburtstag gratulieren?« Wenig später zog sie die Tür auf: »Komm endlich! Die Smutkover Oma ist auch da.«

Alena ließ sich von der Babischka drücken.

»Hier, für dich.« Ein gläsernes Reh lag auf der verfurchten Hand. Alena verabschiedete sich von ihrer Oma und ließ sich auf die Wohnzimmercouch sinken. Vor sich ein Stück Nusssahne.

»Iss endlich auf«, schalt die Mutter im Vorbeigehen. »Und dann spül das Geschirr in der Küche ab. Mach dich endlich nützlich.«

Papa setzte sich neben Alena. »Wir essen jetzt die Torte gemeinsam, okay?« Und im Flüsterton fügte er an: »So schlecht schmeckt die nicht, hab selbst fünf Stück davon gegessen.«

Ein Stückchen fiel ihm von der Gabel und hinterließ

einen Fettfleck auf seiner Pantolette.

Alena räumte das Geschirr ab, der Vater legte sich auf die Couch und jammerte über sein Bauchweh. Die Mutter legte eine Frauenzeitschrift auf den Tisch. »Bring sie später raus«, bat sie ihn. Sie sahen sich die Spätnachrichten an, dann ging die Mutter ins Bett. Der Vater schlenderte in den dunklen Gang, wollte sich zu dem eisernen Zeitungsständer bücken und legte die Zeitschrift neben dem Telefon ab, als er auf eine fiebrige Stimme aus dem Kinderzimmer aufmerksam wurde.

Alena wälzte sich im Bett. »Nicht … nicht …«

Er schloss die Kinderzimmertür hinter sich, schlich zu ihr ans Bett und weckte sie. »Du hast nur schlecht geträumt.«

»Bitte bleib.«

»Aber Kind, ich bin hundemüde und muss unbedingt aufs Klo.«

»Bitte bleib. Nur solange, bis ich wieder eingeschlafen bin.«

»Na gut«, seufzte er und setzte sich. Der Hosenbund schnitt sich in seinen Bauch. Er stand auf, öffnete die obersten Knöpfe der Jeans und atmete kräftig durch. Dann ließ er sich auf dem Bettrand nieder und stützte den Kopf auf den Händen ab. Die Augen fielen ihm zu.

Alena stieg aus dem Bett, holte sich den Stoffmond, säuberte mit Taschentuch und Spucke den Dielenboden von dem Blutstropfen und schlüpfte wieder unter die Decke.

Stimmen aus dem Flur.

Der Vater stand auf und nestelte an seinem Hosenbund. Die Mutter kam zur Tür herein, hinter ihr Milan. Seine Gedanken verrieten, dass er auf Papa eifersüchtig war.

»Arschloch!«

Alena blieb so lange unter dem Bett versteckt, bis die

Mutter sie mit blutverschmierten Händen an den Haaren hervorzog, dann auf sie eintrat. Alena kauerte sich in eine Ecke, dann brachte ein Sanitäter sie ins Krankenhaus.

»Das tut jetzt ein bisschen weh«, sagte der Doktor und nähte die klaffende Wunde an der rechten Augenbraue.

Vor dem Arztzimmer wartete ihre Babischka. Sie nahm Alena an der Hand und zeigte ihr ein neues Zimmer, eine neue Heimat: Smutkov.

»Ich bin die Magdalena.« Das Mädchen aus der Nachbarschaft warf Alena einen Plastikball zu. »Magst du spielen?«

Sie verstaute den Ball in einer Schublade ihres Kleiderschranks. Sie standen in der gemeinsamen Wohnung des Studentenwohnheims. »Und ich erinnere mich noch, wie ich ihn dir zugeworfen hab«, sagte Magdalena, »und du ihn nicht gefangen hast.«

Sie setzten sich in die Küche. Alena erzählte von Vlado, dann von Martin, von dem Überfall, von Ondrej. Alena saß Ondrej beim Früh-stücken im Café gegenüber, und sie diskutierten über den blinden Jakob und dessen Nahtoderfahrung.

»Dann denk ja nichts Falsches«, drohte Alena.

»Das Geheimnis kann ich dir schon verraten.« Ondrej machte eine kleine Pause und sagte dann: »Ich denke mir, dass ich dich gut leiden kann.« Und ich manchmal wach liege, weil ich nicht schlafen kann und an dich denken muss, dachte er weiter, ohne es auszusprechen.

Sie spazierten aus dem Atelier, aus Smutkov und im Mondlichtdunkel einer Bahnstrecke entlang. Alena entfernte sich von Ondrej, marschierte auf dem Gleis einem Zug entgegen. Ondrej rettete sich mit ihr auf die andere Seite.

Martin schlitzte das Kissen auf, folgte ihnen und schlug Ondrej vor dem Studentenwohnheim mit einer

Eisenstange nieder. Alena versetzte er einen Faustschlag und trug sie bis zur Brücke. Die Polizei wollte ihn stellen. Zwei Schüsse fielen, einer traf Martin in die Schulter, er stach auf Alena ein. Eine Blutlache bildete sich am Brückenboden.

Vlado stürmte auf ihn zu, Martin raffte sich auf, sein Messerstich ging ins Leere. Er bekam einen Fausthieb ins Gesicht, einen Tritt in den Bauch und stürzte über das Geländer. Die Apolena riss Martin mit sich. Er ruderte wild mit den Armen, bis er an einem aus dem Wasser ragenden Felsen prallte und mit dem Kopf nach unten verschwand.

Alena schwebte über der Brücke und beobachtete, wie die Sanitäter ihren Körper in einen Krankenwagen schafften, dann wurde sie von einem warmen Gefühl geflutet und von einem Lichtstrudel eingezogen, der sich über ihr geöffnet hatte.

☾

»Kann ich zu Alena?«, fragte Ondrej die Krankenschwester, die sein Bett frisch bezogen hatte.

»Ich bring dich hin.«

Er prüfte den Kopfverband, packte die Krücken und verließ mit der Krankenschwester sein Zimmer. Am Ende des Flurs saßen Magdalena und Petr. Sie war nach vorn gebeugt, das Gesicht hatte sie mit den Händen bedeckt. Er rieb ihren Rücken und nickte Ondrej zu. Jeden Tag kamen die beiden und hielten vor Alenas Zimmer Wache, zwei Wochen schon. Die Tür vor ihnen ging auf, Alenas Babischka kam heraus, sie hatte einen Rosenkranz um die Hand gewickelt. Ondrej grüßte die drei und fragte nach Vlado.

»Der holt Kaffee«, antwortete Petr.

Die Krankenschwester hielt die Tür auf, Ondrej

humpelte hinein.

Die Tür klackte hinter ihm ins Schloss und er blieb einen Moment stehen, lauschte den Schritten im Flur nach, dem Gemurmel von Magdalena und der Oma, dann der Stille im Raum.

Ob Alena jemals wieder erwachen würde? Er konnte fühlen, dass es schlecht um sie stand, wenn er sich mit der Krankenschwester oder mit Dr. Svoboda unterhielt. Sie mühten sich um Zuversicht, doch ihre Mimik wollte diese nicht teilen.

Alenas Bettwäsche hatten sie von Blau auf Grün gewechselt, den Urinbeutel geleert. Sie lag in dem Bett, den Blick unverändert starr zur Decke gerichtet. Die Infusionsschläuche liefen in das Portsystem, das man im oberen Brustkorbbereich angelegt hatte. Dahinter stand der Überwachungsmonitor wie ein aufgestellter Posten.

Ondrej lehnte seine Krücken an die Schrankseite, sah zu dem Kreuz, das über Alenas Bett aufgehängt war und kramte aus der Seitentasche seiner Trainingsjacke ein Stoffküken. Er humpelte zum Nachtkästchen, auf dem ein Roman lag, stellte es neben das Bild von Alenas Vater und zog sich einen Stuhl ans Bett, setzte sich.

Die Tür ging auf. »Hallo Ondrej.« Die Stimme des Doktors.

»Hallo Herr Doktor«, erwiderte er. Der Arzt stellte sich neben ihn. Ondrej sah zu ihm hoch. Mit besorgter Miene sah er auf den Überwachungsmonitor, beugte sich über Alena und befühlte ihre Stirn.

»Kommt sie durch?« Es war nur ein Flüstern. Dr. Svoboda legte eine Hand auf Ondrejs Schultern. »Beten Sie, junger Mann. Beten Sie für Ihre Freundin«, sprach er leise und verließ den Raum. Die Medizin war an ihre Grenzen gestoßen, man hoffte auf ein Wunder, so Ondrejs Eindruck. Tränen tropften von seinem Kinn und färbten das Laken dunkel.

Alena saß auf einer Felsenplatte, es dämmerte. In der Ferne nahm sie verschwommene, hell leuchtende Punkte wahr. Das grelle Licht, in das sie eingezogen worden war, hatte ihr die Augen geblendet, also rieb Alena sie, zerrieb die Eindrücke und gewöhnte sich bald an das vorherrschende Halbdunkel. Flammen loderten an den Rändern des Horizonts, das konnte sie nun deutlich erkennen. Es roch nach versengtem Fleisch, ein wenig.

Sie stützte sich nach hinten ab und grübelte, ob der Himmel aus Stein beschaffen war. Viele Hundert Meter über ihr hing ein Stalaktit, so schien es jedenfalls. *Merkwürdiger Ort. Für eine Höhle zu groß.*

War da Schlamm, da vorn an der Felsenplatte? Sie fühlte sich an ihre Albträume erinnert, an die Wiese, die in Sekundenschnelle im Morast versank. Sie schnellte nach vorn, schaute sich hektisch nach allen Seiten um und horchte angespannt. Wo war er, der Werwolf? Spähten flimmernde Augen nach ihr? War da ein Grollen?

An manchen Stellen gluckste der Morast, waberten Nebeldämpfe, ab und an ragten aus dunkler Erde Felsenplatten. Doch von der Bestie keine Spur. Das Zittern ließ nach, überraschend schnell.

Alena sah an sich hinab und strich den Leinenumhang glatt, der ihr bis zu den Knien reichte. Sie trug Mokassins und neben sich entdeckte sie den Stoffmond, ihren Tröster.

»Komm, Alena!« Es war ein Wispern.

Sie blickte auf und erkannte in der Ferne ein Glitzern.

»Komm zu mir! Komm nur! Hab keine Angst!«

Sie raffte sich auf und machte sich ohne den Stoffmond

auf den Weg. Mit jedem Schritt versank sie bis zum Knöchel im Schlamm. Mühsam zog sie einen Fuß heraus, begleitet von einem schmatzenden Geräusch, und setzte ihn vor den anderen. Die Feuer in der Ferne warfen unheimliche Schatten an den Granithorizont. Alena versuchte, sich nur noch auf das Glitzern zu konzentrieren und musste bald eine Verschnaufpause einlegen. Erst da hörte sie ein Glucksen und Gurgeln hinter sich.

Sie blickte sich um und sah zu, wie sich die Fußstapfen geräuschvoll mit schwarzem Sud füllten. Fetzen tauchten darin auf – und Alena erkannte darauf Bilder aus Papas Märchen. Den Wolkenpalast entdeckte sie, dort die Sonnenprinzessin und da den Phönix Gennadij, die Klaue verhakt in einer schwarzen Spalte.

Die Bilder trieben eine Weile an der Oberfläche, bis die Farben verblassten, die Fetzen zerfaserten und sich Nebelflaum über den schwarzen Sud legte.

Ein Blick zurück zur Felsenplatte und zum Tröster. Der König des Lichts erschien an der Stelle, an der Alena eben noch gesessen hatte. Er hielt das Zepter unter der Armbeuge geklemmt und spielte mit dem Kinnbart, während er Alena mit einem nachdenklichen Blick taxierte.

Sie sah, wie das gelbe Fell des Trösters riss und der Stoffmond aufpellte. Ein Stückchen Sonne kullerte heraus, dem König vor die Füße. Alena schlug die Augen nieder, wandte sich ab und stapfte weiter dem Glitzern entgegen.

Da hörte sie die Stimme des Königs, die der Stimme ihres Papas zum Verwechseln ähnlich war. »Prinzessin, hast du nicht etwas vergessen?«

Sie ging erst langsamer, dann blieb sie stehen, ohne sich umzublicken. Ein Bild kam aus dem Nichts geflattert, schwang sich vor ihr auf. Es zeigte Ondrej, den Kopf bandagiert. Er saß vor ihrem Krankenbett mit einem goldumrandeten Buch auf dem Schoß. Auf dem

Nachttisch stand das Foto ihres Papas, davor ein Stoffküken.

Ondrej lebte! Eine Träne rann heiß ihre Wange hinab. Wie gern wäre sie bei ihm, würde ihm zuhören und sich von ihm berühren lassen. Sie streichelte das Bild. Es entflammte zu einem gleißenden Licht. Funken rieselten zu Boden, dann war nichts mehr davon übrig.

Wie ein Leben mit Ondrej ausgesehen hätte? Die Gedanken hinderten sie daran, vom Diesseits loszulassen. Es war Neugierde und – Liebe. Ja, Liebe war es, was sie fühlte.

So entschlossen sie zuvor marschiert war, so zögerlich ging sie jetzt.

Nach endlos langer Zeit trat sie auf ein Steinplateau. Sie schaute auf ihre Füße, auf die Mokassins, die völlig sauber waren, als wäre sie nie durch Schlamm gewatet.

»Ich grüße dich.«

Sie blickte erschrocken auf. Eine Gestalt stand vor ihr, in einem Mantel. Der Kopf war geneigt und die Kapuze so tief in das Gesicht gezogen, dass Alena nur ein knochiges Kinn erkennen konnte. Die Gestalt hatte eine Lanze gegen die Seite geklemmt, an den Ärmelrändern wucherten Schimmelflecken.

»Erbarme dich unser.«

»Vergib uns unsere Schuld.«

Woher kamen die Stimmen? Alena blickte seitlich an der Gestalt vorbei und sah einen Waggon mit einem Holzbalkenaufsatz, der einem hölzernen, viereckigen Käfig ähnelte. Vier Leute waren darin gefangen. Wie Alena trugen sie Umhänge aus Leinen und sie umklammerten die Balken. Alena trat einen Schritt zurück, sie wollte umkehren.

»Hab keine Angst!« Das war wieder die Stimme der Gestalt, so hell und klar, mit Singsang. Sie sog die Luft tief in sich ein und blies Alena glitzernden Atem entgegen. Ein betörender Jasmingeruch berieselte ihren Umhang.

»Das wird sie von dir fernhalten«, sagte die Gestalt.

Wer ist mit »sie« gemeint, wollte Alena wissen, doch der Wächter gab keine Antwort. Er deutete mit der Lanze auf den Waggon, schon fand sich Alena darin gefangen, einen Balken umklammernd.

Weitere Waggons waren an den ihren gekoppelt. Wie viele es waren, konnte sie nicht erkennen. In jedem Waggon umklammerten die Leute die Balken. Der kühle Wind frischte auf und der Mann rechts von ihr schnappte nach Luft, ging dann in die Knie. Ein Stahlseil war um seinen Hals gewickelt, zwischen den Zehen schlängelte sich ein Regenwurm. Alena machte einen Schweißfleck an seinem Umhang aus. Kein Jasmingeruch – er stank.

Die Frau daneben stellte sich auf die Zehenspitzen, streckte sich. An ihrem Ohrring baumelte ein Pentagramm. Als sie den Kopf in den Nacken legte, sah Alena, dass der Frau die Schädeldecke zertrümmert worden war.

Alena wandte sich um, sie fror. Der Mann auf der anderen Seite erinnerte mit seinem breiten Kreuz und den Muskeln an Vlado. Er war so groß, dass er mit der Stirn den Dachbalken antippen könnte, würde er sich auf die Zehenspitzen stellen. Der Mann neben Alena hatte seinen Kopf weggedreht, als würde er sich schämen. Sein Nacken schimmerte bläulich. Ertrunken? Er hatte irgendetwas Vertrautes an sich, und als er sich zu ihr umschaute, erkannte sie ihn.

»Papa«, juchzte sie. »Papa!«

Zwei Falten gruben sich über seine Wangen, Salzspuren schimmerten an den Rändern, und Alena wusste, dass es Tränen waren, die in all den Jahren diese beiden Furchen in sein Gesicht geschlagen hatten. Sein Unterkiefer zitterte, als er sie erblickte, dann lächelte er das Lächeln, das längst seine Augen erreicht hatte.

Alena hüpfte zu ihm, umschlang seinen Bauch und rieb ihren Kopf gegen seine Seite.

»Papa! Du hast mir gefehlt!«

»Du mir auch, Liebes, du mir auch«, flüsterte er, ohne den Mund zu bewegen. »Halt dich fest an mir.«

Ein Ruck, und die Waggons wurden in Fahrt gesetzt, schickten sich zur Eile an. Wohin die Reise auch gehen würde, Alena fühlte sich bei ihrem Papa in Sicherheit. Der Wächter auf dem Steinplateau wurde immer kleiner, bis er schließlich nicht mehr zu sehen war. Die Asche neben den Gleisen wirbelte auf, und mit einem Mal fühlte sich der Fahrtwind wie der Hitzehauch aus einem Glutofen an.

Alena sah zu Papa hoch, er hatte die Augen weit aufgerissen, sah sich fiebrig um. Er schnaufte aufgeregt, an seinem Arm schimmerte der Schweiß. »Egal, was passiert, halt dich fest und sieh nicht hin.«

Der Mann mit dem Stahlseil um den Hals krallte sich am Balken fest, Tränenrinnsale an seinen Wangen, Heulkrämpfe schüttelten ihn. Die Frau daneben kniff die Augen zusammen, lautstark flehte sie Gott um Vergebung an.

»Kommt nur, ihr Teufel, kommt nur«, brüllte der Tätowierte und streckte eine Faust hinaus.

Hysterisches Geschrei aus anderen Waggons.

»Papa?«

»Halt dich fest!«

Alena kniete nieder und umklammerte Papas Bein. Sie konzentrierte sich auf das fliehende Schwarz, das durch die fingerdicken Zwischen-räume der Bodenbretter zu sehen war. Plötzlich vibrierte der Wagen, immer stärker. Ein Beben ließ die Gegend erzittern. Papa stellte sich breitbeiniger für einen besseren Stand. Da spaltete sich an beiden Seiten die Erde, parallel zu den Schienen.

Feuerzungen schnalzten empor. Brennendes, dickflüssiges Blut quoll heraus, lief unter den Zug. Kurz leckten rotgoldene Flämmchen durch die Spalten der Bodenbretter, dann fühlte Alena die Hitze zurückweichen. Noch bevor sie etwas sagen konnte, bannte sie ein melodisches Summen, das aus den Erdspalten zu hören war. Bald ging es in ein vielstimmiges Krächzen über, begleitet von Flügelflattern. Die Geräusche waren neben ihnen, hinter ihnen, überall. Alena schaute auf. Etwas Schwarzes stürzte auf den Tätowierten herab. Es glich einem verkohlten Engel, und als es gegen die Balken prallte, hob es den Waggon aus den Schienen. Alena rutschte mit den Knien ab und sah voraus, wie sie sich überschlugen und in eine Erd-spalte fielen. Dann kippte der Waggon zurück auf das Gleis.

Außen am Waggon hing der Höllenengel, aus den Augenhöhlen züngelten Flämmchen. Mit rußgeschwärzten Flügelstumpen hielt er den Tätowierten umklammert, versuchte, ihn herauszureißen.

»Du Drecksvieh«, keuchte der mit schmerzerfüllter Stimme und drückte sich mit den Händen vom Balken ab. Alena hielt einen Arm vor die Augen, und als sie den Mann nicht mehr keuchen hörte, riskierte sie einen Blick. Eine Lücke klaffte dort, wo der Tätowierte eben noch gestanden hatte.

»Verschwinde!« Die Stimme der Frau.

»Lasst mich«, rief der Mann.

Alena wagte nicht, sich nach ihnen umzusehen. Schreie zogen sich in die Länge, Knochen knackten, Holz barst, dann entfernten sich die Hilferufe.

Das Pentagramm klirrte vor Alena auf den Boden. Sie erkannte am Bügel noch ein Stück von einem abgerissenen Ohr, bevor es durch eine Spalte fiel.

Das Stahlseil hing an dem Balken zwischen zwei

klaffenden Lücken. Oben und unten zerborstene Balkenstücke, an einem war zur Hälfte der Regenwurm gequetscht. Der Mann, die Frau, einfach weg.

Ein krachender Schlag erschütterte die Dachbalken. Geifer tropfte herab, brannte sich in ein Bodenbrett, rauchte aus. Alena hob langsam den Kopf. Auf dem angeknacksten Balken hockte einer dieser Höllenengel. Seine Flammenaugen fixierten Alena. Würde der Balken dem Gewicht standhalten? Sie duckte sich und hörte ein Kratzen. Der Schatten am Holzboden näherte sich, das Wesen schob sich weiter nach vorn. Holzspäne fielen herab. Balken knackten. Bald war das Ungeheuer direkt über ihnen. Ein Geifertropfen brannte sich neben Alenas Beine ins Holz.

»Hau ab!« Papa schrie aus Leibeskräften, und Alena spürte den Höllenengel ganz nah. Flügelschläge fächerten stinkende Luft ins Abteil.

Alena zerrte an Papas Fuß. »Wir müssen auf die andere Seite!«

Doch er reagierte nicht, hörte sie vielleicht auch nicht, weil er so schrie, und Alena hielt sich an ihm fest und wartete darauf, dass sie hinfort gerissen wurden.

Ein Schnüffeln, im nächsten Moment ein Jaulen, der Schatten entfernte sich. Alena sah dem Wesen hinterher, bis es nur mehr Nebel war, der sich verflüchtigte. Sie erinnerte sich an die Worte des Wächters: *Das wird sie von dir fernhalten.*

Im Abteil war es still geworden, aus anderen Waggons waren noch vereinzelt Schreie zu hören. Der Regenwurm war verschwunden wie auch das Stahlseil.

Schatten huschten vorüber, und Alena sah auf. Die Wesen schwirrten dahin zurück, woher sie gekommen waren.

»Es ist vorbei, es ist vorbei«, murmelte Papa erleichtert,

zog sie hoch und drückte sie an sich. Sie fühlte, dass er recht hatte. Keine Ängste mehr. Keine Albträume.

Nachdem sich die Erde wieder geschlossen hatte, versickerte das Blut, die Flammen erloschen. Stille kehrte ein, eine beruhigende Stille. Nur das Ruckeln der Räder auf den Schienen störte den lautlosen Frieden, der über allem lag. Der unangenehme Geruch von versengtem Leben wich mehr und mehr einem Duft von Lavendel. Der Himmel war noch immer aus Stein, doch schräg einfallendes Sonnenlicht beschien die Gegend, die sich zu einem eng geknüpften bunten Blumenteppich verwoben hatte.

Sie erreichten eine Stelle, an der es steil in die Tiefe ging.

Der Fahrtwind presste Papa und sie gegen den Balken. Einige angebrochene Dachbalken flogen davon. Durch die Lücke machte Alena die Lok aus, die zahlreiche Waggons in die Tiefe riss. Die Schienen mündeten in ein Meer aus blendend weißem Licht. Sie fühlte ein Stückchen Himmel im Herzen. So ähnlich hatte es sich angefühlt, wenn sie mit Ondrej zusammen gewesen war.

»Papa?«
»Hm?«
»Mir fehlt Ondrej.«

☾

»… hat sie mehrfach angedeutet, dass sie nicht mehr leben möchte …« Ondrej klappte den Roman zu und legte ihn auf das Nachtkästchen. War es bei Alena ähnlich? Wollte auch sie nicht mehr zurück in dieses Leben?

Eine Amsel hopste an der Fensterbank entlang.

»Alena? Sieh doch nur, da will dir jemand einen Besuch abstatten.« Bevor er wieder in Tränen ausbrechen würde, schnappte er sich das Stoffküken und tippelte damit auf der Bettdecke. »Hallo du da! Ich bin der Gustav und erst vor ein paar Tagen geschlüpft. Du musst wieder wach werden. Wenn der Onkel Ondrej dich malt, will ich auf deinem Schoß liegen oder auf deiner Schulter sitzen. Und ich möchte ganz viele ...« Ondrejs Tränen erstickten die Worte.

Beten Sie, junger Mann. Beten Sie für Ihre Freundin!

Ach, was helfen schon Gebete, dachte Ondrej und drückte das Küken in der Faust zusammen. Doch die Stimme des Doktors gab keine Ruhe.

Beten Sie! Für ihre Freundin! Beten Sie!

Ondrej sah hoch zum Kreuz, dann legte er das Küken auf der Bettdecke ab und faltete die Hände.

»Lieber Papa im Himmel, mir fehlen ein wenig die Worte. Du weißt ohnehin, wie es in meinem Herzen aussieht und worum ich Dich bitten möchte. Das Mädchen hier hatte bisher kein schönes Leben, ist von vielen dunklen Gedanken gemartert worden. Ich kann mir gut vorstellen, dass sie den Menschen gegenüber misstrauisch war, dass sie Dir, Herr, nicht wirklich begegnet ist. Vielleicht möchtest Du sie zu Dir holen, dann wäre alles gut, dennoch würde ich Dich bitten, mir ein bisschen Zeit mit ihr zu schenken. Ich will ihr die schönen Seiten des Lebens zeigen, ich will ...«

Ondrej wischte sich mit den Handballen die Tränen aus den Augen und faltete die Hände wieder zum Gebet. »... ich will mit ihr die Welt entdecken, Herr, ich will ihr Liebe schenken und die Chance haben, mich dafür zu entschuldigen, was ich ihr alles an den Kopf geworfen und dass ich in ihr einen schlechten Menschen vermutet habe. Es tut mir so leid, Herr, so leid, bitte hilf mir!«

☾

Der König des Lichts sah auf das Stückchen Sonne vor seinen Füßen, sah den Weg entlang, den Alena gegangen war. Wie Perlen schimmerten Lichtpunkte auf dem schwarzen Sud, der ihre Fußabdrücke geflutet hatte. Plötzlich konnte der König die Hitze des Sonnenstückchens durch seine Sandalen an den Zehen spüren, und eine Kraft drängte ihn, es aufzuheben. Er zupfte an dem Kinnbart, dann bückte er sich nach dem Stückchen Sonne und warf es hoch in die Luft. Es zerstob in Abertausende funkelnder Kristallsplitter. Zum Vorschein kam der Phönix Gennadij und der König nickte ihm zu. »Du weißt, was du zu tun hast.«

Mit seinen mächtigen Schwingen drehte der Phönix ab, flog Alena nach, mit der Schnelligkeit eines Gedankens.

Die Lok hatte die Brandung erreicht. Papa fasste Alenas Hand.

»Hab keine Angst, Alena.«

»Ich will zu Ondrej! Ich spüre es, ganz deutlich.«

Ein Zittern ging durch sie, als die Lok ins Lichtwasser raste und verglühte. Da erschien ein großer Schatten über ihnen. Gennadij.

»Papa, ich muss gehen!«

Der Vater ließ ihre Hand los. »Ich weiß, mein Liebes.«

»Behalte mich im Auge, Papa.«

»Das werde ich.«

Die Hälfte der Waggons war bereits ins Licht getaucht.

Noch einmal blickten sie sich an und Alena fiel auf, dass von den Tränengräben auf seinen Wangen nichts mehr zu sehen war, nicht einmal ein Sorgenfältchen. Er lächelte und zwinkerte ihr zu, dann hangelte sie sich von einem Balken zum nächsten und sprang aus der klaffenden Lücke. Gennadijs Klauen ergriffen sie an dem Leinen-umhang, bevor sie auf dem Hang aufschlagen konnte und sie sah noch, wie der Waggon mit Papa im Meerlicht verglühte.

Nachdem sie das innere Auge geschlossen hatte, sah sie ein Stoffküken auf der grünen Bettdecke. Und sie nahm Ondrej wahr, der vor ihr am Krankenbett saß und die tränennassen Hände zum Gebet gefaltet hielt.

ENDE.

Über den Autor:

Stefan M. Fischer fand erst mit 21 Jahren durch den Tod seiner Mutter die Liebe zum Geschichtenerzählen. Anfangs war Schreiben für ihn eine Art Therapie.
Mittlerweile ist es ihm eine Herzensangelegenheit.

Da ihm vieles am Herzen liegt und er sich gern ausprobiert, lassen sich seine Arbeiten nicht in spezielle Genres verpacken.
Er arbeitet als Schriftsteller und Drehbuchautor.

Mehr über ihn:
http://www.autor-stefan-fischer.de

Printed in Poland
by Amazon Fulfillment
Poland Sp. z o.o., Wrocław